시가렛 걸

일러두기

— 이 책은 《Gadis Kretek》(2012)을 옮긴 것이다.
— 인명, 지명 등은 한글맞춤법 외래어표기법을 따르되, 국내에서 이미 굳어져 사용되거
　나 현지의 발음과 너무 다른 경우에는 예외를 두었다.
— 본문의 각주는 옮긴이가 작성한 것이다.

INDONESIA

동남아시아
문 학 총 서

7

시가렛 걸

라티 쿠말라 지음 | 배동선 옮김

HANSAE YES24
FOUNDATION

목차

Gadis Kretek

1. 정야

[르바스(Lebas)]

아버지가 죽어가고 있었다. 아버지는 며칠 동안 단 하나의 이름, 정야(Jeng Yah)[1]를 끝없이 되뇌었다.

그 이름은 내가 알지도 못하고 있을 리도 없는 과거의 망령을 불러냈다. 그 망령은 엄마가 지난 수십 년 동안 아무도 모르게 꼭꼭 파묻어놓은 것이었다. 엄마의 아주 깊숙한 곳에 숨겨져 이전에는 전혀 알지 못했던 어떤 성품이 급기야 얼굴에 드러났다. 엄마도 질투할 줄 아는 여인이었다. 더 이상 젊지 않은 나이가 무색하게 엄마는 눈먼 질투로 성대하게 불타올랐다. 엄마의 질투는 무시무시하기 짝이 없어 어디서든, 언제든, 무엇이든, 누구든 짓씹어버릴 기세였다. 자신을 극도로 분노하게 만든 모든 것을 통째로 집어삼킬 것만 같았다.

"그이가 아플 때 돌본 사람은 나야. 그런데 그 여자 이름

---

1 '정'은 인도네시아에서 젊은 여성 이름 앞에 흔히 붙이는 경칭으로 중국에서 유래했다.

을 애타게 부르다니!" 그렇게 말하는 엄마의 분노가 비뚤어지고 삐죽거리는 입 모양에 고스란히 나타났다. 엄마는 그날 오후 아버지에게 주었어야 할 약이 든 통을 내동댕이쳤다. 울먹이는 목소리로 아버지가 당장 죽어버렸으면 좋겠다고 욕하며 중얼거리는 소리도 난 틀림없이 들었다. 엄마 입에서 저주의 말이 쏟아져 나올 줄은 상상도 못 했다. 그 말을 들으며 난 숨죽였다.

나는 부모님의 37년 결혼 생활 동안 둘 사이에 제삼의 인물이 있었다는 걸 단 한 번도 눈치채지 못했다. 혹시 정부에서 화목한 가정 꾸미기 시범 사업을 한다면 반드시 내 부모님이 선정될 거라 믿을 정도였다. 가정의 화목함은 우리 세 아들에게도 물려졌다. 하지만 그날 거기 모인 나와 두 형은 결국 인정할 수밖에 없었다. "아버지가 엄마와 결혼하기 전, 분명 정야라는 사람이 있었던 거야."

"그 저주스러운 이름을 왜 입에 담는 거냐?!" 우린 몰랐는데 엄마가 대화를 엿듣고 있었다. 우리는 얼굴을 찡그리며 급히 입을 닫고 바쁜 척 딴청을 부렸다. 엄마가 눈을 부라리자 서늘해진 우리 간담은 바질[2] 씨앗만큼 쪼그라들었다. 씩씩 화내며 우릴 노려보는 엄마는 양쪽 눈썹이 거의 맞붙을 정도로

---

2   향기롭고 매운맛이 나는 한해살이풀. 향신료, 방향제 등의 원료로 쓰인다.

미간을 찌푸렸다. 우리는 감히 대화를 더 잇지 못하고 뿔뿔이 흩어졌다.

아버지는 지난 3년 동안 뇌졸중을 앓아 반신불수가 되었다. 그의 생명을 수확하려고 강림한 죽음의 천사가 임무를 미처 완수하지 못한 것이다. 처음 발작이 왔을 때 아버지는 반신불수가 되느니 차라리 죽겠다고 더듬거리며 말했다. 그때 난 그의 어눌한 발음을 잘 알아듣지 못했다. 아버지는 치료를 받으며 조금씩 회복했다. 1년이 지나 다시 걷게 되었지만, 여전히 손에는 감각이 없었고 발음도 어눌했다. 감정도 다스리지 못했다. 한번 웃기 시작하면 다른 사람들이 웃음을 멈춰도 아버지는 혼자 계속 웃었다. 장남인 트가르(Tegar) 형이 마침내 결혼했을 때 울컥한 아버지는 자존심이고 뭐고 다 팽개친 듯 펑펑 울음을 터뜨렸다. 죽음의 천사가 자기 임무를 완수하지 못하고 아버지의 생명 일부만 앗아갈 때 감정을 켜고 끄는 스위치도 함께 휩쓸려 간 것 같았다.

아버지는 3년 동안 그처럼 남은 반쪽짜리 생명을 붙들고 지냈다. 그러다가 지난 1년 사이 건강이 급격히 나빠졌다. 그는 점점 쇠약해졌는데 마치 생각나면 한번씩 다시 찾아오는 죽음의 천사가 그의 생명을 조금씩 찢어 가져가는 것 같았다. 그 죽음의 천사는 올 때마다 아버지의 기억력도 조금씩 가져 갔지만, 과거 어느 특정 부분만은 절대 건드리지 않는 것 같았다. 그러다가 두려워하던 그 일이 터졌다. 판도라의 상자가…
마침내 열린 것이다. 그 상자 안에는 정야라는 이름이 들어 있
었다.

⪡⪢

　나도 다른 가족들처럼 자카르타에 살고 있긴 하지만, 한
동안 코빼기도 비치지 않다가 3개월 만에 본가에 돌아왔다.
나는 아파트에서 죽치며 내가 좋아하는 다양한 창작 활동에
몰두하는 것이 더 좋았다. 사실 카림(Karim) 형이 몇 차례나
전화를 걸어와 아버지 용태를 알려주었으나 곧바로 돌아오지
않은 것은 아버지가 집에서 치료받고 있으니 이렇게까지 위중
하리라곤 생각하지 못했기 때문이다. 더욱이 트가르 형과 카
림 형도 여전히 지방 출장을 다니고 있었다. 내가 마침내 오늘
아버지와 엄마를 만나러 가겠다고 마음먹은 것은 트가르 형이
2주간의 싱가포르 출장을 마치고 돌아오는 날이어서다. 트가
르 형에게 몇 번인가 전화했지만 좀처럼 내게 시간을 내주지
않았다. 형에게는 용건이 있다. 정확히 말하자면 그 용건은 우
리 가족의 크레텍 담배 공장과 아무 관계가 없는 일이다.
　나는 한 번도 커튼을 걷은 적 없는 방에서 힘없이 누워 있
는 아버지를 보았다. 마치 아버지에게는 햇빛조차 고통을 주

는 듯했다. 방 안에는 짙고 비릿한 고통의 냄새가 깊이 스며 있었다. 물론 메이드가 그 방을 매일 청소한다는 건 잘 안다. 나는 트가르 형에게 사업 제안서를 내밀려는 생각을 접었다.

"아버지가 며칠이나 더 사실지 몰라. 급히 가시면 어떡하지?" 나는 아버지가 걱정되었다.

"간다니 무슨 소리야?" 트가르 형이 물었다.

"가신다고, 돌아가신다고."

"맙소사, 바스, 재수 없는 소리 좀 하지 마!" 카림 형이 나서며 주의를 주었다.

"재수 없는 소리라니, 뭐가? 생각해봐. 산 사람들 모두 언젠가는 반드시 죽어." 내 말에 두 형은 대꾸도 하지 않았다.

"그래서, 이제 어쩌면 좋지?" 우리 중 카림 형이 먼저 침묵을 깼다.

"내 생각엔, 엄마한테 물어봐야…겠지. 정야라는 사람에 대해서." 내가 말했다.

"너 아까 엄마 얼굴 못 봤어? 목에 칼 맞고 싶어?"

칼 맞고 싶냐는 트가르 형의 말에 나도 모르게 목이 서늘해졌다. 그래, 어쩌면 엄마는 정야라는 이름을 입에 담는 사람들 목을 뎅겅 치려고 몰래 정글도(刀) 한 자루쯤 시퍼렇게 날을 세워놓았을지도 몰라. 아니, 미친 듯이 질투할 수 있다는 걸 평생 감쪽같이 숨긴 엄마인데 갑자기 닌자로 돌변하지 말라는 법도 없어.

"하지만 아버지가 편히 눈감지 못하면 어쩔 거야?" 그래도 나는 반박했다.

"뭘 어째…, 돌아가시면 돌아가시는 거지!"

"그건 말도 안 돼, 형. 못다 한 일을 남기면 유령이 되어 떠돌게 된다고." 그러자 트가르 형이 내 머리를 쥐어박았다.

"넌 공포 영화를 너무 많이 찍었어!" 트가르 형이 화를 냈다. 나는 헝클어진 머리를 정돈하며 말을 이었다.

"형…, 아버지 상태를 좀 봐봐. 정야라는 이름을 계속 불렀어. 저건 마지막 부탁이야. 만나고 싶은 건지, 안부를 듣고 싶은 건지 몰라도 정야란 사람과 관계된 일이라고. 아버지 마지막 소원을 무시할 거야? 그건 너무하잖아?"

"그래, 하지만 그 마지막 소원 때문에 엄마가 난리 났잖아!"

"만약에 엄마 마지막 소원이 옛 남자 친구를 만나는 거라 해도 난 그 소원을 들어줄 거야! 정말이라고!" 내가 힘주어 말했다.

"그런데 정야가 정말 아버지의 옛날 연인이 맞아?" 이번에는 카림 형이 물었다. 그제야 우린 정야에 대해 아무것도 모른다는 사실을 새삼 깨달았다. 지금 '연인'이란 단어를 막 입에 담았지만 난 아버지가 정야라는 이름을 되뇌는 것을 처음

보았을 때부터 진작 결론짓고 있었다.

"분명 연인이었을 거야!" 나는 자신만만했다. "그렇지 않다면 엄마가 저렇게 질투심에 활활 타오를 리 없잖아?"

"그럼… 네가 엄마한테 정야에 대해 물어봐!" 카림 형이 내 코끝을 손가락으로 가리키며 말했다.

"어?! 내가? 트가르 형이 해! 형은 공장을 관리하니까 목을 긋진 않을 거야. 내가 묻는다면 확실히 목을 그을걸…. 난 공장 운영이랑 상관도 없고 쓸모도 없으니까 버리는 셈 칠 거라고."

트가르 형의 거친 숨소리가 불편한 심기를 드러냈다. 형이 짜증을 내는 건 내 말이 맞다는 걸 자기도 알아서다. 트가르 형은 '부모의 기대를 저버리지 않는 타입'으로 우리 가문의 가업인 담배 공장을 물려받을 장남이다. 자가드 라야표 담배 말이다.

"정야에 대해 아버지한테 바로 물어보는 건 어때?" 카림 형이 대안을 제시했다.

"난 찬성!"

"그런데 그게 어떻게 가능해?!'

잠시 눈이 마주친 나와 트가트 형은 동시에 똑같이 반응했다. 트가르 형이 뭐라고 말하기 전 내가 먼저 말을 가로챘다. "형… 아버지 정신이 오락가락하는데 어떻게 직접 얘기할 수 있겠어?"

"일단 시도라도 해보자고!" 나도 잠깐 생각해보니 엄마에게 묻느니 아버지한테 조금이라도 단서를 얻어낼 수 있다면 그게 상책일 것 같았다.

"그래, 해보자고…." 마침내 나도 동의했다. 합의에 이르자 트가르 형이 먼저 일어섰다.

"네가 오늘 밤 아버지를 간병할 거지? 물어볼 기회를 잘 잡아봐."

"알았어." 사실 확신은 서지 않았다.

"엄마한테 들키지 않게 조심해!" 트가르 형이 당부했다.

"알았다고요." 나는 고개를 끄덕였다. "만약 내가 실패하면 순서대로 돌아가는 거야. 누구든 기회가 오면 아버지한테 물어보는 걸로. 이게 일단 플랜 A야!" 우리는 모두 동의했다.

"그럼 플랜 B는 뭔데?"

"플랜 B는 트가르 형이 엄마한테 물어보는 거지." 내 대답에 트가르 형이 시선을 살짝 피했다. 젠장… 형이 또 짜증을 내는 중이다. 내 일이 순조롭기 위해 트가르 형과 가까워지는 건 점점 더 어려워졌다.

트가르 형이 자리를 뜬 후 난 카림 형과 이야기해보기로 했다. 내가 맥북 프로에서 파워포인트로 만든 제안서를 보여주자 카림 형이 한숨을 내쉬었다.

“이 문제를 나한테 곧장 가져오면 안 되는 거 알잖아, 트가르 형이랑 먼저 얘기해야 해.”

“그래도 카림 형이 좀 도와줄 수 없어?”

“곤란해… 그건 트가르 형이 세운 규칙이야.”

솔직히 화가 나고 실망스러웠다. 나도 그의 친동생이고 크레틱 자가드 라야의 후계자 중 한 명이었지만 내 행동반경은 제한적이었다. 나는 확실히 두 형과 달랐다. 난 형제들 중 유일하게 예술의 세계에 발을 들였다. 뭐…, 나는 예술이라 부르지만, 형들은 그리 생각하지 않았다.

〜〜〜

다음 날 나는 일부러 단정한 복장을 하고서 트가르 형을 만나러 사무실로 갔다. 내가 도착했을 때 대기실에는 벌써 여러 명이 있었는데 그중에는 몇몇 아는 얼굴이 있었다. 첫 번째는 이풍 와르도요라는 광고 감독이었다. 그는 대기실에 들어서는 나를 알아보지 못했다. 당연했다. 두 번째는 마리아 요한 샤라는 영화감독으로 지금은 연극 프로듀서로 활동하는 사람이었다. 크레틱 자가드 라야 담배는 연극이나 콘서트 같은 대형 예술 행사들을 자주 후원했다. 대개 카림 형이 모든 것을 총괄했지만 최종 결정권은 카림 형뿐 아니라 더 큰 권한을 가진 트가르 형이 함께 쥐고 있었다. 그들은 각각 나름의 콘셉트 제안서를 들고 온 게 분명했다. 그때였다. 전에 어떤 텔레비전 드라마를 찍을 때 내 조감독을 하다가 잘린 적이 있는 줄이 뜬금없이 거기서 마리아 요한샤를 만나고 있었다.

"어… 르바스 씨? 와…, 당신도 오셨군요?" 나는 미소를 지어 보였다.

"네, 무슨 일로 여기 온 거죠?"

"당연히 피칭[3] 행사죠. 르바스 씨도 그래서 오신 거죠?" 신에게 맹세코 난 오늘 피칭 행사가 있는 줄도 몰랐다. 나는 내 무지함을 미소로 애써 감췄다. "난 마리아 씨 일을 돕고 있어요. 광고 만드는 법을 배우는 중이에요. 크레텍 자가드 라야가 올해로 창립 몇 주년이라더라…, 아무튼 대단해요. 광고 제작비도 어마어마할 거예요. 드라마랑은 완전히 달라요. 드라마는 며칠씩 일해도 버는 돈이 쥐꼬리만 하죠. 그러니 많이 벌려면 무리하게 밀어붙이는 수밖에요." 줄은 나와 함께 드라마 찍던 시절을 떠올린 듯 웃음을 터뜨렸다. "하지만 경쟁이 치열해요, 르바스 씨…." 줄은 이풍 와르도요 쪽을 흘끗 바라보며 말했다. "…저기 봐요. 진짜 광고 감독도 피칭하러 왔어요."

아, 그래… 오늘이 크레텍 자가드 라야 광고 피칭하는 날

---

3   경쟁 프레젠테이션.

이구나. 나만 쏙 빼놓고 다른 영화감독들은 다 알고 있었다니. 허, 참. 방 안쪽에서 여자 한 명이 나타났다. 트가르 형의 비서 사브리나였다. 그녀가 내게 싹싹하게 미소를 지었다.

"아, 르바스 씨…, 오랜만에 오셨네요. 트가르 씨를 만나러 오신 거죠?"

"네. 계시죠?"

"네, 계세요."

그러자 줄이 팔꿈치로 나를 쿡 찌르며 속삭였다. "어째 트가르 씨와 아는 사이인 것 같아요?"

"내 형이에요." 나는 깜짝 놀라는 줄에게 씩 웃어 보이며 형의 사무실로 들어갔다.

사실 사람들이 나를 인도네시아 최대 크레텍 담배회사 사장의 자식 중 하나임을 알아보지 못하는 건 놀라운 일이 아니었다. 나는 이 사업에 깊이 관여해본 적이 없다. 트가르 형의 사무실에는 자가드 라야가 후원했던 다양한 예술 활동 포스터가 걸려 있었다. 사실 그 포스터들은 트가르 형의 자랑거리였다. 여기서 열받는 부분은 친동생인 나도 명색이 예술계에 종사하는 사람인데 정작 내 지분도 있는 이 회사로부터는 단 한 번의 후원을 받지 못했다는 것이다. 내가 찍은 영화의 대부분은 제작사로부터 직접 의뢰를 받은 것이었다.

내게도 디안 사스트로와르도요, 니콜라스 사푸트라, 키

나르요시, 롤라 아마리아 같은 발군의 주연 배우들을 기용해 예술성 높은 A급 영화를 만들겠다는 포부가 있다. 연배가 높은 배우들을 기용해야 한다면 당연히 디디 프렛, 크리스틴 하킴, 티오 파쿠사데워를 택할 것이다. 하지만 안타깝게도 (나를 포함해서) 우리 가족처럼 엄청나게 부유한 사람들 사이에서 자기 꿈을 구현하기란 그리 간단한 일이 아니다. 처음에는 자립해 크레텍 자가드 라야의 자금 지원 없이도 영화감독이 될 수 있다는 것을 증명하겠다고 가족 앞에서 고집을 부렸다. 미국에서 돌아오자 한 영화 제작사가 내게 감독이 될 기회를 열어주었는데 난 그 기회를 날리고 싶지 않았다. 마침 그 제작사는 내가 미국 유학 시절 만든 단편 영화를 마음에 들어 했다. 제작사 측은 그들이 원하는 공포 영화를 만들어주면 그다음에는 내가 원하는 영화를 만들게 해주겠다고 약속했다. 난 그 공포 영화가 시험대라 생각했다. 그래서 가장 좋은 결과물을 내기 위해 최선을 다했다. 불행하게도 그 영화가 시장에서 대박을 터트렸다. 영화 「미스터리 브닥 냐이 롱겡」[4]을 모르는 사람이 없을 정도였다. 그럼, 내가 왜 이걸 '불행'이라 말했을까? 당시 영화가 성공하자 인도 혈통의 제작사 측 인사가 나한테 이렇게 말한 것이다. "당신은 완전 공포 영화 전문이야. 그쪽이 훨

씬 낫다고. 이상적인 영화를 만들면 돈이 안 돼! 그건 도박이나 다름없어. 손해가 날 수도 있단 말이야. 안 그래?”

그 후 영화계가 나를 C급 영화감독, 기껏해야 가끔 B급도 만드는 감독이 될 운명으로 몰고 간 것 같다. 트가르 형과 카림 형은 엄청난 A급, 또는 A^+급에 속하는 인간들로, 어정쩡한 공포 영화를 싫어했고 심지어 인도네시아 관객의 수준을 제자리걸음하게 하는 것이라 치부했다. 그들은 영화관에서 내 영화를 첫 15분만 보고 나왔다고 말했다. 얼마 지나지 않아 예의 인도 혈통 프로듀서가 (마침 실직 상태였던) 내게 급속 제작 드라마를 만들어보라고 제안했다. 거기에는 한 장소에서 모든 촬영을 마쳐야 하고 더 많은 클로즈업 장면에 등장인물의 속마음을 내레이션이나 대사로 처리해야 한다는 등 온갖 조건이 따라붙었다.

나는 거절하려 했는데 프로듀서가 이렇게 종용했다. “이건 당신한테 좋은 기회야. 도전이라 생각해. 잘 들어봐, 르바스. 이상적인 영화는 누구나 만들 수 있어. 하지만 모든 사람이 급속 제작 드라마를 찍을 능력을 갖춘 건 아니야. 이 도전을 받아들인다면… 난 당신이 어떤 영화든 만들 수 있게 될 거라 확신해. 얼마를 원해? 이 정도면 충분해?” 프로듀서는 그러면서 회당 금액이 적힌 종이 한 장을 건넸다. 그런 일이 있은 후 트가르 형이 코멘트를 보탰다. “정정할게. 넌 인도네시아 관객들을 제자리걸음 시킨 게 아니라 10년은 후퇴시켰어.”

그때부터 내 영화의 스폰서가 되어달라고 아무리 설득해도 트가르 형은 퇴짜를 놓기만 했다. 내가 전혀 우울하지도 않고 오히려 도덕적 메시지로 가득한 멋진 스토리에, 잘나가는 배우들로 짠 출연진 후보 리스트를 내놓아도 소용없었다.

“나한테 뭔가 제안할 게 있는 거야? 설마 너도 피칭에 참여할 생각은 아니지?” 트가르 형이 빈정거리는 투로 말했다. 나는 기분을 잡쳐 눈동자를 굴렸다.

“피칭에는 끼지 않을 거야. 혹 내가 피칭한다 해도 이풍와르도요에게 깨질 게 분명하고. 난 공장의 내 지분을 가지러 왔어.”

“뭐 하려고?”

“영화 만들게.”

“헛소리!”

“형…, 다시는 재단에 예술 기금을 달라는 제안서를 내지 않을 거야. 난 그저 내 지분을 현금화해달라는 것뿐이야. 영화 만들 자금이 필요해.”

“난 절대 허락 못 해!” 트가르 형의 목소리가 단호했다.

“자산을 현금화하는 건 내 권리야. 나도 자가드 라야의 소유주라고.” 난 고집을 부렸다.

“이 사업을 가장 잘 아는 사람으로서, 특히 네 형으로서,

난 네가 자산을 처분하지 않는 게 낫다고 조언할 권리가 있어. 더군다나 뭔가 석연치 않은 새 사업을 하려는 거라면 말이야.”

“도대체 뭐가 석연치 않다는 거지, 형? 영화판은 내가 사는 세상이야. 나도 좀 커보려 하는 건데 왜 안 된다는 거지?” 나는 금방이라도 전투에 돌입하려는 곤충처럼 더듬이를 곤추세웠다.

그러자 트가르 형이 답했다. “난 네가 좋은 영화를 만들 수 있다고 믿지 않아. 네가 찍어댄 드라마들처럼 기껏해야 젱젱[5] 클로즈업이나 나오겠지.” 그가 강조해 발음한 ‘젱젱’이란 단어가 마치 드라마 배경 음악처럼 귓전에 울렸다. “네가 좋은 작품을 만들 수 있다는 확신을 준다면 원하는 대로 해줄게. 하지만 지금까지 네가 내놓은 프레젠테이션은 믿음이 가지 않았어.” 그럼 어쩌라고. 나는 어찌해야 할 바를 몰랐다. 트가르 형을 말랑말랑하게 만드는 유일한 방법은 카림 형을 통하는 것뿐이다. 그가 도와줄 수만 있다면. 젠장.

～～～

아버지는 마치 통나무 같았다. 사람은 왜 늙으면 피부가

---

5   ‘못돼먹은’이라는 뜻.

주름진 나무껍질처럼 변하는 걸까. 정말 이상한 일이다. 아버지는 제페토 할아버지가 발견해 피노키오로 만든 그 통나무를 떠올리게 했다. 그렇다, 아버지는 피노키오다. 통나무가 되어버린 몸 안에는 아버지의 젊은 시절 영혼이 숨겨져 있다. 그의 이마에 난 흉터가 점점 깊어지는 것 같았다. 아버지가 통나무가 되기 불과 몇 달 전까지만 해도 그 흉터는 그리 깊지 않았다. 마력의 원천인 해리 포터의 번개 모양 흉터와 달리 아버지의 것은 일직선에 세 땀을 꿰맨 자국이 선명했다. 흉터는 이마 끝의 헤어라인 경계에 나 있었는데 상처가 생길 때 앞머리 머리카락 뿌리까지 손상돼 머리칼이 자라지 않았다. 내가 그 흉터에 관해 물을 때마다 아버지는 그것이 거칠게 살았던 젊은 시절의 흔적이라고 답하곤 했다. 난 아버지가 젊었을 때 거칠었으면 얼마나 거칠었을까 하며 그 말을 믿지 않았다. 내가 평생 겪은 아버지는 엄격하고 올곧아서 한 번도 '거친' 모습을 보인 적이 없었다.

아버지는 옛날에 어떤 사람과 싸운 이야기를 해준 적이 있다. 어떤 사람이 등유 램프를 들고 와 당시 빈손이었던 아버지의 머리를 내려쳤다고 한다. "당연히 아빠가 졌지!" 아버지는 자신이 진 그 싸움 이야기를 마치 영웅담처럼 으쓱거리는 어조로 마무리 짓곤 했다. 나중에 내게 인생의 황혼이 다가오면 내 아이들도 자기 아버지의 젊은 시절에 대해 가끔은 궁금

해할까? 잠깐, 내 아이들이라고? 쳇… 내 배우자가 누가 될지
도 아직 모르는 판에.

나는 정야가 어떤 용모였을까 상상해보았다. 머리를 높이
올리고 헤어스프레이를 뿌려 고정했을까? 빙글빙글 돌면 꽃피
듯 부풀어 오르는 넉넉하고 폭넓은 치마를 즐겨 입었을까? 잘
생각해보면 최소한 정야는 아버지가 정신이 온전하지 않은 순
간에도 그 이름을 부를 정도로 아버지에게 강렬한 인상을 남
긴 사람이다. 아, 그리고 하나 더, 정야의 실제 이름은 뭘까?
나는 잠든 아버지를 빤히 바라보았다. 그는 때때로 가쁜 숨을
쉬기도 하고 기침하며 머리를 오른쪽, 왼쪽으로 뒤척였다. 그
러다가 갑자기 아버지가 눈을 떴다.

"바스야…." 아버지의 말에 나는 몸을 아버지에게 가까이
기울였다.

"네, 아버지?"

"아빠가 소변을 봐야겠다. 화장실에 데려가주렴."

"아, 그거, 그냥 소변 보면 돼요. 괜찮아요. 카테터를 달아
놨어요."

"아, 그렇군, 아빠가 깜빡했다."

아버지는 힘을 쓰는 듯 잠시 아무 말이 없었다. 카테터 튜
브를 따라 노란색 액체가 흘렀다. 얼마 지나지 않아 아버지가
다시 나를 돌아보았다.

“바스야…….”

“네, 아버지, 왜 그러세요? 마실 물을 드릴까요?”

“그래.”

나는 아쿠아[6] 병에 담긴 물을 가져와 빨대를 아버지 입 가까이에 댔다. 아버지가 조금씩 물을 마셨다. 그러고는 나를 한참 바라보았다.

“바스, 넌 내 아들이다.”

“당연하죠, 아버지.”

“네가 공장을 돌보지 않는다 해도 여전히 내 아들이야, 바스야.” 아버지의 말투는 담백했다.

“그럼요, 아버지.” 아버지의 말에 난 울컥하고 말았다. 하지만 눈물을 참았다. 울지 마! 울어선 안 돼! 난 스스로를 다독였다.

아, 내가 공장 일을 하고 싶지 않다고 말했을 때와는 많이 달라지셨군. 그때 아버지는 내게 욕하며 유산을 단 한 푼도 주지 않겠다고 위협했었다. 그래, 크레텍 자가드 라야 왕국 상속인 명단에서 내 이름을 지워버렸지. 아버지의 육신이 무너지는 걸 보면서 잘 생각해보니 그게 그리 오래전의 일도 아니었다. 난 시간을 되돌려 내 가족에게, 그리고 아버지가 원하는

---

6   인도네시아에서 가장 유명한 생수 브랜드.

바에 좀 더 충실했다면 얼마나 좋았을까 생각했다. 이 모든 게 너무 늦지 않았기를 빌었다.

"아버지…." 아버지는 여전히 나를 지긋이 바라보았다. "정야…가 누구예요?" 내가 조심스럽게 물었다.

"네가 정야를 어떻게 알아?"

"아버지가 잠꼬대하는 걸 들었어요." 아버지는 자신의 어리석음을 깨닫기라도 한 듯 무겁고 나지막한 헛웃음을 지었다. "꿈에서 정야를 보기라고 했어요?"

"그래, 정야가 꿈에 나왔다. 내가 잠꼬대하며 정야를 부른 걸 네 엄마도 아니?"

"아세요." 아버지는 또다시 무겁게 웃었다. "아버지, 정야를 만나고 싶으세요?"

"그래… 하지만 너희 엄마에겐 말하지 마라. 엄청나게 화낼 거야."

"정야는 어디 살아요, 아버지?"

"마지막으로 만난 곳이 쿠두스7였어. 그때는… 네가 아직 태어나기도 전이었지." 쿠두스… 크레텍 자가드 라야가 처음 세워진 곳. 틀림없어! 아버지는 거기서 젊은 시절을 보냈다.

"바스, 네가 정야를 찾을 수 있겠니?"

---

7   중부 자바에 있는 도시명.

"모르겠어요, 아버지." 내가 그렇게 대답한 뒤, 아버지는 나를 바라보고 나는 아버지를 마주 보면서 한동안 아무 말도 하지 않았다.

"아빠가 피곤하구나." 아버지는 갑자기 말을 끊었다.

"그래요, 아버지, 주무세요." 사실 아버지에게 묻고 싶은 질문이 아직 많았다. 아버지는 나를 바라보다가 천천히 눈을 감았다. 그러곤 편안하게 잠에 빠져들었다.

≈≈

"정야는 쿠두스에 있어!" 다음 날 나는 형들을 만나 이렇게 보고했다. 우리는 오랫동안 말을 잇지 못했다. '바스, 네가 정야를 찾을 수 있겠니?'라고 한 아버지의 말이 내 머릿속에서 계속 맴돌았다. 그러다가 나도 모르게 이 말이 입 밖으로 나왔다. "아버지가 나한테, 어…, 우리한테 정야를 찾으라고 했어." 두 형은 서로를 바라보았다.

"오케이. 그럼 네가 쿠두스로 가!"

"뭐?!" 카림 형의 말에 난 깜짝 놀랐다. 쿠두스로 돌아가는 건 가장 내키지 않는 일이었다. 우선 거긴 너무 더웠다. 게다가 보이는 건 기껏해야 쿠두스 기념비뿐이고 먹을 건 소토[8]뿐이다. 아, 그래, 봐줄 만한 게 하나 더 있긴 하다. 크레텍 담배가 있지! '바스, 네가 정야를 찾을 수 있겠니?' 이 말이 또 머릿속을 울렸다. 젠장!

"바스, 넌 세상에서 가장 여유로운 사람이잖아. 시간마저 충분해서 어디든 다녀올 수도 있고, 그렇지? 트가르 형이랑 나는 공장을 돌려야 하니까."

맞는 말이긴 하지. 그런데 왜 하필 쿠두스냐고? 도대체 왜? '바스, 네가 정야를 찾을 수 있겠니?' 아아아악…! 마침내 내 입에서 단어 한 개가 아주 쉽게 흘러나왔다. "알았어."

"그럼 됐어. 내일 출발해… 우선 비행기로 스마랑에 도착하면 내가 운전사를 보내 스마랑에서 널 태워 쿠두스로 데려가도록 할게."

"싫어. 난 그냥 차 타고 갈 거야."

"뭐?"

"들은 대로야, 그냥 내가 운전해서 갈게. 게다가 정야에 대한 정보도 아직 불충분해. 계획대로 트가르 형이 엄마한테 물어볼래?" 트가르 형은 내가 그 계획을 잊었다고 생각하고 있었는지 짜증스러운 시선으로 날 응시했다. "아직 제대로 된

<hr>

8   고기, 야채, 국물로 만든 전형적인 인도네시아 수프 요리. 지역별로 조리법이 다른데, 쿠두스의 소토는 잘게 썬 닭고기와 숙주가 들어간 특산 소토로 유명하다.

정보도 부족한 상태에서 기약 없이 쿠두스에 머물고 싶지 않아. 내친김에 치레본에 들를 거야. 거기서 옛 친구를 만나려고. 어차피 가는 길이니까. 자카르타에서 출발하면 버카시, 카라왕, 치레본, 스마랑 들러서 쿠두스로 들어가는 여정이야. 치레본에서는 최대 하루만 머물 거고.”

“하룻밤을 묵어?”

“응. 미국에서 함께 유학한 친구를 만날 거야.” 내 대답에 트가르 형이 갑자기 정색했다. “너, 제정신이야? 우린 시간에 쫓기고 있어. 최대한 빨리 정야라는 사람을 만나야 해.”

“알아. 하지만 영화 일이야. 딱 하루만. 약속할게!” 난 처음부터 형들이 내 영화 제안서에 딱지 놓을 것을 알고 마음의 준비를 하고 있었다. 그래서 이번에는 일부 내 돈을 쓰고 다른 일부는 크레텍 자가드 라야 외의 다른 스폰서를 찾아 장편 인디 영화를 만들려고 마음먹었다. 그리고 또 다른 일부는 아직 인디 정신을 간직한 내 친구들에게 싸게 (혹시 운이 좋으면 공짜로) 게릴라식 모금을 할 생각이었다.

“좋아, 원하는 대로 해!” 그래 뭐, 어쨌든 네가 간다니 다행이지. 트가르 형과 카림 형 머릿속에선 분명 이런 생각이 돌아가고 있을 터였다.

나는 내 배낭에 몇 벌의 옷과 세면도구 세트, 작은 수건이 들어가는지도 설명했다. 사진을 찍어야 할 멋진 장면들을 만날지도 모르니 카메라도 빼먹지 않았고 여행 내내 편안하게 음악을 들을 수 있도록 아이팟도 챙겼다.

떠나기 전 난 아버지를 깨워 손에 입을 맞추며 출발 인사를 했다. 주름진 피부에서 노인의 냄새가 솟았다. "아버지, 정야를 찾으러 갈게요." 나는 아버지 귀에 속삭였다.

"정야 얘기를 누구한테 들었어?"

"아버지한테서요. 어제 아버지가 말해주셨잖아요."

"설마?"

"그렇다니까요."

"기억이 나지 않는구나."

"하지만 아버지, 정야를 만나고 싶으시죠?"

"그래." 아버지는 한참 동안 아무 말 없이 내 얼굴을 바라보다가 다시 눈을 감았다. 난 서둘러 방을 나왔다.

엄마에게는 몇 가지 공장 일로 쿠두스에 간다고 말하며 작별 인사를 했다. 엄마는 못 믿겠다는 듯 내 얼굴을 들여다보았다. 하지만 카림 형이 "엄마, 그냥 가게 두세요. 아버지 아픈 걸 보고서 르바스가 드디어 정신을 차린 모양이죠"라고 말하며 끼어드는 바람에 엄마는 많은 것을 묻지 못했다.

차에 시동을 걸고, 크레텍 자가드 라야 담배에도 불을 댕긴 다음 짐을 모두 뒷좌석에 실었다. 내가 차로 여행할 때마다 늘 동행하는, '나는 집을 향해 먼 길 떠나는 딱하고 외로운 카우보이…'**9**라는 노랫말이 머릿속에서 울리기 시작했다. 난 내가 생각한 것보다 빨리 표적을 맞히게 해달라고 마음속으로 기원했다.

---

9   벨기에 만화가 모르스가 그린 서부극 만화 「럭키 루크(Lucky Luke)」에 나오는 대사.

2. 크레텍 자가드 라야 담배

    계획보다 빨리 표적을 맞히고 싶었던 남자는 치레본에 대해 자신이 아무것도 아는 게 없다는 것을 새삼 깨닫고 낙심했다. 미국 시절부터 오랜 친구였던 에릭이 전화를 받지 않았다. 마치 에릭의 휴대폰이 애당초 존재하지 않는 것 같았다. 갑자기 음악 소리마저 꺼지자 르바스가 깜짝 놀라며 아이팟을 빼들여다보았다.

    “빌어먹을!” 배터리가 방전된 것이다. 라디오를 켜니 아나운서의 목소리가 또렷이 흘러나왔다. 그는 오랫동안 요일과 날짜를 잊은 채 살았다는 걸 기억해냈다. 그래, 프리랜서가 된다는 건 (차마 실직자라고 인정할 순 없지) 이렇게 위험한 일이다. 르바스의 휴대폰이 울렸다. 거기에는 ‘에릭’이란 이름이 떠 있었다. 르바스는 라디오를 끄고 기쁜 마음으로 전화를 받았다.

    “야, 맙소사… 너 엄청 바쁘구나! 나 지금 치레본인데 너희 주소가 어떻게 돼?” 르바스가 치레본에 왔다는 소식에 전화기 반대편에서 에릭이 기분 좋은 웃음을 터뜨렸다. 르바스가 정말로 자기를 보러 이 도시까지 찾아오리라 상상도 못 했던 것이다. 에릭은 자기가 ‘루마 라스타’[10]라고 이름 붙인 곳에 찾아오는 길을 알려주었다.

마침내 샌프란시스코 대학 시절 친구 에릭이 설립한 인디 스튜디오 루마 라스타에 도착한 르바스는 스튜디오 구석에 놓인, 두께가 얇아질 대로 얇아진 폼 매트리스에 몸을 던졌다.

"매트리스가 수머당 두부[11]처럼 너무 얇아서 이제 튀기기만 하면 되겠어." 르바스가 크레텍 자가드 라야 담배 한 상자를 꺼내며 이렇게 말했다. 에릭이 익숙한 선물을 받아 들며 빙그레 미소 지었다.

"뭐, 상관없잖아. 여기 오는 뮤지션들은 정말로 음악 하러 오는 사람들이지 잠이나 자러 오는 게 아니거든." 에릭은 이렇게 말하며 소리 내 웃었다. 르바스 또래인 에릭은 드레드록[12]으로 땋은 머리를 긁적거렸다. 노랑-빨강-초록색 실로 짠 니트 모자가 점점 길어지는 그의 머리카락을 가리고 있었다. 에릭은 르바스의 선배로 처음부터 음악을 전공했다. 르바스는 때때로 에릭이 도대체 무슨 생각을 하며 사는지 이해하기 어려웠다. 그는 기껏 샌프란시스코에서 졸업한 뒤 음악적 커리

---

10 '라스타 하우스'라는 뜻. 라스타는 라스타파리의 줄임말로, 흑인의 정신적 아프리카 회귀 운동과 관련 있다. 밥 말리 등의 대중 예술가가 이 운동을 지지했다.
11 서부 자바 수머당 지역의 특산 두부.
12 머리카락을 밧줄처럼 여러 갈래로 땋은 레게 머리 스타일.

어에 대한 보장이 전혀 없는 치레본에 들어와 눌러앉기로 결심한 질풍노도의 괴짜였다. 에릭이 원했다면 얼마든지 자카르타에서 살 수도 있었다. 음악적 역량과 충분한 재력을 가진 집안 배경을 고려하면 에릭은 자카르타에서 훨씬 더 성공했을 것이다. 에릭은 대학 시절 자메이카에 갔다가 밥 말리[13]에게 푹 빠져버렸다.

한편 르바스는 처음에는 아버지가 요구한 대로 경영학을 전공했다. 1년 동안 샌프란시스코에서 경영학을 공부했지만, 곧 자기 적성이 아니라는 것을 깨달았다. 그래서 몰래 전공을 영화로 바꿨다. 그 사실을 마침내 알아버리고 만 아버지는 가족 유산 분배에 대한 유언장을 갈기갈기 찢어버렸다. 그날 집안사람들 모두가 격노하는 아버지의 모습을 보며 아무 말도 하지 못했다. 아버지는 석 달 동안 르바스와 말도 섞지 않았고 르바스가 아무리 아버지를 달래려 해도 그를 투명인간 취급했다. 그리고 어느 날 아침 찾아온 뇌졸중이 아버지를 반신불수로 만들었다. 어머니가 그날 아침 별생각 없이 르바스가 인디 영화 제작사의 인턴 조감독이 될 거라고 말한 것이 화근이었다. 아버지가 욕설을 내뱉으며 분통을 터뜨렸고 바로 그 순간… 갑자기 강림한 죽음의 천사가 그의 생명 절반을 빼앗아

---

13   1945~1981. 자메이카 출신의 세계적인 레게 음악가.

갔다. 그 후 병세는 호전되었지만 한번 상한 아버지의 건강은
되돌아오지 않았다. 아버지는 르바스를 용서했다. 그는 (불분
명하고 띄엄띄엄한 발음으로) 용서야말로 그의 병에 가장 잘 듣
는 치료제 중 하나라고 말했다. 자신이 뇌졸중으로 쓰러진 것
이 르바스 때문임을 스스로 잘 알고 있었다. 이틀 후 변호사가
와서 한 장짜리 새 유언장을 만들어주었는데 르바스의 이름이
다시 거기에 들어갔다.

영화 역시 자기 적성에 맞지 않는다고 생각한 르바스는
음악 예술로 전공을 또 바꾸기로 마음먹었다. 하지만 이번에
는 누구에게도 이를 말하지 않았다. 그때 (유일한 영화 전공이었
던) 르바스는 음악 예술 전공인 에릭의 백인 친구 세 명과 한
팀이 되었다. 그들은 특정 음악가의 곡을 편곡하라는 과제를
받았다. 강사는 그들에게 음악가를 선정해 그의 개인사와 작
곡한 음악에 대해 연구하라고 지시했다. 다들 막 자메이카에
서 돌아온 후 밥 말리의 노래 가사에 깊은 감명을 받은 분위기
였다. 르바스는 그저 동조하는 정도였다가 머리 모양을 드레
드록 스타일로 바꿨다. 그러던 어느 날 밤, 기타를 치며 「리뎀
션 송」[14]을 부르던 르바스는 갑자기 벼락같은 영감을 얻었다.
음악가가 되겠다는 열망이 용솟음쳤다! 새 학년이 시작되었을

---

14   밥 말리의 히트곡.

때 르바스는 어느새 타악기 세트를 있는 대로 다 갖추고서 음악 강의실에 앉아 있었다. 그는 두대와 의상, 외워야 할 두꺼운 대본을 다 뒷전에 놓아버렸다.

밥 말리의 추종자를 자처한 8개월 동안 르바스의 드레드록 머리에는 이가 둥지를 틀었다. 머리를 긁으면 손톱 사이에 이가 두 마리쯤 끼어 나왔다. 그중 한 마리는 르바스의 머릿속으로 다시 뛰어들었고 또 다른 한 마리는 엄지손톱에서 폭발하듯 터져버렸다. 피가 튀었다. 르바스는 환멸과 짜증에 비명을 질렀다. 이들이 그의 머리통에서 온통 피를 빨고 있었다! 최근 들어 더 멍청해진 이유가 꼭 대마초를 너무 많이 피워서만은 아니었던 거다. 르바스는 머리를 완전히 밀기로 했다. 그는 이번에는 빡빡 대머리로 변했고 밥 말리와 관련된 장신구를 모두 내다 버렸다. 다행히 카림이 찾아왔을 때 르바스의 머리카락은 다시 정상으로 자라 있었고 밥 말리를 동경하던 시절의 유일한 흔적은 밥 말리가 마리화나를 피우는 유명한 포즈의 고전적인 포스터뿐이었다.

일 때문에 미국 출장 중이던 둘째 형 카림은 동생의 아담한 아파트가 그간 벼룩시장에서 싸게 사들인 온갖 악기로 가득 찬 모습을 직접 보았다. 르바스는 부득이 자신이 더 이상 영화 전공이 아님을 실토하지 않을 수 없었다. 르바스가 아무에게도 말하지 말라고 간청했으므로 카림은 입장이 곤란해졌다. 하지만 카림은 그 사실을 집안의 장남인 트가르에게 알렸고 트가르는 어머니에게, 그리고 결국 어머니를 통해 아버지의 귀에도 들어갔다. 그처럼 꼬리에 꼬리를 물면서 소식이 전해졌다. 그 결과 아버지가 뇌졸중으로 둔해진 발음과 더듬거리는 목소리로 르바스에게 전화를 걸어왔다.

"아빠 화나지 않았다. 하지만 만약 전공을 또 바꾼다면 용돈을 끊을 거야. 대학 등록금도 더 이상 보내지 않겠다!"

그때 르바스는 음악예술학과에도 싫증이 난 상태였지만 선택의 여지 없이 대학 과정을 모두 마치기 위해 최선을 다해야 했다. 머리에 이가 들끓었던 사건 이후 르바스는 음악 전공에 이미 거부감을 느끼고 있었다. 그러던 어느 날 헤이즐넛 색깔의 머리칼과 눈동자를 가진 데니쉬라는 이름의 소녀가 르바스의 마음을 설레게 했다. 그녀는 제품과 서비스에 마술을 걸어 고객을 홀리는 기적 같은 광고의 세계로 르바스를 이끌었다. 르바스는 그녀를 위해 사진 강습도 받았다. 다음 학년도에는 전공 학과도 바꾸고 싶었다. 하지만 미국에 있는 동안 학비와 생활비를 지원하지 않겠다던 아버지의 최후통첩을 기억했으므로 그것만은 포기해야 했다. 르바스는 음악 전공에 발목이 잡혀 있었다. 낙담한 그는 처음에는 수업을 빼먹는 쪽을 택했다.

데니쉬를 따라 여기저기 돌아다니는 나날이 계속되었고

그녀가 수업에 들어가면 참을성 있게 기다렸다. 어느 날 데니쉬는 르바스가 너무 소유욕이 강하고 미래에 대한 계획이 없다며 그의 심장을 공격했다. 르바스는 자신이 부유한 인도네시아 담배 공장 사장의 아들이라서 미래를 걱정할 필요 없다고 데니쉬를 달래려 했다. 그러자 데니쉬는 결국 자신이 유부남 강사와 사귀고 있음을 실토했다. 폭발할 듯한 분노에 휩싸인 르바스는 노래한다기보다 비명을 지르며 포효한다는 표현이 더 어울릴 얼터너티브 펑크록의 볼륨을 있는 대로 높였다. 그 앨범은 악마를 숭배한다고 소문난 밴드를 초청한 어느 파티에서 받은 것이었다. 그 후 르바스는 다시 대학 수업에 들어가기 시작했다. 그는 삐걱거리면서도 음악 공부를 계속해 마침내 졸업할 수 있었다.

≈≈≈

(그때 자메이카로 떠났던 다섯 명 중) 에릭만이 밥 말리의 분위기에 아직도 푹 빠져 지내는 유일한 사람이었다. 그는 밥 말리의 장신구를 차고 밥 말리처럼 차려입었을 뿐 아니라 매일 밤 밥 말리와 함께 잠을 자고, 밥 말리풍 음악을 만들더니 믿거나 말거나 얼굴마저 밥 말리를 닮아갔다.

"무슨 바람이 불어 여기까지 온 걸까, 만?" 에릭이 자메이카 말투 비슷한 억양으로 물었다. 그는 가까운 사람들을 모두 '만'이라 불렀는데 영어식이라면 '맨'에 가깝게 소리 내야 하지만 그는 '만'이란 발음을 고집했다. 그러자 르바스는 자신이 온 목적을 설명하며 꿈꿔온 영화가 성공할 수 있게 동참해달라고 부탁했다. 자긴 돈이 많지 않아 이자를 최소한으로 정하면 좋겠고 혹시 가능하면 공짜로 빌려달라고 졸랐다. 에릭은 르바스의 말에 웃음을 터뜨렸다.

"만, 내가 바보로 보여? 네가 어떻게 돈이 없을 수 있어!"

"나 진지해. 형들이 내 영화에는 후원을 안 해줘." 르바스가 잔뜩 불쌍한 표정을 지었다.

에릭은 르바스의 어깨를 잡고 다시 웃으며 말했다. "아무 문제 없어. 내가 음악 작업을 해줄게. 이건 다 우리 형제애를 위한 거야, 그렇지, 마-만?" 르바스도 미소로 답했다. 에릭 정도는 언제든 자기가 마음대로 가지고 놀 수 있다고 믿어 의심치 않았다.

밤이 깊어질수록 루마 라스타는 마치 끈적끈적한 파리지옥처럼 변했다. 많은 사람이 모여들기 시작했는데 에릭이 친구들에게 전화해 르바스가 크레텍 자가드 라야 담배를 여러 상자 들고 왔다고 미끼를 던지며 유혹했기 때문이다. 밥 말리 비슷하게 변형된 얼굴을 한 몇몇 젊은이가 「노 우먼, 노 크라이」[15]라는 노래를 어쿠스틱으로 연주했다. "…우리는 즐거운 시간을 보냈고, 좋은 시절을 잃었다…. 이 밝은 미래에, 넌 너의 과거를 잊지 못해. 그러니 눈물을 닦아봐….”

르바스는 에릭의 목소리조차 밥 말리와 꽤 닮았다고 생각했다.

르바스가 선물로 가져온 크레텍 자가드 라야 한 갑이 모두 해체되었다. 모든 밥 말리가 그 내용물을 대마초와 섞어 각자 가져온 파피에 종이로 다시 말았다. 루마 라스타의 스튜디오가 연기로 가득 찼다. 사람들은 모두 미친 듯이 웃기 시작했다. 대마초를 섞어 다시 만 자가드 라야 플러스 담배가 사람들 입에서 입으로 옮겨졌다. 그들은 모두 르바스의 옛날 포스터 속 밥 말리와 똑같은 표정을 지으며 대마초가 첨가된 자가드 라야 담배를 피웠다.

그때 에릭이 갑자기 뭔가를 기억해냈다. “너한테 줄 게 있어, 만.” 에릭은 서랍을 열고 크레텍 담배 한 갑을 꺼내 르바스에게 건넸다.

“뭐 하러 나한네 크레텍 자가드 라야를 줘? 난 많이 있어.” 에릭은 르바스가 던져서 돌려준 담배를 집어 들며 고개를 절레절레 저었다.

“아니, 아니… 잘 봐, 만. 그건 자가드 라야가 아니야, 자갓

<hr>

15   밥 말리와 웨일러스의 곡.

라야야!" 르바스는 그게 무슨 말인지 금방 알아듣지 못해 미간을 찌푸렸다. 그러자 에릭이 자가드 라야와 똑같이 생긴 담배의 상표를 가리켰다. 정말로 자갓 라야라고 적혀 있었다! 르바스가 웃음을 터뜨렸다. "봤지…?" 에릭은 르바스가 웃는 걸 보며 즐거워했다. "일부러 샀어. 어떤 가게에서 발견한 거야!"

시장을 지배하는 몇몇 크레텍 담배를 다른 크레텍 담배 공장들이 모방하고 있다는 것은 더 이상 비밀도 아니었다. 그들은 포장뿐 아니라 맛까지 흉내 냈다. 이번에 르바스가 감탄한 것은 이 크레텍이 포장까지 세밀하게 따라 했기 때문이었다. 맛은 어떨까? 르바스는 자갓 라야 담배를 한 대 꺼내 라이터로 불을 붙였다.

"자가드 라야와는 맛이 달라."

"KW 12야, 그렇지? 하하하…!" 에릭이 대꾸했다.

브랜드 제품을 모방한 것을 부를 때는 보통 KW에 번호를 붙인다. 숫자가 크면 클수록 확실히 더 가짜 같다는 뜻이다.

≋

트가르는 길가에서 전화기를 귀에 댄 채 씩씩거리고 있었지만 상대방이 전화를 받지 않았다. 그는 자카르타-치레본 여행사의 직행 차량에서 막 내린 참이었다. 여행사 운전사가 목적지까지 태워주겠다고 했지만 트가르는 종점까지만 가달라고 했다. 치레본으로 출발할 때만 해도 그는 르바스에게 전화해 자신을 픽업하면 같은 호텔 방에 묵을 생각이었다. 이런 주말에는 호텔을 잡는 게 불가능하다는 것을 잘 알고 있었기 때문이다. 하지만 30분이 넘도록 르바스가 전화를 받지 않았다. 도심 여객 운송 여행사 버스가 종점에서 다시 나올 땐 이미 만석이었다. 정체에 막힌 그 차량이 하필 트가르 바로 앞에 섰다. 아까 태워주겠다고 했던 운전사가 그에게 정중히 고개를 끄덕이자 트가르도 그에게 미소 지으면서 르바스에게는 계속 전화를 돌렸다. 30분쯤 더 지났을 때 정체 속에서 가다 서기를 반복하는 빈 택시가 한 대 보였다. 제대로 청소한 적 없어 보이는 택시와 유니폼을 며칠째 갈아입지 않은 듯한 운전사의 체취가 뒤섞인 시큼한 냄새에 트가르는 택시에 타자마자 질겁했다. 트가르는 아무 호텔이나, 빈방이 있을 만한 곳으로 가달라고 운전사에게 부탁했다. 바보라서 그런 건지 아니면 일부러 그러는 건지 몰라도 운전사는 주말이면 가장 번잡해지는 칩토 거리로 트가르를 데려갔다. 호텔에 도착해서도 트가르는 동생에게 계속 연락했지만 아무 소용없었다. 누군가 전화를 받지 않으면 그 사람에게 무슨 나쁜 일이 생겼을 것이라 추측하는 대부분의 사람과 달리 그는 전혀 걱정하지 않았다. 트가르는 동생이 얼마나 제멋대로인 녀석인지 잘 알았다. 그는 아마도 나이트클럽에서 파티를 즐기고 있을 게 뻔했고 휴대폰도 일부러 호텔에 두고 나왔을 것이다. 그런 생각만으로 트가르는 머리끝까지 화가 치밀어 올랐다. 동생을 뒤쫓아오기로 한 것이 다행이라고 그는 생각했다. 만약 그러지 않았으면 정야를 찾는 일은 엉망이 되어버렸을 것이다. 트가르는 더 이상 전화하기를 포기하고 분을 삭이며 잠자리에 들기로 했다.

아침이 되자 트가르는 또다시 르바스에게 연락을 시도했다. 이번에는 전화를 받았다. 전화기 저편에서는 이제 막 깨어난 르바스의 쉰 목소리가 들렸다. "여보세요."

"도대체 어디 있었어? 아무리 전화해도 안 받던데? 어제 밤새도록 찾았잖아! 난 지금 치레본에 왔어!"

"뭐? 아버지가 돌아가신 거야?" 르바스가 당황했다.

"뭐, 아버지가 돌아가셔? 아버지가 돌아가셨냐고? 이 녀석이! 아버지 빨리 돌아가시라고 고사라도 지내는 거야? 그러니 전화하면 즉각 받으란 말이야. 어젯밤에 도대체 어디 있었어?"

"친구 음악 스튜디오에 있었어."

"호텔은 어디야? 내가 지금 그쪽으로 갈게."

"형, 나 호텔 아니야. 난 어젯밤 내내 친구 스튜디오에 있었어."

"그래서? 어디서 잤는데?"

"그게 뭐, 잘 잤어…. 여기 스튜디오에 잘 곳이 얼마든지 많아."

"맙소사. 바스, 바스야… 너 도대체 몇 살이냐? 너 아직도 막사는구나." 트가르는 내키는 대로 사는 동생의 생활 방식을 이해하지 못했다. 크레텍 자가드 라야 담배 공장의 소유주인 수라야(Soeraja) 가문 사람이 아니었다면, 르바스는 미래가 없는 아이가 되었을 것이다.

트가르는 루마 라스타가 어디 있는지 모르지만 택시를 타고 가서 동생을 데려오기로 마음먹었다. 르바스가 에릭에게 휴대폰을 건네자 에릭은 인도네시아어와 '밥 말리어'를 섞어 가며 루마 라스타에 오는 길을 설명했다. 트가르는 에릭이 도대체 무슨 말을 하는지 알아듣기 어려웠다. 그로서는 자기가 데리러 가는 편이 르바스가 오기를 하염없이 기다리는 것보다 훨씬 나았다. 르바스에게 호텔로 오라고 하면 사흘을 기다려도 도착하지 않을 것 같았다. 막상 가보니 르바스는 씻지도 않은 채 초췌한 몰골로 스튜디오 구석의 수머당 두부 매트리스에서 다시 잠들어 있었다. 트가르가 킁킁 르바스의 몸 냄새를 맡았다.

"너, 피웠구나? 그렇지?" 그렇게 묻는 트가르는 마치 취조에 나선 경찰관 같았다.

"그게 뭐, 알다시피 나 담배 피우잖아."

"내 말은, 너 대마초 피웠지, 응?" 르바스는 답하지 않았다. 하지만 형에게는 그게 그렇다는 대답과 다름없었다. "가서 씻어! 옷도 갈아입고! 우린 곧바로 쿠두스로 갈 거야."

"우리라고?"

"그래, 우리."

～～～

잠시 후 르바스는 화가 잔뜩 난 채 운전하는 트가르의 옆자리에 앉아 있었다. 트가르는 동생이 정말 제정신인지, 술이 다 깨긴 했는지 믿지 못해 그에게 운전대를 맡기지 않았다. 트가르는 르바스가 루마 라스타에 가지고 들어간 물건을 모두 거기 두고 나오게 했다. 혹시라도 갑자기 경찰을 만나게 되었을 때 차에서 대마초 냄새가 나는 것을 원치 않아서였다. 아버지 일을 보겠다는 놈이 싸구려 호텔 하나 제대로 잡지 않았다니. 출발하기 전 트가르는 먼저 세차장에 들러 그곳 직원에게 차량 구석구석에 진공청소기를 돌려달라고 부탁하며 상당한 팁까지 찔러주었다. 그런 다음에는 옷 가게로 가서 르바스의 옷을, 속옷까지 포함해 몽땅 새로 샀다.

"하지만 난 그 청재킷이 마음에 들었단 말이야!" 르바스는 자신의 허름한 재킷을 루마 라스타에 두고 와야 했던 것에 대

44

해 불평을 늘어놓았다.

"그 나이가 되도록 아직도 막무가내라니!" 트가르가 쏘아붙였다. "진작에 두 손 두 발 다 들어야 했는데. 아직도 이렇게 다 큰 아기를 돌봐야 한다니."

"내가 뭐 언제 돌봐달라고 하진 않았다."

"고마운 줄이라도 알면!"

"애 취급하지 마." 르바스가 뚱한 표정으로 반박했다.

"그래, 그럼 애가 아니란 걸 증명해봐. 다른 사람들만 곤란하게 만들지 말고."

갑자기 르바스가 킥킥 웃었으므로 트가르는 더욱 짜증을 냈다. "아니, 혼나면서 웃어!"

"형 잔소리가 이미 아줌마들 수준이야. 엄마를 쏙 뺏어."

트가르가 시선을 돌렸다. 이번에는 르바스가 형의 입에 자물쇠를 채우는 데 성공한 것이다. 트가르는 시동을 걸면서 르바스에게 안전띠를 매라고 했다. 더 이상 돈에 쪼들리지도, 외롭지도 않은 카우보이의 여정이 시작되고 있었다.

르바스는 신중하게 차를 운전하는 형을 바라보았다. 형은 옛날부터 지금의 나이가 되도록 늘 신중했다. 트가르는 어렸을 때부터 아버지 손에 이끌려 공장에 가서 담배 마는 법, 직원들 감독하는 법, 심지어 담배 피우는 법까지 배웠다. 아이에게 담배 피우는 걸 일부러 가르치는 부모라니, 상상하기 힘든 일이다. 그게 트가르가 중학교를 막 졸업했을 때였다. 아버지는 자신이 직접 만 자가드 라야 브랜드의 크레텍 담배를 트가르에게 주며 담배 피우는 법을 가르쳐주었다. 아버지는 다른 담배도 여러 대 준비했다. 그러고는 아직 어린 트가르에게 그 담배들의 맛을 보게 했다. 트가르의 정확한 혀는 어떤 담배가 좋고 어떤 담배가 나쁜지 잘 구별해냈다. 물론 르바스 개인적으로는 맛이란 개인 취향에 따라 상대적이라고 생각하는 편이었다. 트가르 형의 혀는 구수하고 맛있는 것이 자가드 라야 브랜드의 담배고 다른 것은 그렇지 않다는 것을 구분하도록 잘 훈련되어 있었다.

고등학교를 졸업할 무렵 트가르는 가문의 비법을 배웠다. 비법은 소스에 있었다. 그렇다. 소스는 연초와 정향[16]만큼이나 중요한 비밀 레시피였다. 그 소스는 한 크레텍 담배의 맛을 다른 크레텍의 맛과 차이 나게 만드는 열쇠였다. 즉, 담배 공장의 생명은 소스에 달려 있었다. 자가드 라야 브랜드 담배 소

---

16 인도네시아 말루쿠 제도가 원산지로 정향나무의 꽃봉오리 부분이 향신료로 쓰인다. 그 모습이 마치 못처럼 생겨 정향(丁香)이라 부르며 영어로는 클로브(clove), 인도네시아에서는 층케(cengke)라 한다. 정향 추출물이 천식, 기관지염 등의 증상 완화에 도움이 되는 것으로 알려져 인도네시아 민간에서는 정향이 포함된 크레텍 담배가 천식에 효과가 있다고 믿는다.

스의 비밀 레시피는 르바스와 카림조차 배우는 것이 허락되지 않았다. 르바스와 카림은 트가르가 두 친동생을 포함해 그 누구에게도 소스의 비밀을 발설하지 않겠다고 아버지 앞에서 맹세했다고 추론했고 그걸 확신했다. 소스, 즉 재료의 혼합 방식은 반드시 비밀로 지켜져야 한다. 트가르는 소스의 비밀을 절대 누설하지 않겠다는 서약서에 인지까지 붙이고 아버지와 함께 서명한 것으로 알려졌다.

"내 생각엔 트가르 형이 이 일로 포총의 맹세[17]까지 했을 것 같아."

어느 날 르바스가 카림과 함께 계속 추측하다가 이렇게 덧붙였다.

"그러지 않았을 리 없어. 트가르 형은 말하다 보면 하지 말아야 할 이야기를 하는 경우가 종종 있잖아. 비밀을 털리기 쉬운 타입이지. 그런데 소스 비밀을 실수로 흘린 적은 단 한 번도 없잖아."

트가르는 '구수함'을 제대로 정의할 수 없었다. 그에게 구수함이란 짠맛과 단맛의 딱 들어맞는 조합으로 꼭 소금과 설탕 두 가지 재료에서만 오는 것이 아니라 특유의 맛을 가진 다

---

17 이슬람식으로 염을 한 망자인 포총의 모습을 하고서 서약하거나 거짓 없
는 증언을 하는 의식.

른 재료에서도 나오는데, 한번 맛을 보면 약간 목이 말랐다. 구수함에 대한 트가르의 정의는 그랬다. 하지만 아버지는 전혀 다른 식으로 구수함을 정의했다. 그에게 구수함이란 그것만으로 너무나 충분해서 다른 것을 맛볼 필요가 없다고 느끼게 하고 그 맛에 홀린 사람들이 그 맛을 찾아 다시 돌아오게 만드는 것이었다. 트가르는 자기 버전의 구수함을 설명하는 아버지가 매우 설득력 있다고 생각했다.

트가르가 중학교를 졸업할 때까지도 수라야 가족은 쿠두스에 살았다. 트가르가 중학교 성적표를 어머니에게 막 보여줄 때 아버지는 트가르를 불러 방금 자신이 만 크레텍 담배를 맛보게 했다.

트가르가 꽂힌 듯 그 담뱃갑을 바라보았다. 아버지는 그 담뱃갑에서 담배들을 밀어내 아직 열여섯 살도 채 되지 않은 소년에게 한 개비를 뽑으라고 했다. 트가르가 망설이자 아버지가 안심시키며 트가르의 손에 한 개비를 쥐여주었다. 아버지도 한 개비를 뽑아 라이터로 불을 붙이고 한 모금 빨아들였다. 연기가 입과 코를 통해 흘러나왔다. 트가르는 그 모습을 관찰했다. 이제 아버지는 10대였던 트가르에게 라이터를 건넸다. 트가르는 망설이다가 결국 담배에 불을 붙여 한 모금 빨아들였다. 크레텍, 크레텍….[18] 담배 속 정향이 그런 소리를 내며 타들어갔다. 소년이 기침하자 아버지가 웃음을 터트리며 등을 두드려주었다.

“마저 다 피거라.” 아버지가 말했다. “내가 널 위해서 특별히 만 담배야.” 트가르는 그 담배를 즐기려 애썼다. 솔직히 벌써 담배를 피우기 시작한 친구들이 주변에 있었지만 트가르 자신은 그때까지 한 번도 담배를 피운 적이 없었다. 가끔 학교 친구들이 공장에서 담배를 좀 가져다달라고 부탁하곤 했다. 친구들과의 단합을 위해, 그리고 막 말은 담배 너덧 개비 정도 빼돌려도 표도 나지 않을 터였으므로 트가르는 기꺼이 그들에게 담배를 조달해주었다.

트가르는 언젠가 수라야 가문의 담배 사업을 자기 어깨에 짊어져야 한다는 것을 알았다. 단지 그 순간이 이렇게 빨리 올 줄은 몰랐다. 사실 트가르는 자기 또래의 아이들이 겪어야 할 일들을 경험하고 싶었다. 아버지에게 들킬까 두려워하며 담배 한 개비를 훔치는 일, 그리고 학교 뒤편 공터에서 담배를 피우다가 선생님이 냄새를 맡지 못하도록 담배를 태울 때 나오는 향과 연기를 감추는 일 같은 것 말이다. 하지만 트가르는 자기 앞에서 담배를 피우라며 직접 담태를 말아 건네주고 불까지 붙여준 후, 마저 다 피우라고 말하는 아버지를 가지고 있었다.

---

18   담배 속에 섞인 정향이 타들어가는 소리를 표현한 의성어로 우리말의
      '타닥, 타닥'에 해당한다. 인도네시아에서 정향이 들어가 단맛이 나는 담
      배를 크레텍 담배라 부르는 이유다.

"가르, 넌 네가 운이 좋은 사람이란 걸 아니?" 자욱한 담배 연기 속에서 아버지가 말했다. 아버지는 더없이 진지한 얼굴을 하고 있었다. "넌 원한다면 몽롱해질 때까지 마음껏 담배를 피울 수 있어. 다른 사람들은 담배를 사기 위해 돈부터 벌어야 해. 하지만 넌 아니지." 트가르는 묵묵히 아버지의 말에 귀를 기울였다. 그는 지금 가르침을 받고 있다는 걸 알았다. 중학교를 졸업했으니 아버지는 트가르를 어른으로 생각하는 것 같았다. "나중에 대학을 졸업하고 나서 직장 문제로 골머리 썩을 필요도 없어. 네 일은 이 공장을 잘 운영하는 것이니까. 다른 사람들은 얼마 되지 않는 임금을 받으려고 일거리를 찾아 돌아다녀야 하지만 넌 이 공장만 잘 운영하면 편안한 인생을 살게 될 거야."

그 후 아버지는 트가르를 공장 곳곳으로 데리고 다녔다. 어릴 적부터 공장 구석구석을 모두 탐험해본 터였기에 이게 좀 멋쩍었다. 트가르는 모든 샛길을 알았고 심지어 직원들 자전거를 세워두는 타마린드나무에 사는 귀신들 숫자까지 꿰고 있었다. 아버지는 트가르에게 관리자들부터 시작해 담배를 마는 길링 작업자들, 담배 끝을 다듬는 바틸 작업자들 순으로 직원들을 일일이 소개했다. 그들은 일터에서 트가르를 자주 보았고 트가르도 그들 중 몇 명과는 진작 아는 사이였으므로 그런 소개가 조금 우스꽝스러웠다.

"웬 소개야, 가르? 내 이름 까먹었어, 응?" 한 직원이 장난스럽게 하는 말에 아버지는 미소를 지었고 트가르는 대꾸하지 않았다.

"언젠가 네가 저 사람들을 책임져야 해, 가르. 크레텍 담배를 팔아서 저 사람들 임금을 지급해야 해. 저 사람들 의료비 지원도 해야 하고 매년 명절엔 보너스도 줘야 해. 평소 월급의 두 배를 줘야 하지. 저 사람들은 네 책임이야. 저들의 아내, 남편, 아이들까지." 트가르는 자신의 작은 어깨로 엄청난 무게를 짊어져야 한다는 말에 가슴이 철렁 내려앉았다. "이 공장이 망하면 저 사람들은 일자리를 잃게 돼. 밥도 굶어야 하고 아이들을 학교에 보낼 수도 없지. 궁핍해지는 거야. 넌 그런 일이 벌어지길 바랄까?" 트가르는 즉시 고개를 세게 저었다.

새 학년이 시작되기 전 한 달 간의 방학 동안 아버지는 트가르를 공장의 길링 작업자로 일하게 했다. 사실 담배를 마는 일은 트가르에게 새삼스럽지 않았다. 어릴 때부터 담배를 말며 노는 것이 그의 일상이었다. 어떤 때는 다 만든 담배를 담뱃갑에 담는 일도 했는데 그건 대개 남자가 담당하는 작업이었다. 물론 학교가 방학이었으니 트가르도 다른 친구들처럼 놀고 싶었다. 뭐든 자기 하고 싶은 일을 자유롭게 하며 노는 두 동생 카림과 르바스처럼 말이다. 그 또래의 10대가 원래 그렇듯 종일 공장에서 일하는 것은 결코 쉬운 일이 아니었다. 더욱이 르바스는 유치하기 짝이 없어 아까 이런저런 놀이를 하고 놀았다거나 이 친구 저 친구들과 놀러 갔다 왔다고 일부러 자랑하며 뽐내기까지 했다. 트가르는 속이 부글부글 끓었으나 동생에게 내색하고 싶지 않아 더욱 짜증이 났다. 담배를 마는 것은 대개 여성 종업원들의 일이었지만 트가르는 그들과 함께 일하기를 좋아했다. 트가르는 담배를 마는 사람들의 손이 각각의 두뇌를 따로 가진 게 틀림없다고 믿었다. 그들은 농담하고 수다를 떨면서도 그들의 손은 마치 특정 작업을 하도록 프로그래밍된 기계처럼 자동으로 끊임없이 움직였다. 담배 마는 여성들의 손 움직임은 막힘이 없었다. 트가르가 담배를 잘 말도록 가르쳐준 사람은 마름 아줌마였다. 그녀는 공장 길링 작업팀의 고참이었다. 그녀는 잘 웃었고 전형적인 자바 여성의 통통한 몸매를 하고 있었다.

이제 아버지는 트가르도 일반 직원들의 근무 시간을 똑같이 따르게 했다. 임금도 똑같이 받았다. 책임감 강한 10대였던 트가르에게는 휴가도 없었고 고등학교 진학을 위해 등록하러 갈 때를 제외하곤 공장을 벗어나지 못했다. 그는 쿠두스 기념비로 놀러 가자는 친구들의 말을 듣고 아버지에게 시간을 좀 빼달라고 요청했지만 허락받지 못했다. 트가르는 아버지가 너무 독재자처럼 굴어 방학을 전혀 누리지 못한다는 생각에 항의도 했는데 아버지는 이렇게 답했다. "단순히 쿠두스 기넘비를 보고 싶은 거라면 넌 어릴 때부터 거길 수도 없이 가봤어. 뭘 더 볼 게 있다고 그러니? 아무것도 변하지 않았고 아직 거기 그대로 있어. 놀러 가고 싶으면 직원들 모두 데리고 함께 가는 게 나아. 저 사람들 모두에게도 일을 마치고 놀러 가는 즐거움을 느끼게 해주렴." 트가르는 이번에도 대꾸하지 못했다. 아버지의 입에서 나온 '직원'이란 단어가 트가르의 작은 어깨에 걸린 무거운 짐의 무게를 더했다. 일요일에도 아버지는 그에게 공장 운영을 가르쳤다. 그는 공장 경리를 불러 회계 장부를 잔뜩 가져오게 한 뒤 트가르 앞에 펼쳐 보이며 매달 지불해야 할 비용들을 하나하나 설명했다. 벌어들이는 수입이 얼마나 되는지 보여주는 숫자에 트가르는 깜짝 놀랐다.

"트가르 도련님이 라야 씨의 후계자인 거야?" 마름 아줌마가 물었다. 마름 아줌마는 자가드 라야가 처음 세워졌을 때, 즉 자가드 라야라는 브랜드가 사용되기도 전부터 아버지의 공장에서 담배 마는 일을 해왔다고 들었다. 그러니까 트가르의 할아버지가 아직 공장을 운영하던 때부터다. 마름 아줌마는 아버지보다 나이가 많았다.

"아유, 봐봐, 트가르 도련님 말고 또 누가 있겠어." 마름 아줌마와 나이가 비슷해 보이는 다른 직원이 맞장구쳤다.

"정말 멋지네, 트가르 도련님, 그렇다면 난 트가르 도련님 편이야." 마름 아줌마의 말에 트가르 어깨의 짐이 더욱 무거워졌다.

주말에 아버지는 트가르를 트망궁에 데려갔는데 그곳은 보통 연초와 정향을 사러 다니는 곳이었다. 두 사람은 트망궁의 레곡사리 마을로 갔는데 몇 주 전 그곳의 들판에 별이 떨어져 밝은 빛이 났다고 했다. 별이 떨어졌다니 이상하기 짝이 없는 소리였다. 그런데 이 시골 마을 사람들은 담배밭에 별이 떨어지면 거기에서 스린틸이 자란다고 믿었다. 스린틸은 니코틴 함량이 가장 높아 당연히 더 비싼 가격에 팔리는 연초다. 품질이 가장 좋은 것은 킬로그램당 70만 루피아까지 호가했다. 그걸로 만든 담배를 팔면 몇 배의 이익을 낼 수 있었다. 그런 다음 그들은 스린틸은 아니지만 연초 품질이 좋은 보통의 다른 담배밭으로 갔다.

그들을 실은 차가 도착하자 무리라는 이름의 몸집이 작은 남자가 그들을 맞았다.

"얘가 트가르라오. 내 뒤를 이을 아이죠." 아버지는 서슴없이 이렇게 말했다. 아직 어린 트가르가 언젠가 자신에게 스린틸 연초와 정향을 사러 올 사람임을 알게 된 무리는 곧바로 트가르에게 호의를 표하며 싹싹한 태도를 보였다. 그들이 담배밭을 지날 때 길가에는 사람들이 수확한 담뱃잎을 펼쳐놓고 말리고 있었다. 옷이 멀쩡한 일꾼은 아무도 없었다. 모두 더러웠다. 연초 얼룩이 옷에 착색되어 아무리 여러 번 빨아도 갈색

흔적은 지워지지 않았고 그들 몸에서 나는 냄새는…, 흠…, 아버지가 돈 냄새라 부르는 것이었다.

무리 씨는 그들을 대나무로 지은 여러 창고로 안내했다. 무리 씨는 창고에 연초를 사러 와 다른 직원들의 응대를 받는 몇몇 사람과 인사하는 것도 잊지 않았다. 그들은 구매자들이 많이 몰리지 않은 창고에서 멈췄다. 거기서 한 장년의 남자가 인사하며 아버지를 맞았다. 그들은 친해 보였는데 그 남자는 무리 씨에게서 연초를 구매하는 단골 같았다. 아버지는 다시 트가르를 그 남자에게 소개했다. 트가르는 그의 이름을 기억하지 못했는데 그는 주머니에서 크레텍 담배를 한 대 꺼냈다. 트가르는 글랑 음팟[19]이라 적힌 담뱃갑에 주목했다. 그 남자는 아마 그 담배 공장의 주인인 듯했다.

"네가 크레텍 자가드 라야의 후계자로구나, 그렇지?" 트가르는 작은 미소를 지으며 그에게 인사했다. "그럼 널 조심해야겠구나. 곧 내 경쟁자가 될 테니까." 글랑 음팟의 남자가 껄껄 웃으며 농담으로 화답했다.

아버지는 큰 바구니에 쌓인 연초 다발[20]에서 담뱃잎을 잘

---

19 '네 개의 팔찌'라는 뜻.
20 원서에서는 jamang으로 표기. 이는 같은 품질의 연초를 묶어놓은 것으로 한 다발의 무게는 대략 1~2킬로그램이다. 연초 다발을 넣은 바구니 한 개의 무게는 50~60킬로그램에 달한다.

라내 그 일부를 트가르에게 주었다. 아버지는 향을 맡고 질감을 느낀 후 색깔을 살폈다. 트가르는 아버지가 하는 것을 그대로 따라 했지만 어떤 원료를 선택해야 할지 정확히 알지 못했다. 곧이어 연초 한 웅큼[21]을 종이우산 재료인 갈색 종이로 만든 봉투 안에 넣고 어느 연초 바구니에서 나온 것인지 적었다. 아버지는 다른 연초 바구니들도 똑같이 했다. 얼마 지나지 않아 아버지는 일을 모두 마치고 무리 씨와 악수를 나누었다. 아버지와 트가르, 글랑 음팟의 남자, 그리고 무리 씨가 창고에서 걸어 나왔다. 그들은 더 한산한 다른 창고에 들렀다. 한 중국인 남성이 뚱뚱한 직원과 흥정하고 있었다. 아버지가 그 뚱뚱한 남자를 부르자 그가 다가와 서로 인사했다. 그들은 한동안 이야기를 나눴다. 그 창고에는 물건을 사러 온 예의 중국인 남자 외에는 아무도 없었다. 트가르가 아버지의 옷자락을 당기며 조용히 속삭였다. "이 창고가 훨씬 한산한데 여기서 사는 게 더 낫지 않아요, 아버지?" 아버지는 대꾸하지 않고 트가르에게 잠자코 있으라고 손짓했다. 그런 후 다시 그 뚱뚱한 남자와 유쾌하게 이야기를 계속했다.

구매를 마친 후 그들은 곧바로 돌아가지 않았다. 아버지

21　원서에서는 cetbot으로 표기. 샘플로 내놓은 잘게 썬 연초 한 웅큼은 대략 25~85그램이다.

와 글랑 음팟 씨, 무리 씨는 직원들이 잠시 숨을 돌리며 커피를 마시거나 바나나튀김을 먹고 각자의 크레텍 담배를 꺼내 피우는 용도로 쓰이는 평상에 앉았다. 끝없이 펼쳐진 푸른 담배밭 앞에서 트가르는 좀이 쑤셨다. 그래서 그는 아버지에게 담배밭을 돌아다닐 수 있게 허락을 구했다. 아버지의 허락이 떨어지자 트가르는 일꾼들이 아직 잎을 따고 있는 담배밭 사이를 곧바로 달려 나갔다. 담배 향 섞인 신선한 공기를 들이마시니 눈을 감고 달리는 트가르의 작은 몸이 날아오를 것 같았다. 내가 날고 있어, 담뱃잎이 내 날개가 되어서. 햇살이 그의 눈꺼풀에 스며들었다. 트가르를 본 일꾼들은 모두 미소 지었고 땅이 고르지 않으니 넘어지지 않게 조심하라고 외치는 이도 있었다. 그러나 그는 자신이 넘어지지 않으리란 걸 알았다. 그는 날고 있었으니까. 바로 그 순간 트가르는 자신이 담배밭과 사랑에 빠졌다는 것을 알았다.

⌒⌒

트망궁에서 돌아오는 길에 트가르가 다시 물었다. "아버지, 아까 왜 더 한산한 창고에서는 둘건을 사지 않은 거예요?"

아버지가 이번에는 답을 해주었다. "아까 그 중국인 봤지?" 트가르가 고개를 끄덕였다. "그 사람은 999 브랜드 크레텍 담배의 주인이야. 그 사람은 늘 와히드 품번[22]의 담배 재료를 저장하는 그 창고에서 물건을 사지. 아빠는 아직 그 창고의 물건을 살 형편이 안 돼. 만약 그 창고에서 재료를 사면 크레텍 가격을 올려야 하거든. 가격을 올리는 건 도박이기도 해. 우리 크레텍 담배가 너무 비싸다고 단골들이 등을 돌리고 다른 담배를 사러 갈지도 몰라. 우리 담배가 팔리지 않게 되면 난 직원들에게 임금을 줄 수 없어. 무슨 말인지 알겠니?”

트가르는 이해했다. 하지만 아무 말도 하지 않았다.

“언젠가 넌 우리 담배 가격이 비싸더라도 모든 사람이 사고 싶어 하도록 만들기 위해 어떻게 해야 할지 고민해야만 할 거야. 언젠가 넌 아까 그 창고에서 재료를 사게 될 거고 그땐 담배밭 주인이 직접 나와 널 맞을 거야. 알겠지?”

트가르는 이번에도 대꾸하지 않은 채 아버지의 말을 되새겼다. 아버지는 그의 생각을 읽기라도 한 듯 자가드 라야 담배 한 개비를 건네주었다.

“생각할 땐 담배를 태우는 게 제격이지.” 담배를 받아 들자 아버지가 불을 붙여주었다. 크레텍 자가드 라야 담배의 구수함이 트가르의 입안 전체에 녹아들었다. 트망궁에서 돌아오

22　특정 분야에 정통한 사람을 비유적으로 묘사하는 말로, 와히드 품번 연
　　초는 고품질 연초를 의미한다.

자마자 트가르는 맛을 비교해보기 위해 노점에서 999 크레텍을 샀다. 999 브랜드 담배는 당시 최고로 통했다. 포장지에는 빨간색과 노란색이 섞여 있었다. 아버지는 그 브랜드가 자가드 라야보다 훨씬 전부터 있었다고 했다. 그들은 독립 전, 즉 아직 네덜란드가 이 나라를 짓밟던 시절 사업을 시작했다. 아직 연도 앞 숫자가 19가 아니라 18이던 시절부터. 그러니 999 크레텍 왕국이 저렇게 큰 것도 놀라운 일이 아니었다. 그들은 999 크레텍 담배 사진을 넣은 광고를 신문과 잡지에 자주 실었다. 그 광고에는 가끔 강인해 보이는 상류층 남자가 멋지게 담배를 피우는 모습이 추가되기도 했다. 자가드 라야도 신문 광고를 낸 적이 한 번 있는데 끌고 면적이 크지 않아 사람들에게 크레텍 브랜드를 알리기에는 역부족이었다. 크레텍 자가드 라야는 입소문을 통해 더 많이 알려졌다. 트가르는 언젠가 신문과 잡지에 자가드 라야의 대형 광고를 싣겠다고 감히 마음먹었다. 다른 담배 광고와 전혀 다른 광고를 만들고 싶었다. 그뿐만 아니라 사람들은 당대의 최고 예술 행사를 후원하는 자가드 라야를 보게 될 것이고 자가드 라야야말로 최고의 크레텍 담배임을 알게 될 것이다.

아버지가 맞다고 트가르는 생각했다. 담배는 사람의 생각을 활짝 열리게 한다. 담배 연기는 그를 하늘로 들어 올려 크레텍 자가드 라야의 미래가 어떠할지 보여주려는 것 같았다.

마지막 모금까지 피운 트가르는 잠에 떨어져 쿠드스에 도착할 때까지 깨지 않았다. 그때 아버지가 트가르의 잠든 모습을 들여다보았던 것처럼 트가르도 잠든 르바스의 얼굴을 바라보았다. 르바스는 잠들어 있는 동안만큼은 사람을 열받게 하지 않았다. 심지어 부모님 말씀을 잘 듣고 따르는 착한 아이처럼 보였다. 하지만 실제로는 아버지 말씀도 듣지 않은 르바스였다. 고작 형일 뿐인 트가르가 무슨 말을 한대도 통할 리 없었다. 얼마 지나지 않아 르바스가 몸을 비틀며 아직도 끈적끈적한 눈을 뜨고 늘어지게 하품했다. 트가르는 자기 코를 막았다.

"하품하려면 입을 가려! 입 냄새 지독해!" 트가르의 잔소리가 또 터졌다. 하지만 맹랑한 르바스는 오히려 벌린 입을 형의 얼굴에 들이밀며 숨을 뿜었다. "하!" 그러더니 르바스는 자기가 이겼다는 듯 웃음을 터트렸다. "아, 이 자식! 나 운전하고 있잖아!" 르바스의 웃음소리가 더욱 커졌다.

"졸려, 잠이 부족해."

"그래, 너 사는 꼴이 그러니 어떻게 잠이 모자라지 않겠니. 계속해서 그런 식으로 살면, 바스, 늙기도 전에 몸부터 망가질걸!"

"네, 네, 잔소리 아저씨!"

그들 사이에 잠시 말이 끊어졌다. 그러더니 트가르가 갑자기 범상치 않은 질문을 툭 던졌다. "너 또 영화 만드는 거냐?” 르바스는 형을 바라보며 믿을 수 없다는 표정을 지었다. 형이 영화 프로젝트를 물어본다고?

“맞아!” 르바스가 열정적으로 답했다. “하지만 이번엔 공포 영화가 아니야. 아주 멋진 영화가 될 거야. 극본도 가지고 왔어.” 그러더니 르바스는 뒷좌석에서 가방을 가져와 어딜 가든 가지고 다니던 랩톱 컴퓨터를 꺼냈다. “봐, 이 대본은 내가 쓴 거야. 트가르 형이 제안서를 직접 읽어볼래? 카림 형한테는 이미 줬어. 하지만 여기에도 있어. 원하면 나중에 트가르 형이 볼 수 있게 프린트해줄게.”

“아, 됐어. 그냥 둬. 네가 랩톱을 들이밀어도 절대 안 읽을 거야.” 트가르는 운전에 집중하는 척했다. 실망한 르바스는 한숨을 쉬며 랩톱을 도로 닫았다.

트가르의 솔직한 입장은 형편없는 영화를 후원해 크레틱 자가드 라야의 이름을 더럽히고 싶지 않다는 것이었다. 게다가 조사해본 바 영화를 후원한다는 것은 복마전에 뛰어드는 셈이라 수십억 루피아를 들이고도 그 돈이 어디로 갔는지 불분명한 경우가 많았다. 돈을 빼돌릴 구석이 얼마든지 있기 때문이다. 트가르는 이미 동생의 작품들을 보았지만 지금까지 크레틱 자가드 라야가 후원해온 다른 예술 작품들 수준에 다다른 것을 아직 발견하지 못했다. 르바스가 아무리 친동생이라 해도 후원은 분명 사업의 영역이었다. 트가르는 투자금을 회수하지도 못하게 되는 상황을 원치 않았다. 설령 투자금 회수를 못 할지라도 최소한 후원했다는 사실이 스스로 자랑스러워야 하고 결과적으로 크레텍 자가드 라야의 명성을 드높일 것이란 확신이 필요했다. 이것은 단순히 사랑하는 동생을 물질적으로 지원하는 차원의 문제가 아니라, 르바스가 꿈에도 이해하지 못할 고급 홍보 기법이었다.

두 사람은 한동안 아무 말도 없었다. 트가르는 르바스가 실망했음을 알았다. 얼마 지나지 않아 트가르가 먼저 둘 사이의 침묵을 깼다. "내가 엄마한테 정야 문제를 물어봤어."

르바스가 깜짝 놀랐다. "뭐? 정말로?"

"그래, 맞아⋯. 정말로. 그래서 널 쫓아온 거야. 아무리 전화해도 네가 전화를 받지 않잖아. 처음엔 전화로 얘기하고 끝내려 했는데."

"그래서?"

"너, 아버지 이마에 난 흉터 알지?"

"응, 그게 왜?"

"아버지가 그 흉터에 대해 한 얘기 기억해?"

"내 기억이 맞다면 아버지가 젊을 때 어떤 사람이랑 싸웠다고 한 것 같아."

"그래⋯ 그게 아무렇게나 생긴 흉터가 아니야. 아버지 이마를 등유 램프로 내리친 사람이 바로 정야야."

"설마?!"

"정말이야, 그리고… 정야가 아버지를 램프로 때린 곳이 다름 아닌 아버지와 엄마의 결혼식장이었어."

"뭐라고…?!" 그 믿을 수 없는 말에 르바스의 눈이 휘둥그레졌다. 트가르는 고개를 끄덕이며 어머니로부터 그런 이야기를 끌어내는 데 성공한 자신이 자랑스러웠다.

"혼인 서약을 한 다음 얻어맞았다면 그나마 다행이지. 만약 혼인 서약 전이었다면 결혼사진 속 아버지 몰골이 엉망이었을 거야."

"엄마가 정야란 사람한테 분을 못 참는 건 당연하네. 그런데 결혼식 날 램프로 얻어맞았다면서 아버지는 왜 그런 정야를 만나고 싶은 거지?" 르바스는 점점 더 궁금해졌다.

"빚이라도 있었던 건지 몰라."

"무슨 빚?"

"내가 어떻게 알아. 그러니 우리가 정야를 찾아서, 아버지가 왜 그 사람을 만나려 하는지 알아보자고."

그 후 차가 계속 달리는 동안 두 사람은 침묵했다. 하지만 두 사람 모두, 한 남자의 결혼식장까지 직접 찾아올 정도로 품었을 분노가 과연 어떤 것이었는지를 각각 가늠하고 있었다. 모든 사람 앞에서 등유 램프를 집어 들어 남자의 머리를 내리칠 정도였다니!

3. 클로봇 조요보요

이드루스 무리아(Idroes Moeria)는 작은 모스크에서 만난 키야이[23]로부터 인도네시아가 백인들에게 3세기 반을 지배당하며 고통받을 것이란 조요보요[24]의 예언을 들었다. "그렇습니다. 저 네덜란드인들은 우리에게 고통을 안겨주었어요." 키야이는 이렇게 말했다. 예언은 거기서 그치지 않고 노란 피부의 나이 든 형제가 해방을 가져다줄 것이라고 했다. 이드루스 무리아는 그 예언을 기억하며 몰래 계산을 맞춰보았다. 계산대로라면 네덜란드가 인도네시아에서 물러나는 것은 이듬해였다. 그 후에는 더 나은 미래가 찾아올 것이라고 그는 믿었다. 이드루스 무리아는 자신의 신분도 한낱 일꾼에서 작은 기업의 주인으로 상승하기를 소원했다. 그의 어머니는 늘 입버릇처럼 이렇게 말했다. "애야, 너무 큰 꿈을 꾸지 말거라!" 이드루스 무리아는 어머니와 단둘이서 살았다. 그는 열세 살 때 아버지가 돌아가시면서 집안의 가장이 되었다. 당시 어머니는 훨

---

23   이슬람 교사, 설교자.
24   12세기 크디리 왕국의 왕으로 고행과 명상을 통해 미래를 예지하는 능력이 있었다고 알려졌다. '자야바야'라고도 읽는다.

씬 잘사는 이웃집의 하녀로 일했다. 처음에 이드루스 무리아는 트리스노 씨를 따라 클로봇[25] 담배를 마는 일을 시작했는데 곧 신임을 얻어 포장하는 일을 하게 되었고 때때로 트리스노 씨의 심부름으로 클로봇 담배를 시장이나 약국에 배달하는 일도 맡았다.

이드루스 무리아는 청년으로 성장했다. 그가 마지막으로 눈물을 흘린 것은 아버지가 무덤에 매장되는 것을 지켜보던 때였다. 그 후 어머니와 함께 사는 생활이 아무리 고되고 궁핍해도 다시는 울지 않았다. 그의 눈물은 아버지의 시신과 땅속에 묻힌 것 같았다. 이드루스 무리아는 다른 청년들과 마찬가지로 더 나은 미래를 꿈꾸었다. 그는 아들과 손주들을 위해 가족을 짓누르는 빈곤의 사슬을 다른 누구도 아닌 자신이 끊어내야 한다는 것을 잘 알고 있었다. 그는 가족과 어머니를 행복하게 해주고 싶었다. 문제는 정작 톤인이 아직 가족을 이루지 못했다는 것이었다. 그는 담배를 마는 길링 노동자에 지나지 않고, 읽고 쓸 줄도 모르는 자신 같은 사람을 서기의 아름다운 딸 루마이사(Roemaisa)가 받아들여줄 것 같지 않았다.

트리스노 씨를 따르기 시작한 뒤부터 이드루스 무리아는 은밀히 트리스노 씨의 행동거지를 관찰했다. 그는 그 남자를

---

25   옥수수 속껍질. 또는 종이 대신 말린 옥수수 잎으로 만 담배.

무척 존경해 자신의 돌아가신 아버지 대신으로 여겼다. 이드루스 무리아는 트리스노 씨가 단지 클로봇 담배를 만들어 파는 것만으로 상당히 부유한 삶을 영위하고 있음을 눈여겨보았다. 그뿐만 아니라 오래전부터 시중에서 인기를 끌고 있는 브랜드의 담배들이 다른 도시들, 특히 쿠두스시에서 생산되어 자신이 사는 M 지역까지 유통된다는 점에도 주목했다. 사람들은 트리스노 씨가 만드는 클로봇 담배를 '클로봇 트리스노'라고 불렀다. 트리스노 씨는 자신의 제품에 특별히 상품명을 따로 붙이지 않았다.

이드루스 무리아는 트리스노 씨처럼 클로봇 담배 사업가가 되고 싶었다. 그는 트리스노 씨보다 클로봇 사업을 훨씬 잘 일구기 위한 모든 계획을 진작 세워놓은 상태였다. 오늘날로 치면 '목표와 사명'이라 할 기업 목표를 일찌감치 만들어놓았다. 이드루스 무리아는 이미 클로봇 담배를 판매할 때 쓸 상표명을 준비했고 사람들이 자신이 만든 클로봇 담배를 쉽게 알아보도록 특별한 담뱃갑 포장을 사용할 생각이었다.

루마이사라는 이름의 소녀는 아름답고 말수가 적었다. 이드루스 무리아가 그녀에게 품은 호기심은 점점 커지더니 마침내 사랑하는 마음으로 진화했다. 그녀는 옹기종기 모여 킥킥거리며 수다 떨길 좋아하는 다른 소녀들과 달랐다. 루마이사는 혼자 다니길 즐겼고 몸을 쭉 펴 기지개 켜는 암고양이와 닮은 몸매를 하고 있었다. 많은 젊은이가 그 마음을 얻으려고 루마이사를 쫓아다닌 것은 두말할 나위도 없었다. 그녀는 이드루스 무리아와 지나칠 때면 한차례 쳐다보며 상냥한 미소를 지은 후 고개를 숙인 채 계속 걸었다. 그는 루마이사의 미소를 눈여겨보았다. 그녀는 다른 남자들에게는 그렇게 웃어주지 않았고 오직 그에게만 그런 태도를 보였다. 루마이사와 이드루스 무리아는 한 번도 제대로 대화를 나눈 적이 없지만, 이드루스 무리아는 루마이사의 눈빛과 한 줄기 미소에서 그녀에게도 자신에 대한 사랑의 감정이 싹트고 있다고 확신했다.

하지만 서기의 딸인 루마이사는 일개 일꾼의 삶과 전혀 다른, 충분히 풍요로운 생활을 하그 있었다. 그래서 이드루스 무리아가 그녀와 결혼하려면 루마이사가 자신의 곁에서도 반드시 행복하도록 담보할 분명한 목표와 사명을 확립해야 했다. 루마이사의 부모가 딸에게 풍요로운 삶을 제공할 수 없는 남자에게 딸을 줄 리 없었다. 더욱이 루마이사는 글을 읽고 쓸 줄 알았다. 루마이사가 친구의 연애편지를 읽어주는 것을 보고 그 사실을 알았다. 이드루스 무리아는 자신이 히자이야(hijaiyah)[26] 알파벳을 간신히 읽는 수준이란 사실을 새삼 기억하며 자신감을 잃었다. 그나마도 대부분의 다른 친구들처럼

---

26   알쿠란에 사용된 아랍어 알파벳.

그 뜻을 제대로 이해하지 못했다. 알쿠란 읽기를 배우는 아이들이라면 모두 히자이야 철자를 읽을 수 있었지만 다른 문자는 학교에 가지 않는 한 배울 수 없었다.

이드루스 무리아와 클로봇 담배 마는 일을 하는 다른 친구 한 명도 루마이사를 노렸다. 그의 이름은 수자가드(Soedjagad)였다. 두 사람은 어릴 때부터 친구였지만 루마이사의 문제로 엮이면서부터 경쟁자가 되었다. 이드루스 무리아는 입술을 삐죽이며 수자가드가 이름이 아까운 멍청이라고 몰래 비아냥거렸다. 그도 그럴 것이 '수자가드'라는 이름은 '세계의 근본'이란 뜻이었다. 이드루스 무리아는 수자가드가 어렸을 때 이름의 의미가 너무 무거워 골골거렸을 것이라고 확신했다.[27] 저 녀석이 아직 살아 있는 것은 기적이나 다름없었다. 그는 부모가 지어준 너무 과한 이름 탓에 분명히 수십 차례 고비를 넘겼을 것이다.

이드루스 무리아는 네덜란드가 물러나고 큰형님 격인 일본이 진주했다는 이야기가 들려왔을 때 크게 기뻐하며 머리를 조아렸다. 오래전부터 계획했던 목표와 사명을 마침내 착수할

---

27   자바인은 이름이 사람과 맞지 않으면 병마가 찾아온다고 믿어 어릴 때 크게 아프면 개명하곤 한다. 예를 들어 조코 위도도 전 대통령도 원래 조코 물요노(Joko Mulyono, '위대한 남자'라는 뜻)였다가 언젠가 심하게 앓은 후 '건강한 남자'라는 뜻의 조코 위도도로 개명했다.

때가 왔다고 그는 생각했다. 네덜란드는 벌써 수라바야까지 일본에 내주었다. 강력한 큰형님이 단시간에 네덜란드를 인도네시아 땅에서 몰아내버렸다. 이드루스 무리아는 아직 일본군이 어떻게 생겼는지 본 적도 없었지만 감사하는 마음이 절로 우러나왔다.

〜〜〜

그날 그가 느낀 M시의 분위기는 아름답고도 화창했다. 그는 자전거를 타고 서기의 집 앞을 지나는 것으로 이날을 축하하려 했다. 어쩌면 마침 우연히 창가에 나온 루마이사의 모습을 훔쳐볼 수 있을지도 몰랐다. 이드루스 무리아는 서기의 집 앞을 지날 때 일부러 자전거를 천천히 몰았다. 열려 있는 서기의 집 문을 통해 손님용 의자에 앉은 루마이사의 모습이 보이자 그의 마음은 남모를 기쁨으로 차올랐다. 루마이사를 잠깐 본 것만으로 그는 자전거 위를 둥둥 떠가는 것 같았다. 그러나 잠시 후 또 다른 손님용 의자에 앉아 있는 사람을 보고 가슴이 철렁 내려앉았다. 이드루스 무리아는 온갖 감정이 심장을 쥐어짜는 듯해 그 길 끝에 멈춰 서고 말았다. 저 무겁기 짝이 없는 이름을 가진 남자가 왜 서기의 집을 방문한 것일까? 게다가 루마이사가 직접 그를 응대하고 있었다. 그가 아는 한 수자가드는 루마이사에게 푹 빠져 있었으나 그간 단 한 번도 그녀의 집을 방문한 적이 없었다. 잠깐만, 이드루스 무리아는 생각했다. 혹시 잘못 본 게 아닐까? 아까 그 남자가 수자가드가 아닐지도 몰라. 이드루스 무리아는 모든 용기를 끌어내 자전거를 돌려 서기의 집에 있는 사람이 수자가드가 맞는지 확인해보기로 했다. 그는 다시 자전거의 속도를 줄이며 이번에야말로 방금 본 것이 맞는지 확인했다. 서기의 집에 있는 사람은 수자가드가 맞았다. 이번에는 거기 서기와 부인도 루마이사와 함께 손님용 의자에 앉아 있는 모습을 좀 더 분명히 보았다. 그럼 수자가드가 뭐 하러…? 이드루스 무리아는 더 이상 추론할 용기가 나지 않았다. 걱정하던 일이 실제로 벌어지는 것이 아닐까 두려웠다. 수자가드가 루마이사에게 청혼하러 온 것일까?

그날 밤 이드루스 무리아는 잠을 이루지 못했다. 낮에는 화창했었는데 이제 밖에 비가 내리고 있었다. 마치 날씨조차 이드루스 무리아의 마음을 아는 듯했다. 루마이사가 다른 사람에게 시집간다면 네덜란드가 물러난들, 일본군이 진주한들 무슨 소용이 있는가? 만약 루마이사가 자가드와 결혼한다면 자신은 평생 총각으로 살게 될 것이다. 목표와 사명은 분명히 세웠는지 몰라도 모든 게 늦고 말았다. 자신보다 배짱이 큰 사람, 바로 수자가드가 루마이사에게 먼저 청혼했다. 그런데 정말 그럴까? 그는 그냥 들른 것인지도 모른다. 만약 그렇다면 과연 왜 들렀을까? 이드루스 무리아는 속이 타들어가 몸을 좌우로 뒤척이며 실눈조차 제대로 뜨지 못했다. 이제 방법은 하나뿐, 자가드에게 직접 묻는 것이었다. 다음 날 이드루스 무리아는 수자가드에게 자신이 서기의 집에서 본 사람이 자가드가 맞냐고 물었다. 그는 깜짝 놀라며 이드루스 무리아에게 어떻게 알았냐고 되물었다. 그는 전날 으연히 서기의 집을 지나다가 봤다고 대답했다. 하지만 자가드는 무슨 용무로 서기의 집에 갔냐는 질문에는 쉽게 사실을 털어놓지 않았다. 그는 서기가 주문한 클로봇 담배를 배달하러 갔을 뿐이라고 말했다. 설마 그게 사실일 리가? 언제부터 서기가 무슨 이유로 클로봇을 대량으로 구매했단 말인가? 클로봇 도매상이라도 되려던 걸까? 자가드는 답하지 않았다. 그는 말을 아끼며 계속 담배를 말았다. 이드루스 무리아가 아무리 생각해도 수자가드의 대답이 이치에 맞지 않았다.

담배 마는 작업을 마친 후 이드루스 무리아는 트리스노 씨를 만났다. 서기가 클로봇 트리스노 씨의 도매상이 되려는 것이 맞냐는 질문에 그는 당황했다. 트리스노 씨는 고개를 저으며 그걸 어디서 들었냐고 되물었다. 정말 그런 일이 있었다면 당연히 트리스노 씨가 먼저 알았을 터. 그러자 이드루스 무리아는 그렇다면 서기가 왜 클로봇 트리스노를 대량으로 샀냐고 물었다. 트리스노 씨의 대답은 서기로부터 어떤 주문도 받은 적이 없다는 것이었다. 이로써 이드루스 무리아는 수자가드가 거짓말을 했다고 확신했다. 이드루스 무리아는 마음이 편치 못했다. 게다가 퇴근 시간이 다가오자 자가드가 자신과 거리를 두는 것 같았다.

그런데 신은 다른 계획이 있었다. 이드루스 무리아가 혼자서 어제 일을 다시 떠올리며 클로봇 담배를 피울 때 그의 마음을 가득 채우고 있던 여인이 지나갔다. 이드루스 무리아는 즉시 클로봇을 바닥에 버리고 꽁초를 황급히 밟아 껐다. 그는 잔디밭에서 일어나 루마이사에게 정중히 미소를 지으며 알은 체를 했다. 그녀는 평소처럼 고개를 숙인 채 지나가다가 한차례 바라보며 상냥한 미소를 지은 후 또다시 고개를 숙이고 걸어갔다. 이드루스 무리아는 루마이사의 아름다움에 또다시 넋이 나갔다. 그는 뭔가 말을 걸고 싶었으나 언제나처럼… 목이 메었다. 그녀가 이미 지나갔으므로 그녀에게 말을 걸어 인사하며 어제 일을 물어볼 기회도 사라졌다. 이드루스 무리아는 그렇게 루마이사의 등 뒤에 남겨지고 말았다. 그는 루마이사의 등만 바라볼 따름이었다. 그런데 갑자기 기적이 일어났다. 루마이사가 발걸음을 멈추더니 몸을 천천히 되돌렸다. 이드루스 무리아는 넋이 나간 듯 그 모습을 하염없이 바라보았다. 그는 뭔가 먼저 말하고 싶었지만 여전히 목이 메었다. 루마이사는 당시 아직 어렸던 이드루스 무리아가 평생 들어본 것 중 가장 황홀한 목소리로 이렇게 말했다. "읽는 법을 배우세요." 그러더니 루마이사는 다시 돌아서서 걸어가기 시작했다. 이번에는 정말로 가버리고 말았다.

이드루스 무리아는 지금 막 벌어진 기적에 어안이 벙벙했다. 신이 참으로 선하시다고 그는 생각했다. 우중충하던 날이 갑자기 활짝 개었다. 그는 자전거 페달을 빨리 밟았다. 그날 밤 그는 루마이사가 한 읽는 법을 배우라는 말의 의미를 곱씹었다. 그 단어 하나하나가 몸속으로 스며드는 것 같았다. 읽는 법을 배우세요, 읽는 법을 배우세요, 읽는 법을 배우세요, 읽는 법을 배우세요. 루마이사의 말뜻은 알파벳 읽는 법을 공부하라는 것이 틀림없었다.

문제는 도대체 어디서 읽는 법을 배워야 할지 모른다는 것이었다. 그는 혹시 글을 읽을 수 있는 이가 있는지 친구들에게 물었다. 그러나 모두 고개를 가로저었다. 이드루스 무리아가 수자가드에게도 묻자 그는 불쾌한 듯 얼굴을 찌푸렸다. 결국 이드루스 무리아는 한 지역 학교에 다니기로 했다. 글 배울 시간을 내기 위해 그만큼 일할 시간을 줄여야 했으므로 한동안 빈털터리가 될 것을 각오해야 했지만, 그는 과감하게 글공부하는 쪽을 선택하기로 마음먹었다. 그런데 그가 처음 가본 학교는 엉망진창 폐허로 변해 있었다. 그 모습에 그는 충격을 받았다. 거기를 지나던 한 노인은 모두 일본군 짓이라고 말했다. 그들이 학교 교사들을 징발해 끌고 갔다는 것이다. 가르칠 교사가 없으니 학교도 자동으로 해체되었다. 그 후 여러 사람이 일본군을 위해 일한다는 명목으로 강제 징용되어 끌려갔다는 수군거림이 들려왔다.

강제라니, 강제 징용이라니? 이드루스 무리아로서는 그 단어와 일본을 연결하는 것 자체를 수긍하기 어려웠다. 일본군이 인도네시아를 네덜란드로부터 해방해준 것 아닌가? 그러니 강요하지 않더라도 좋게 얘기하면 인도네시아인들은 따랐을 것이다. 얼마 되지 않아 이드루스 무리아가 출근했을 때, 그의 의문이 저절로 풀렸다. 트리스노 씨가 클로봇 사업을 접는다고 공표한 것이다. 초로에 접어들고 있던 그는 기존에 생산한 클로봇 담배들을 어제 일본군이 와서 모두 징발해 갔다고 말했다. 전쟁을 위한 군수품으로 사용한다는 것이었다. 전쟁이라고? 누구를 상대로 싸우는 전쟁이란 말인가? 이드루스 무리아는 혼란에 빠졌다. 연초 재배 산업도 망하고 있었다. 일본군이 직접 담배 농장에 찾아와 연초를 징발해 갔기 때문이다. 트리스노 씨는 일꾼들에게 마지막 주급을 줄 수 없게 되었다며 사과를 구했다. 일본군이 그의 재산 전부를 전쟁 물자로 징발했기에 그는 완전히 빈털터리가 되고 말았다. 일꾼들은 근심과 실망을 안고 뿔뿔이 흩어졌다. 각광받던 큰형님이 사악한 이복형제가 되어버린 모양새였다. 그날 오후, 이드루스 무리아와 수자가드를 포함한 공장 친구들이 트리스노 씨의 현재 상황에 대해 슬픔과 연대감을 전하려 그를 만났다. 트리노스 씨는 초췌한 얼굴로 직원들을 맞았다. 그는 일본군 징용에 끌려가지 않은 것만으로도 행운이라고 말했다. 어떤 이는 일본군이 사람들을 수라바야의 코블렌이란 곳으로 끌고 가 일을 시킨다고 했다. 트리스노 씨는 당장 돈이 한 푼도 없음을 인정했다. 그의 집에는 바로 사용할 준비가 된 말린 연초가 아직 두 바구니 있었는데 그걸 헐값에 내놓을 생각이라고 했다. 그래서 누구든 구매할 사람을 찾아 알려달라고 부탁했다.

이드루스 무리아는 돌아오는 길에 생각이 복잡해졌다. 그는 그동안 임금을 받을 때마다 조금씩 모아두었던 돈을 모두 꺼냈다. 그날 밤 그는 트리스노 씨의 집으로 돌아가 나머지 연초를 모두 사겠다는 의향을 밝혔다. 그는 있는 돈을 전부 내놓았다. "이것밖에 낼 능력이 없어요." 그는 돈을 건네며 이렇게 말했다. 트리스노 씨는 그 돈을 내려다보며 눈물을 흘렸다. 그것은 연초를 담배밭에서 사 올 때 지급해야 하는 재룟값에도 한참 미치지 못했지만, 그는 받아들였다.

"지금 가진 것은 연초뿐이야. 클로봇은 없어." 트리스노 씨가 말했다.

"괜찮아요. 저 혼자 클로봇을 만들 수 있어요." 트리스노 씨는 이드루스 무리아의 말에 감격하며 고개를 끄덕였다. "사장님…, 도움을 청할 것이 있어요.”

“어떤 도움?”

“글 읽는 법을 가르쳐주세요.” 트리스노 씨는 이드루스 무리아의 요청을 승낙했다. 그는 다음 날부터 이드루스 무리아에게 글을 가르쳐주기로 했다.

그날 밤 이드루스 무리아는 두 차례 오가며 트리스노 씨의 집에서 연초를 가져왔다. 짐을 옮기기 위해 소달구지도 빌렸다. 그는 자신의 클로봇 사업을 시작하기 위해 열과 성을 다했다. 트리스노 씨는 조금 남은 정향도 무료로 주었다.

다음 날 이른 새벽에 이드루스 무리아는 옥수수밭에서 막 일하기 시작한 일꾼들을 찾아갔다. 그는 옥수수 잎을 싼값에 사들여 소쿠리에 담아 지붕 위에 올렸다. 혼자서 클로봇을 만들 참이었다. 그런 다음 그는 트리스노 씨 집에 찾아가 칠판과 분필을 이용해 가르치는 알파벳 읽는 법을 배웠다. 그가 아-이-우-에-오 같은 발음의 문자를 막 외웠을 때 손님이 한 명 찾아왔다. 수자가드였다.

그는 트리스노 씨의 글씨를 흉내 내려 애쓰는 이드루스 무리아를 흘끗 보며 트리스노 씨에게 안부를 물었다. 이드루스 무리아는 그들이 하는 대화를 엿들었다.

“사장님, 원료를 사겠다는 사람을 찾았어요.”

“와, 한발 늦었네, 자네…!”

“늦었다고요?”

“다 팔렸어.”

“누가 샀어요?”

“저 친구.” 트리스노 씨가 이드루스 무리아 쪽을 가리켰다. 그는 자기 얘기가 나오고 있는 것 같아 원하든 원치 않든 빙긋 웃었다.

“너 누구 주려고 연초를 산 거야?”

“누구한테 팔려는 거 아니야. 내가 쓸 거야.”

“뭘 하려고 그 많은 연초를 다 산 거야? 죽을 때까지 담배나 빨려고, 응?” 이드루스 무리아는 이번에도 대꾸 대신 미소만 지었다. 그는 자신의 계획을 설명해줄 생각이 없었다. 그는 말 대신 사람들에게 직접 보여줄 요량이었다. 수자가드가 실망한 표정으로 돌아갔다. 그는 소개비도 벌지 못했다.

그날 오후 이드루스 무리아는 머릿속에 새로 암기한 알파벳을 잔뜩 담고서 자전거를 타고 집어 돌아왔다. 문이 닫힌 루마이사의 집 앞을 지나는 것도 잊지 않았다. 그것으로 자신이 글을 배우고 있다는 사실을 소녀에게 외쳐 알리고 싶은 마음을 대신했다. 이드루스 무리아는 자전거 페달을 더욱 힘차게 밟아 집에 돌아간 후 옥수수 잎을 지붕에서 내렸다. 그는 어머니의 숯불 다리미를 빌려 건조된 옥수수 잎을 조심스럽게 다림질했다. 그런 다음 그 옥수수 잎을 한 장 한 장 가위로 잘라 클로봇을 만들었다. 그는 직접 만든 클로봇 더미를 옆에 쌓아놓고 만족해했다. 그는 클로봇 사업가가 되겠다는 꿈을 이루어 밝은 미래로 나아갈 것이라 확신했다. 이제 돈이 벌리면 그는 루마이사에게 청혼할 것이다.

다음 날 트리스노 씨의 집에서 글을 배우고 돌아온 그는 클로봇 담배를 말았다. 그날은 클로봇 담배 400개비를 말았다. 반나절 일한 성과로는 나쁘지 않다고 생각했다. 트리스노 씨의 일꾼으로 일할 당시에는 하루에 1,200개비의 클로봇 담배를 말았다. 몇몇 부지런하고 손재주가 좋은 일꾼은 하루에 2천 개비도 말 수 있었다. 숙련된 그들은 클로봇 담배를 다 말아 삼배 끈으로 한 뭉치씩 묶을 때까지 담배 마는 손을 쳐다보지도 않았다. 이드루스 무리아는 담배를 더 많이 말 수 있었지만 원하든 원치 않든 해가 지기 전에 담배 마는 일을 마쳐야 했다. 말아놓은 클로봇 담배는 햇볕에 말려야 했다. 그런 다음 클로봇에 단맛이 나도록 사카린을 뿌렸다. 그렇게 하면 클로봇은 물기에 내성이 생겼다.

햇볕이 완전히 줄어들면 이드루스 무리아는 클로봇을 신속히 집 안으로 거둬들였다. 그는 자신이 혼자서 생산한 첫 클로봇 제품이 이슬이나 비로 망가지는 것을 원치 않았다. 아직 클로봇 대부분이 바짝 마르지 않았다. 그는 다음 날 아침 이슬이 완전히 사라질 즈음 다시 클로봇을 내놓은 후 트리스노 씨

댁으로 글공부하러 가야겠다고 생각했다.

그는 다 건조된 것 같은 클로봇을 한 대 꺼내 들었다. 그러고는 손수 만든 클로봇 담배 끝에 불을 붙이고 연기를 빨아들였다. 그의 눈은 자신이 만든 클로봇 더미를 떠나지 않았다. 수자가드가 했던 말이 귀에서 맴돌았다. "너, 죽을 때까지 담배나 빨고 싶어?" 이드루스 무리아는 킥킥 작은 웃음을 터트렸다. 그는 자신이 만든 클로봇에 가장 알맞은 이름을 미리 지어두었다. 클로봇 조요보요. 이드루스 무리아는 클로봇을 그렇게 이름짓기로 마음먹었다.

이드루스 무리아는 내심 스스로 자랑스러웠다. 마침내 그 자신이 주인이 된 것이다. 더 이상 다른 사람을 위해 일하는 것이 아니었다. 그는 모든 것을 혼자서 열심히 처리했다. 상표나 담뱃갑을 만들 충분한 자본이 없었으므로 이드루스 무리아는 우산 종이를 몇 장 사서 잘라 클로봇을 열 개비씩 포장하기로 했다. 그는 사구[28] 분말을 조금 가져와 불에 올려놓고 녹을 때까지 가열했다. 그는 그것을 접착제로 사용해 클로봇 제품의 우산 종이 포장을 튼튼하게 했다. 이드루스 무리아는 그 클로봇을 시장의 가게들과 약국에 공급하려 했다. 하지만 그건

---

28   사고야자에서 추출한 전분. 동남아시아에서 음식 재료나 천연 접착제로
      널리 사용된다.

생각만큼 간단하지 않았다.

약국의 여성 급사들이 처음에는 이드루스 무리아가 만든 클로봇을 신용하지 않았다. 포장도 볼품없고 상표도 붙어 있지 않았기 때문이다. 크레텍 담배 제품이라면 우선 화려한 포장, 아니면 최소한 종이 포장에 붙은 상표로 알아보는 것이 상식이었다.

결국 약국 주인인 중국인이 나왔다. 그는 클로봇을 한 대 맛봐도 좋겠냐고 정중히 물었다. 약국 주인은 클로봇 크레텍 담배를 사러 오는 고객들이 아직도 천식을 치료하는 정향의 효능을 믿는다고 말했다. 그렇다. 크레텍 담배는 그 안에 정향을 함유하여 처음에는 천식 치료제로 알려졌다. 그 남자는 이드루스 무리아의 클로봇 담배에 불을 붙이고 연기를 빨기 시작했다. 이드루스 무리아도 그런 인식이 초창기 판매를 돕는 요소가 될 것으로 계산했다.

"정향은 어디 있죠? 이런 물건을 어떻게 팔겠어요? 이래서는 천식 환자에게 들질 않아요." 약국 주인은 자바 중국인 특유의 억양으로 말했다. 이드루스 무리아는 건조된 연초에 정향을 조금밖에 섞지 않았던 것을 기억했다. 트리스노 씨가 얼마 남지 않은 정향을 준 것을 섞었을 뿐, 이드루스 무리아에게는 정향을 추가로 살 돈이 없었다.

그 젊은 중국인은 다음번에 정향을 좀 더 넣어 만든다면 이드루스 무리아의 클로봇 담배를 약국에서 팔아주겠다고 했다. 이드루스 무리아도 동의했다. 그는 방금 막 진행된 일들을 메모하는 일에도 게으르지 않았다. 그는 고객들이 정말로 어떤 것을 원하는지 알고 싶었다.

얼마 지나지 않아 읽고 쓸 수 있게 되자 그는 클로봇의 우산 종이 포장에 클로봇 조요보요라는 이름을 적기 시작했다. 이제 이드루스 무리아는 깔끔한 메모장에 모든 지출 내역을 적을 수 있었고 종이 가장자리에는 나무 자를 대고 선도 반듯하게 그었다. 그의 글쓰기 실력도 점점 늘어나 처음에는 연필을 썼으나 나중에는 딥펜을 사용했다. 그는 사흘에 한 번, 시장과 노점, 약국을 방문하여 판매 결과를 확인하고 이익금을 회수했다.

이드루스 무리아는 고객들의 반응에 주목했고 약국 주인과 약속한 대로 약국에 공급하는 클로봇 담배에 정향을 더 많이 첨가했다. 한편 일반 시장 점포에 공급하는 물량에는 약국 공급분만큼 정향을 많이 넣지 않았다. 이드루스 무리아는 이들 두 종류가 서로 섞이지 않도록 철저히 구분하면서도 클로봇 포장에는 여전히 같은 색상의 우산 종이를 사용했다. 그뿐만 아니라 많은 농장 노동자가 클렘박 머냔[29]을 피웠다. 그들

---

29   자바식 향 담배. 말린 대황 뿌리를 원료로 만든 전통 수제 담배.

은 직접 담배를 말아 피울 수 있는 팅웨[30]나 린팅 드웨를 더 선호했다. 이드루스 무리아는 시장 반응을 시험해보기로 마음먹었다. 그는 클렘박 머냔 클로봇을 몇 개 만들어 기존 제품과는 다른 빨간색 우산 종이로 포장했다. 그리고 상품명인 클렘박 머냔 조요보요를 적었다. 흰색 우산 종이 포장은 보통의 크레텍 클로봇을 뜻했다. 물론 담뱃갑의 상품명은 모두 손글씨로 썼다.

어느 날 이드루스 무리아가 시장에 상품을 넣으러 갔을 때 판매원으로 보이는 어떤 사람이 새 상표가 붙은 클로봇을 이드루스 무리아의 단골 상인들에게 맡기는 것을 보았다. 그는 새 클로봇 담배 맛이 기가 막힌다고 설득하며 그날 물건을 사는 사람들에게는 과감하게 반값에 팔겠다고 밀어붙였다. 그건 시장 상인들이 이익을 크게 낼 기회임을 의미했다. 그 클로봇 담배의 커피 종이로 된 포장지를 잘 살펴보았는데 상표는 붙어 있지 않았지만 훨씬 더 깔끔했다. 클로봇 조요보요처럼 새 클로봇도 선이 곧고 바른 단정한 손글씨가 적혀 있었다. 이제 글을 막 배운 이드루스 무리아의 클로봇 포장의 경우 아무리 노력해도 글씨가 아주 단정하진 않다는 점이 달랐다. 이드

---

30 말린 담뱃잎, 정향, 클로봇 담배용 종이(흡연자가 원할 경우, 클렘박 머냔을 추가할 수 있다)로 구성되어 흡연자가 스스로 담배를 말아 피울 수 있도록 포장된 담배.

루스 무리아가 읽어보니 새 상품의 상표명은 클로봇 자가드였다. 자가드라고? 설마….

"이 클로봇 담배는 누가 만든 거요?"

"자가드 씨 거예요. 그러니 상품 이름도 클로봇 자가드죠. 사시게요?" 그 직원이 열성을 보였다.

"자가드라면, 수자가드 말이오?" 이드루스 무리아가 되물었다.

"맞아요."

이드루스 무리아가 가지고 온 클로봇 조요보요가 그 판매원의 눈에 띄었다.

"당신이 조요보요 씨군요, 그렇죠?" 보아하니 그 직원도 글을 읽을 줄 알았다.

"아니요." 이드루스 무리아는 그개를 저으면서 짧게 부인했다.

"클로봇 상표가 조요보요인데요?"

"그래, 드루스… 나도 이상하게 생각했어. 왜 상표가 조요보요지? 자네 이름은 이드루스 무리아잖아. 상품명이란 모름지기 사람 이름을 쓰지 않는다면 덩클릭[31]이나 파프링안[32] 혹

---

31   작은 나무 의자.

32   대나무숲.

은 빈탕[33]이라는 단어라도 들어가야 하는데 말이지." 담배 위탁 판매를 하는 클로봇 상인이 끼어들며 말했다.

"난 조요보요란 이름이 좋아요, 형씨." 이드루스 무리아가 미소를 지었다. "자가드도 이제 글을 쓸 수 있는 모양이네요?" 이드루스 무리아가 아까의 그 판매원에게 물었다.

"오, 아니에요. 들은 바로는 자가드 씨가 글을 단정하게 쓰는 사람을 고용했다고 해요." 자가드, 이 녀석, 아직 글도 읽고 쓰지 못하는구나. 이드루스 무리아가 생각했다. "이건 당신이 직접 쓴 거요?" 그 남자는 제품에 쓰인 클로봇 조요보요라는 글자를 가리키며 물었다. 이드루스 무리아는 간단히 고개를 끄덕이면서 이 사람이 무슨 생각으로 그걸 묻는지 이리저리 생각했다. 혹시 글씨를 못 썼다고 속으로 경멸하고 있는 걸까? 그 정도로 그치는 게 아니라 혹시 자기 주인인 자가드에게 돌아가 수자가드의 담배 포장에 적힌 손글씨가 훨씬 깔끔하다고 보고하는 건 아닐까? 너무나도 많은 '혹시'가 갑자기 그의 자존심을 공격했다. 그는 언젠가 충분히 많은 돈을 벌어 화려한 포장지를 만들거나, 아니면 최소한 포장지에 붙일 번듯한 상표를 만들겠다고 다짐했다.

"사시겠어요?" 감히, 그 판매원이 여전히 이드루스 무리

33　별.

아에게 그 물건을 팔려고 권했다. 선을 넘는다 싶었다. 하지만 2초간 잠시 생각한 이드루스 무리아는 클로봇 자가드를 사기로 마음먹었다. 반값이었으니까.

지금까지 그는 오랫동안 유통되던 클로봇 담배와 경쟁하고 있었는데, 이제 자신의 친구 수자가드가 새로운 경쟁자로 시장에 뛰어들었다는 것을 알게 되었다.

4. 루마이사

　이드루스 무리아에게 예전의 나날과는 전혀 다른 특별한 날이 찾아왔다. 지난주 이드루스 무리아는 트리스노 씨에게 빌린 책 한 권을 다 읽었다. 그는 새벽부터 준비를 마치고 아직 자는 사람을 깨워 함께 새벽 기도를 했고 곧 아침 기도도 올렸다. 어머니는 아들이 갑자기 부지런 떠는 모습을 보고 빙그레 웃었다. 그녀는 아들이 사랑에 빠졌다는 것을 알고 있었다. 그리고 오늘, 어릴 때부터 동경해왔던 여인에게 마침내 청혼할 예정이다.

　어머니는 이드루스 무리아 같은 가난한 청년이 정말 서기의 딸에게 청혼할 수 있냐고 세 번씩이나 물었다. 이드루스 무리아는 세 번 모두 단호하게 고개를 끄덕였다. 어머니는 이드루스 무리아와 형편이 비슷한 아름다운 시골 처녀 여러 명의 이름을 꺼낸 적이 있었다. 신에게 기도하여 그 여인들 중에서 올바른 선택을 할 수 있도록 가르침을 간구하라는 이야기도 했었다. 하지만 자신의 짝은 서기의 딸 루마이사뿐이라는 이드루스 무리아의 확신은 조금도 흔들리지 않았다. 그렇다면 이제 루마이사가 정말로 이드루스 무리아의 짝이 맞는지 확인할 방법은 단 하나, 그녀에게 청혼하는 것뿐이었다.

　해가 중천에 떴을 때 이드루스 무리아와 어머니는 서기의 집 앞에 도착해 있었다. 서기의 아내가 친절하게 그들을 맞으며 의자를 권했다. 초조한 이드루스 무리아는 한시도 궁둥이를 붙이고 있을 수 없었다. 그는 빨리 루마이사를 만나고 싶었지만 기다리던 사람은 보이지 않고 그 대신 서기가 나왔다. 이드루스 무리아의 어머니는 잠시 형식적인 안부를 묻다가 마침내 자신의 외아들이 서기의 딸을 사랑한다는 본론을 밝혔다. 서기가 고개를 끄덕이자 이드루스 무리아의 심장이 더욱 쿵쾅거렸다. 그는 평생 이토록 두려웠던 적이 없었다. 서기가 자신을 머리부터 발끝까지 훑어볼 때 마치 발가벗겨지는 것만 같았다. 이드루스 무리아는 갑자기 자신이 혹시 잊고 바지를 입지 않고 온 것은 아닐까 하는 걱정까지 들었다. 그런 후 서기는 자신의 딸을 불렀다. "룸(Roem)…! 루마이사!"

　이드루스 무리아는 루마이사가 마침내 커튼 뒤에서 모습을 드러낼 때의 몸짓을 영원히 잊지 못할 것 같았다. 루마이사는 작은 꽃이 수놓인 크바야[34]와 주름이 단정하게 잡힌 바틱[35]

34　인도네시아 여성의 전통 복식 중 몸에 달라붙는 상의.

35　인도네시아 특유의 염색 기법. 녹인 밀랍으로 문양을 그린 후 문양이 물들지 않게 한다.

사롱[36]을 입고 있었다. 그녀는 이드루스 무리아를 맞이하기 위해 일부러 제일 좋은 옷을 꺼낸 것이 분명했다. 그게 아니라면 그녀는 어제도 입어 주름이 쭈글쭈글한 바틱 치마를 둘렀을 것이다. 그녀는 이드루스 무리아 쪽을 바라보며 1초, 딱 1초만 눈웃음을 지었다. 그런 다음 아버지의 부름에 공손히 답했다. "네, 아빠." 서기는 루마이사에게도 앉으라고 말했다. 이드루스 무리아의 심장이 점점 더 제멋대로 뛰었다. 그녀를 이처럼 가까운 거리에서 대하는 것이 처음이었다. 그는 루마이사의 손을 잡고 싶었지만 애써 참았다. 서기의 판결을 기다리는 중이었으므로 도저히 그럴 수 없었다.

서기는 루마이사에게 지금 막 이드루스 무리아가 그녀에게 청혼했다고 설명했다. 그 말을 들은 루마이사가 얼굴을 붉혔다. 그녀는 마음속에 퍼지는 기쁨을 숨기려고 급히 고개를 숙였다. 하지만 그 감정이 루마이사의 얼굴에 생생히 드러났으므로 이드루스 무리아는 그 모든 것을 알아차릴 수 있었다. 이드루스 무리아는 내심 기뻤지만 다시 한번 인내심을 발휘했다. 그러나 이드루스 무리아의 환희는 누가 딸의 남편감이 되든 자신은 반대하지 않는다는 서기의 말에 그대로 얼어붙었

36　동남아시아에서 남녀 구분 없이 허리에 두르는 옷. 직사각형 천을 재단하지 않고 허리에 감아 치마처럼 입는다.

다. 그는 사위 후보의 배경을 따지지 않겠지만 최소한 읽고 쓸 줄은 알아야 한다는 조건을 달았다.

"루마이사의 남편이 되려는 이가 어리석은 사람이 아니길 바랍니다. 남자는 집안의 가장이 되어야 하는데 어리석은 사람이 어떻게 가정을 지키겠어요?" 서기는 이렇게 설명했다.

두 번째 조건은 루마이사가 스스로 그 남자와 백년해로할 마음이 있어야 한다는 것이었다. 그는 딸에게 어떤 강요도 하길 원치 않았다. 루마이사가 다섯 남매 중 유일한 딸이었으므로 그 마음을 이해할 수 있었다. 세 명의 오빠가 혼인했고 이번에는 그녀 차례였다. 그녀에게는 아직 성인이 되지 않은 남동생도 하나 있었다. 서기는 하나뿐인 딸에게 당연히 최고의 배우자를 맺어주길 원했다. 딸의 남편감을 직접 골라주려는 대부분의 부모와 달리, 서기가 자식의 행복을 가늠하는 기준은 단순하지 않았다. 그는 딸이 반드시 사랑하는 남자를 선택할 것이며 사랑이야말로 가정의 행복을 이루는 가장 중요한 자산이라고 믿었다. 서기는 대부분의 고지식한 부모와는 사뭇 다른 관점을 가지고 있었다.

설명을 마친 서기는 연필과 종이를 가져오라 해 이를 이드루스 무리아에게 건넸다.

"자네 이름을 써보게." 그가 이렇게 말하자 이드루스 무리아는 연필과 종이를 받으면서 닭 발자국 닮은 자신의 글씨가 제대로 읽히기를 기원했다. 비록 트리스노 씨에게 읽고 쓰는 법을 배웠지만, 그는 아직 자신을 온전히 믿지 못했다. 이드루스 무리아는 너무 성급하게 루마이사에게 청혼한 게 아닌가 후회했다. 더욱 유려한 글씨를 쓸 수 있도록 더 많이 연습했어야만 했다.

서기는 이드루스 무리아가 쓴 그 닭 발자국 같은 글씨를 보고 고개를 끄덕였다. 그런 후 그는 또 다른 것을 요구했다. "내 딸 이름을 써보게." 아…, 글을 배우고 나서 루마이사의 이름을 수백 번은 써보지 않았던가. 절대 잘못 쓸 리 없었다. 서기는 또다시 고개를 끄덕였다. "여기 자네가 왜 왔는지 글로 써보게."

이드루스 무리아는 주저 없이 이렇게 썼다. 나는 루마이사를 얻으러 왔어요. 이번에야말로 서기의 얼굴에 미소가 번졌다.

"자네, 오랫동안 글쓰기를 공부했군?"

"대략 한 달 되었어요, 선생님." 그런 질문을 받으리라 생각하지 않았으므로 이드루스 무리아가 수줍어하며 답했다.

"누구한테 배웠나?"

"트리스노 씨에게서요."

"클로봇 파는 그 트리스노 씨 말인가?"

"네, 맞아요, 선생님. 하지만 트리스노 씨는 이제 더 이상 클로봇을 팔지 않아요. 모든 걸 일본군이 빼앗아 갔거든요."

　“오, 그런 일이 있었나?” 서기는 그 사실을 미처 알지 못했다. 근심스러운 표정이 그의 얼굴을 스쳤다.

　“네, 선생님.” 서기는 한숨을 내쉬었고 이드루스 무리아는 말을 이었다. “지금은 제가 클로봇을 팔고 있어요.”

　“일꾼으로 일한단 말인가?”

　“전엔 트리스노 씨 밑에서 담배 마는 일꾼으로 일했어요. 하지만 이젠 더 이상 일꾼이 아닙니다. 제가 손수 만든 클로봇을 팔고 있어요.” 서기는 이드루스 무리아의 대답에 놀란 표정이었다. “일본군이 빼앗아 가고 남은 트리스노 씨의 나머지 연초를 제가 사서 직접 클로봇을 만들어 시장과 약국에 팔고 있어요.” 그러더니 이드루스 무리아가 바지 주머니에 손을 넣었다. “이게… 제 클로봇입니다.” 그는 뜯지 않은 온전한 클로봇 조요보요를 서기에게 내밀었다. 그가 일부러 자신이 만든 클로봇 한 묶음을 준비한 것은 자신이 루마이사를 굶기지 않고 행복하게 만들어줄 수 있음을 증명하기 위해서였다. 서기는 이드루스 무리아의 클로봇 조요코요 포장에 적힌 닭 발자국 같은 글씨를 보고 미소 지었다. 그는 몸을 돌려 자기 딸에게 질문을 던졌다.

　“룸, 넌 이드루스 무리아의 청혼을 받아들이겠니?” 루마이사는 고개를 끄덕이거나 “예” 혹은 “아니요” 하고 대답하는 대신 거북이가 머리를 등껍질 안으로 숨기듯 고개를 푹 숙일 뿐이었다.

"대답하거라, 룸. 수락하겠니? 아니면 거절하겠니?"

천천히, 그러나 아주 분명하게 이드루스 무리아는 루마이사가 고개를 끄덕이며 답하는 목소리를 들었다. "수락하겠어요, 아빠."

루마이사의 부모는 딸이 소박한, 아니 빈곤하다는 말이 더 어울릴 이드루스 무리아의 집에 사는 것을 원치 않았다. 결혼식을 올린 후 이드루스 무리아는 어머니의 허락을 받아 서기의 집으로 이사해 들어갔다. 루마이사의 방을 이제 두 사람이 함께 사용했다. 자신의 아내가 된 여인에게 그때 수자가드가 청혼했을 것이란 이드루스 무리아의 추측은 사실이었다. 그들의 첫날밤에 루마이사가 말해주었다. "하지만 자가드 씨는 글을 읽고 쓰지 못했어요."

"다시는 내 앞에서 그놈 이름에 '씨'를 붙이지 마세요. 나만 그렇게 불러줘요." 루마이사는 작게 웃으며 고개를 끄덕였다. 여인은 자신이 질투쟁이 남편을 얻었음을 알았다.

자가드가 감히 루마이사에게 청혼했었다는 사실에 이드루스 무리아는 격분했다. 첫날밤에 그는 루마이사를 제압했고 억누른 그 분노를 뜨거운 사랑의 형태로 유감없이 분출했다. 두 사람 모두 너무나 순진해 지금껏 이성과 손 한 번 잡아본 적 없었다.

처음에는 부끄러웠지만 그들은 곧 서로의 몸 구석구석을 탐닉했다. 그러면서도 이드루스 무리아는 자신과 뜨겁게 사랑을 나누는 루마이사의 모습을 자가드가 본다면 무슨 생각을 할까 떠올리며 몰래 승리감을 만끽했다.

두 달 동안 루마이사는 멍한 상태였다. 그러던 어느 날 아침, 그녀는 구토를 했고 뜬금없이 어머니에게 방금 뜸을 들여 따뜻하고 맛있는 향기가 나는 쌀밥을 멀리 치우라고 부탁했다. 루마이사는 밥 냄새가 역겹게 느껴졌다. 더 이상 홀몸이 아니었으니 당연했다. 이드루스 무리아는 아내를 임신시키자 자신이 비로소 진정한 남자가 된 것만 같았다. 결혼한 지 석 달 만에 클로봇 조요보요의 판매도 많이 늘었다. 그는 자신이 신의 사랑을 받고 있다고 생각했다. 클로봇 조요보요 덕택에 생활은 점점 더 윤택해졌다. 원래 아기는 행운을 가져오는 법이다. 이드루스 무리아는 더욱 열심히 일했다. 그는 이제 자신의 클로봇 제품에 상표를 붙일 때가 되었다고 생각했다. 그렇다, 그는 아직 멋진 담뱃갑 포장을 만들 능력까지는 못 될지 모른다. 하지만 상표를 만들 돈은 충분하다는 계산이 섰다. 그것은 담뱃갑 하나하나에 상표를 붙이는 작업이 추가됨을 의미했지만 그는 개의치 않았다. 인쇄업자를 찾아가기 전날 밤 이드루스 무리아는 클로봇의 상표 디자인을 미리 그려두었다. 그는 상표에 선명한 색상을 넣고 싶었고 손글씨가 아닌 기계로 찍은 글씨가 들어가길 원했다. 그렇게 하면 클로봇 자가드보다 훨씬 깔끔해 보일 것이라고 생각했다. 그는 새 상표가 붙은 멋진 클로봇 포장에 수자가드가 배 아파하는, 달콤한 승리의 장면을 벌써 머릿속에 떠올리고 있었다. 그리고 또 하나, 이드루스 무리아는 그 상표에 자신의 얼굴 사진을 넣기로 마음먹었다. 그걸 보면 자가드가 더 길길이 날뛰겠지. 그는 클로봇 담배를 피우는 모든 사람에게 얼굴을 알리고 싶었다. 그럼 길에서 마주치는 사람들이 그를 알아볼 것이다. 내가 모르는 사람들이 나를 알아본다는 게 얼마나 멋진 일인가? 마치 중요한 사람이 된 기분일 것이다. 그는 자신의 사진이 클로봇 조요보요의 상징이 되길 바랐다. 그는 모든 사람이 자신의 이름이 조요보요라고 생각하길 원했다. 모든 이가 그렇게 여긴다면 정말 멋질 것이다.

그는 사진관에서 사진을 찍고 나서 곧장 인쇄소에 가기로 했다. 제대로 된 옷이 없던 그는 사진을 찍기 사흘 전 일찌감치 장인의 셔츠를 빌려두었다. 그는 컬러 사진을 원했으므로 사진이 완성되기까지 오래 기다려야 했다. 원래 흑백으로 인화되는 사진에 사진사가 색깔을 덧입힐 시간이 더 필요했다. 그는 설레는 마음을 안고 인쇄소로 향했다. 너무 설레서 비도 오지 않고 흐리지도 않은 화창한 날씨인데도 M시가 평소보다 한산하다는 것을 눈치채지 못했다. 저 멀리 머리피산(山)이 웅장하게 내다보이는 아름다운 날, 이드루스 무리아의 새 사업을 시작하기에 완벽한 날이었다. 그는 이윽고 인쇄소에 도착했다.

그런데 인쇄소가 닫혀 있었다. 이드루스 무리아는 두리번거리다가 짐짓 인사말을 하며 가게 문을 여러 차례 두드렸는데 안에선 답이 없었다. 그제야 그는 인쇄소 주변의 집과 점포들이 모두 문을 닫았다는 것을 깨달았다. 아니, 왜들 문을 닫은 거지?

그는 아까 찍은 사진을 손에 쥐고 당장이라도 인쇄업자에게 보여주고 싶어 안절부절못했다. 이드루스 무리아가 더 세게 문을 두드렸지만 안에서는 여전히 아무 대답도 없었다. 그때 갑자기 등에 총부리가 닿은 것을 느꼈다. 두 손을 들고 천천히 돌아서라는 알아듣기 힘든 억양의 목소리가 들렸다. 이드루스 무리아가 돌아보니 눈매가 가는 노란 피부의 군인 세 명이 그에게 총구를 겨누고 있었다. 그의 손에 힘이 풀렸다. 손에 있던 사진을 더 이상 쥐지 못할 정도로 힘이 풀려버렸다….

〜〜〜

날이 어두워지도록 이드루스 무리아가 돌아오지 않았다.

홑몸이 아닌 아내는 그를 기다리며 걱정에 휩싸였다. 그녀는 진작에 남편을 위해 점심을 차려두었다. 음식은 차갑게 식어 버렸다. 루마이사의 어머니는 태 속에서 자라는 아기에게 많은 영양분이 필요하다며 식사하라고 낮부터 딸을 종용했지만 루마이사는 남편을 기다리겠다고 고집을 부렸다. 그러나 날이 완전히 어두워질 때까지도 이드루스 무리아는 돌아오지 않았다. 루마이사의 걱정은 현실이 되었고 그녀의 부모도 걱정하기 시작했다. 서기는 자신이 나서 사위인 이드루스 무리아를 찾아보기로 했다. 그날 밤 M시에는 실로 팽팽한 긴장감이 감돌았다. 어둠이 짙게 내린 후에도 그 많은 집이 불을 켜지 않았다. 어둠 속에서 길고양이들의 눈만 더욱 번득였고 점점 크게 들리는 야행성 동물들의 울음소리가 마치 나쁜 소식을 전하는 듯했다. 망고와 구아버 열매가 나무에서 떨어지는 소리가 간간이 들렸다. 사람 손이 닿지 않은 그 과일들은 박쥐들의 먹이가 될 터였다. 서기가 빈손으로 돌아오자 남편이 실종된 것을 안 루마이사가 목 놓아 울음을 터트렸다. 서기는 몇몇 청년이 일본군에게 붙잡혀 수라바야로 강제 이송되었다는 이야기를 들었다. 그가 슬픔에 잠긴 딸에게 전할 수 있는 소식은 그것뿐이었다.

다음 날, 한 소년이 이드루스 무리아의 컬러 사진을 들고 찾아왔다.

“인쇄소 앞에 떨어져 있었어요, 누나.” 소년은 루마이사에게 말했다.

“그 인쇄업자를 만나고 싶어. 그곳으로 안내해줘!” 하지만 시장통 소년은 주저하며 움직이지 않았다. “자, 어서! 뭘 기다리는 거야?”

“음, 있잖아요, 누나….” 시장통 소년이 망설이며 말을 이었다. “인쇄소 아저씨는 일본군에게 잡혀 수라바야로 끌려갔어요. 그래서 아마… 이드루스 씨도 역시….”

루마이사의 눈물이 터졌다. 그녀는 과부가 되어버린 심정이었다.

≈≈≈

일본군에게 끌려간 사람들이 어떻게 되었는지 아는 사람이 없었다. 그런데 어떤 이가 말하길 그들이 수라바야에서 코블렌이란 곳으로 다시 옮겨졌다고 했다. 코블렌은 도대체 어디인가? 이 역시 아는 이가 없었다. 루마이사는 어찌할 바를 알지 못했다. 그녀는 이드루스 무리아를 찾으러 직접 나서려 했지만 서기와 그의 아내는 루마이사에게 몸을 숨기라고 말했다. 일본군이 여자들까지 강제로 끌고 가 자기들 욕정을 채운다는 소문도 들려온 것이다. 그녀는 우울증에 빠졌다. 어린 소녀도 아닌데 부모가 그녀를 감금하다시피 했기 때문이다. 루마이사가 할 수 있는 일이라곤 우는 것뿐이었다. 앞이 보이지 않을 만큼 눈이 퉁퉁 붓고 말았다. 그녀는 먹지도 마시지도 않았고 오직 맛본 것은 자신의 눈물이었는데 그마저도 이젠 말라버리고 말았다. 아직 호흡 끝에 흐느낌이 남아 있었지만 눈물은 더 이상 단 한 방울도 나오지 않았다. 루마이사는 불과 며칠 만에 10년은 늙은 듯 피부에 주름이 생기고 머리칼도 빠지기 시작했다. 몸속 모든 영양분은 아기에게 빼앗겼고 그녀의 아름다움도 슬픔이 삼켰다. 아기도 흡수할 수 있는 영양분이 남지 않게 되자 루마이사의 몸을 떠나기로 했다.

서기와 그의 아내는 M시에서 임산부를 다루는 산파 막 이티를 초빙해 루마이사의 배 속 아기를 진단해달라고 부탁했다. 하지만 그것은 막 이티가 사산한 태아를 꺼내는 것으로 마무리되었다. 태아의 잔해를 남김없이 끄집어낸 후 루마이사는 차갑고 무표정하게 변했고 그녀의 어머니는 외동딸의 고통을 차마 눈 뜨고 볼 수 없어 깊은 슬픔에 잠겼다.

～〰～

이드루스 무리아가 떠난 지도 1년이 지났다. 무거운 공기가 내려앉은 M시에서 사람들은 스스로를 챙기기에도 벅찼다.

서기도 직장을 잃었다. 그는 거의 네덜란드의 첩자로 몰릴 뻔했는데 이는 그의 직업상 네덜란드 관리들을 많이 만났기 때문이다. 불행 중 다행으로 그는 숲으로 숨어 들어가 일본군의 수색을 피할 수 있었다. 그는 거의 한 달 동안 그곳에서 몇몇 인도네시아 독립투사와 숨어 지냈다. 우울증에서 벗어나지 못한 루마이사를 돌봐야 했던 서기의 아내는 스스로 강인한 여성이 되어야 했다. 그렇지 않으면 루마이사보다 더한 우울증에 빠질 것이 틀림없었다.

그러다가 일본군이 더 이상 M시를 요처로 여기지 않게 되었다는 이야기가 들려오면서 하나둘 평상으로 돌아가는 사람들이 보이기 시작했다. 서기 역시 티로소 집에 돌아올 수 있었다. 이제 모든 사람이 각자의 집을 청소했다. 그리고 어두운 밤이 찾아오면 다시 등유 램프에 불을 밝혔다. 시장의 몇몇 점포도 용기 내어 좌판을 열었지만 상품들을 구하기 어려웠던 탓에 부득이 비싼 값을 불러야 했다. 서기와 그의 아내도 마침내 루마이사가 숨어 지내던 방의 문을 열었다. 루마이사의 어머니는 딸을 목욕시키고 그녀의 귀에 기도문을 외우며 비록 남편을 잃었지만 건강하고 아름답던 예전의 모습으로 돌아오기를 기원했다.

"난 이드루스 씨를 기다릴 거예요." 그것이 아무 말도 하지 못한 채 울기만 하던 루마이사가 처음으로 한 말이었다. 루마이사는 집 앞에 앉아 햇살의 따사로움을 처음으로 다시 느꼈다. 루마이사의 어머니도 오랫동안 돌보지 않았던 뜰을 빗자루로 쓸었다. 루마이사는 잘 건조된 옥수수 껍질 더미를 보았다. 그것들은 잘게 잘라 클로봇을 만들기만 하면 되는 상태였다. 너무 오랫동안 바깥에 쌓여 있었는데 아무도 돌보지 않아 완전히 방치된 채였다. 루마이사가 집으로 들어오자 아버지와 어머니는 딸이 무엇을 하려고 저러는지 의아해했다. 그녀는 남편의 클로봇을 찾았다. 아직 팔지 못한 클로봇이 있었다. 그녀는 클로봇 한 대를 꺼내 불을 붙였다. 서기가 화를 내려 했지만 아내가 말렸다. 그 클로봇들은 너무 오래 바깥에 두어 향이나 맛이 좋다고 할 수 없었지만 루마이사는 개의치 않았다. "내버려두세요." 아내가 말했다. "룸이 슬픔을 모두 허공에 흩어버리도록 그냥 두세요."

≋≋≋

루마이사가 피우는 클로봇 한 모금 한 모금이 정말로 그녀에게 기운을 불어넣는 것 같았다. 그녀가 담배 연기를 입으로 내뿜을 때면 쌓여 있던 과거의 슬픔도 함께 증발하는 듯했다. 천천히, 그러나 착실하게 루마이사는 회복되었다. 그렇다고 여성적이고 순종적인 과거의 루마이사로 돌아간 것은 아니

100

다. 이제 루마이사는 더욱 단단해졌다. 그녀는 옥수수 껍질을 가져와 말려 클로봇을 만들었다. 그녀는 연초와 정향의 혼합물을 담배로 마는 법도 배웠다. 그런 다음 클로봇을 열 개비씩 포장하고 포장지에 클로봇 조요보요라고 적었다. 그녀의 글씨는 남편 이드루스 무리아가 쓴 것보다 훨씬 단정했다. 루마이사는 매일 클로봇을 시장과 약국어 가져가 팔았고 이틀에 한 번 이익금을 회수했다. 룸의 어머니는 잘게 썬 연초와 정향을 사기 위해 금목걸이와 팔찌를 팔았다. 사실 남편은 동의하지 않았다. 그는 딸이 지금 하는 행동이 단지 마음속 슬픔이 아직 완전히 사라지지 않았기 때문이라 여겼다. 그는 순종적이고 남들과 이야기할 때면 고개를 조아리고, 다른 순진한 자바 여인들처럼 언제나 섬기던 모습의 여전 루마이사가 더 좋았다. 하지만 아내는 이렇게 말했다. "그 룸은 진작 죽었어요. 당신은 지금의 룸과 한 달 전 죽기만을 바라며 시들어가던 룸, 어느 쪽을 원하세요?"

서기는 아내가 옳다는 것을 알았다. 더욱이 서기는 네덜란드가 물러나고 일본군이 진주한 뒤 오랫동안 실직 상태였다. 그는 그간 모은 돈으로 근근이 살아갔고 다른 사람들처럼 일본군에게 잡혀 수라바야로 끌려가지 않은 것만 해도 더없이 다행스러운 일이라 생각했다.

루마이사는 다시 피어나기 시작했다. 물론 그녀는 더 이상 처녀가 아니었고 과부라는 꼬리표가 붙어 다녔다. 이드루스 무리아의 사망 소식은 단 한 글자로 들려오지 않았지만 모든 이가 그가 수라바야에서 죽었을 것이라 여겼다. 게다가 지금의 루마이사는 어린 시절처럼 말수 적은 소녀가 아니었다. 이드루스 무리아 대신 그녀를 차지하려는 남자들 사이에 경쟁이 치열했다. 그녀는 이제 독립적이고 능력 있는 여인이었다. 오랫동안 수면 밑에 있던 그녀가 부상하는 중이었으므로 더더욱 남자들이 앞다투어 그녀를 끌어올리려고, 더 정확히 말하자면 자기 품 안에 들이려고 손을 내밀었다. 하지만 루마이사는 흔들리지 않았다. 그녀는 남편의 클로봇 조요보요 사업만이 유일한 관심사일 뿐 다른 것은 눈에 들어오지도 않았다.

이드루스 무리아의 사진은 루마이사에게 무척 소중한 물건이 되었다. 그녀는 그 사진을 액자에 넣어 안방에 놓아두었다. 쉬는 날이면 루마이사는 잠들 때까지 그 사진을 품에 안고 있었다. 어머니는 루마이사가 사진을 끌어안고 자는 것을 자주 보았는데 그녀의 눈가에는 한 줄기 눈물 자국이 보였다. 그녀는 딸이 울었음을 알았다. 하지만 다음 날이면 루마이사는 슬픈 내색을 전혀 하지 않았다. 그녀는 언제 그랬냐는 듯 남편이 남긴 클로봇 조요보요 사업만을, 이 세상에 그보다 더 중요한 것이 없는 듯이 돌보았다.

루마이사에게 가장 적극적으로 다가온 사람은 다름 아닌

수자가드였다. 그는 운 좋게도 수라바야에 끌려가지 않았다. 자신만만한 자가드는 공개적으로 루마이사에게 접근했다. 그는 클로봇 조요보요를 더욱 성장시킬 추가 자본을 제공할 의향도 보였지만 루마이사는 늘 이를 거절했다. 어느 날 수자가드가 다시 찾아와 루마이사에게 청혼하겠다는 의사를 서기에게 공개적으로 밝혔다.

"글을 읽고 쓰는 게 조건이라면 이젠 저도 가능합니다." 수자가드는 자신감에 가득 차 있었다.

"그렇지 않아. 상황이 변했네, 가드. 내 딸은 이제 더 이상 완전히 내 소유가 아니야."

"완전히 선생님 소유가 아니라고요? 아니…. 저이는 여전히 선생님의 자식이에요. 아직 여기 살고 있고요. 그래요, 이미 결혼한 적이 있다고 해도, 지금은 과부라고요."

서기가 수자가드의 말에 답하기도 전 루마이사가 옆방 커튼 뒤에서 나타났다.

"난 과부가 아니에요!" 루마이사가 단호하게 말했다. "남편의 생사가 아직 확인되지 않았어요. 분명한 소식을 듣기 전까지 난 이드루스 씨를 기다릴 겁니다. 그러니 선을 넘은 당신에게 내가 예의를 잃기 전에 돌아가시는 게 좋겠어요." 수자가드는 그렇게 쫓겨났다.

1주, 2주가 지나도록 자가드는 감히 얼굴을 내밀지 못했다. 루마이사가 시장에서 클로봇 대금을 수금할 때에도 자가드는 그녀와 마주치지 않으려 했다. 하지만 그 후로부터는 그날 루마이사의 집에서 했던 말과 행동을 용서해달라고 조르며 다시 그녀를 끈질기게 쫓아다녔다. 루마이사가 마지못해 사과를 받아주자 수자가드의 행동은 다시 무례해졌다. 그는 루마이사가 매번 거절했음에도 불구하고 첸돌[37] 음료 파는 곳에 함께 가자고 권하고, 집에 돌아갈 때는 극구 바래다주기도 했으므로 사람들은 루마이사와 수자가드가 갈수록 진득한 관계가 되어간다고 생각하기 시작했다. 얼마 지나지 않아 클로봇 조요보요와 클로봇 자가드가 합쳐질 것이란 뜬소문마저 퍼졌다.

"뭐라고요?" 룸이 발끈했다. 시장 상인이 하는 이야기에 그녀는 얼굴을 찌푸렸다.

"거참, 그러니까… 룸 양이 자가드 씨와 혼인할 날만 기다린다는 거지. 이제 날짜를 잡는 일만 남았다고 자가드 씨가 직접 말했으니까. 저기 봐요…. 호랑이도 제 말 하면 온다니까." 수자가드는 얼굴 가득 화색을 띠고 나타났는데 룸은 그의 모습에 구역질이 날 듯 혐오감을 느꼈다. 자가드가 다가와 뭔가 말을 꺼내기도 전 루마이사가 그 못돼먹은 남자를 힘껏 밀쳤

---

37 쌀가루에 라임수, 판단 잎 추출물, 소금을 섞어 만든 인도네시아 전통 음식. 보통 코코넛 밀크와 흑설탕 시럽을 넣어 음료로 마신다.

다. 자가드가 땅에 뒹굴며 당황해했다.

"다시는 나한테 접근하지 마! 난 과부가 아니라고!"

〜〜〜

루마이사가 수자가드의 자존심에 강력한 폭탄을 투하한 이 사건은 이후 뜨거운 스캔들이 되어 사람들 입에 오르내렸다. 하지만 얼마 지나지 않아 일본의 두 도시에 떨어진 폭탄 두 개에 비한다면 그 위력은 아무것도 아니었다. 소문에 따르면 그 폭탄을 떨군 나라는 미국이었다. 사람들은 이제 대놓고 공공연히 말하기 시작했다. 거리에서도, 시장통에서도 사람들은 일부러 서로를 찾아가 새로운 화제를 놓고 이야기를 나누었다. 사람들은 기쁜 소식을 서로 나누려는 것뿐 아니라 남들보다 더 많이 알기 원했다.

"폭탄을 맞은 도시 이름이 뭐라고?"

"노고사리랑 또 다른 도시인데, 그 이름은 잊어버렸네."

"어째 도시 이름이 음식 이름 같아?"

"이름이 원래 그렇게 생겨먹은 걸 어떡해?"

일본군 강점기 내내 개인의 라디오 소지를 금지했지만 이를 몰래 가지고 있던 몇몇 집으로 사람들이 모여들었다. 몇 안 되는 사람들이 용케도 그 사치품을 숨겨놓고 있었다. 당시 인도네시아 독립준비위원회 위원이던 수카르노와 하타가 자카르타에서 독립 선언서를 낭독했다.[38] 그 후 실종되었던 사람들, 일본군 강점기 동안 징용으로 끌려간 사람들이 하나둘 돌아왔다. 아침 안개 속에서 나타난 그들은 한눈에도 야윈 몸과 더러운 얼굴 때문에 살아 있는 시체처럼 보였지만, 그들의 쑥 들어간 눈에는 새로운 희망의 빛이 반짝였다. 사람들이 눈을 가늘게 뜨고 보니 비로소 분명히 보였다. 마치 시체를 방불케 하는 모습으로 돌아온 그들은 지난 2년 가까이 실종되었던 M시 주민들이었다. 루마이사는 희망과 근심이 뒤섞인 심정으로 실종되었다가 돌아온 사람 몇몇을 방문해 이드루스 무리아의 소식을 아는지 물었다. 어떤 이가 코블렌에 막 도착했을 때 그 남자를 본 적이 있으나 그곳에서는 모든 사람이 금방 변했다고 말했다. 한 달 지나 다시 만나면 서로 알아보지 못할 정도였다는 것이다. 또는 정신적으로 너무나 피폐해져 모든 걸 포기하고 목숨을 끊은 (혹은 끊긴) 이도 있었다.

독립 선언이 나온 후 이드루스 무리아도 돌아왔다. 루마이사는 그를 안아 반기며 그간 억눌렀던 울음과 흐느낌을 멈

---

38   수카르노, 모하맛 하타는 인도네시아 민족주의 운동을 이끈 지도자들로, '인도네시아 건국의 아버지들'라고 불린다. 이들은 독립 선언서를 함께 만들었고 1945년 8월 17일 아침 수카르노가 이를 낭독했다.

추지 못했다. 수라바야의 코블렌에서 돌아온 사람들은 실로 너무나 변해 있었다. 루마이사조차 남편을 거의 알아보지 못할 뻔했다. 그의 눈에는 수라바야에서 지내는 동안 뼛속 깊이 각인된 악몽의 잔재가 선명하게 남아 있었다. 이드루스 무리아는 그가 수라바야에서 겪은 일을 결코 입에 담지 않았다. 그는 오히려 2년 넘게 M시에 남겨두었던 예전의 삶을 재건하는 일에 전념했다. 시장 사람들은 이드루스 무리아의 귀환을 놀라움으로 맞았다. 그들은 아내와 함께 나온 그를 마치 영웅 대하듯 반기며 인사했다. 클로봇을 납품하던 자가드와 그의 판매원들은 멀리서 이드루스 무리아의 모습을 지켜보기만 했다.

"이거…, 정말이군. 룸 양은 과부가 아니야! 자가드가 선을 넘었던 거지!"

"선을 어떻게 넘었다는 거죠, 아주머니?" 시장 상인의 농담을 이드루스 무리아가 그냥 넘기지 않았다.

"안사람이 아직 말하지 않은 모양이지? 자가드가 루마이사에게 청혼을 했어. 하지만 계속 퇴짜를 맞았지. 그자가 룸 양이 과부라고 말하고 돌아다녔어."

이드루스 무리아의 분노가 곧바로 머리끝까지 치솟았다. 격분하여 두 주먹을 불끈 쥔 그는 수자가드를 찾았다. 자존심이 산산조각 난 것만 같았다. 자신이 수자가드를 이미 엄히 꾸짖었다고 루마이사가 말했지만 그것만으로는 남편의 분노를 억누를 수 없었다.

자가드를 찾아낸 이드루스 무리아는 모든 힘을 다해, 코블렌에서 인생의 패배자가 되어 지내는 동안 억눌러왔던 분노까지 모두 담아 자가드의 얼굴에 주먹을 날렸다. 시장통 사람들의 시선이 그들에게 쏠렸다. 순식간에 벌어진 일이었다. 자가드가 코피를 흘리며 쓰러졌다. 수자가드는 이로써 남의 부인에게 굴욕을 당하고 나서 이번에는 그 남편에게도 얻어맞는 기록을 세웠다.

"이 주먹은 너한테 진실을 알려주려는 거야. 난 아직 살아 있다고!"

5. 머르데카와 프로클라마시[39]

　독립의 함성은 어디에서나 누구에게나 울려 퍼졌다. 또 하나의 뉴스에 M시 사람들이 기뻐했다. 수카르노와 하타가 각각 인도네시아의 초대 대통령과 부통령이 되었고 샤흐리르가 총리가 되었다는 소식이었다. M시 사람들은 인도네시아의 독립을 이끈 인물로서 붕카르노와 붕하타를 칭송했다.[40] 나중에 유행하게 되는 '선언자'라는 단어도 이때 등장했다. 자그마한 M시도 자발적으로 이에 발맞춰갔고 주민들도 다시 활기를 띠기 시작했는데 이드루스 무리아와 그의 아내 루마이사도 예외가 아니었다.

　이드루스 무리아는 2년 전 일본군에게 잡혀갈 당시 꾸었던 하나의 꿈을 여전히 품고 있었다. 바로 담뱃갑을 만드는 것이었다. 수라바야 코블렌에서 지내던 시절, 그는 거기서 유통되던 담배들과 다양한 포장 방식을 목도했다. 쌍꺼풀이 없는

39　머르데카는 '독립', 프로클라마시는 '독립 선언'이라는 뜻이다.

40　붕카르노는 '수카르노 형제', '수카르느 형', 붕하타는 '하타 형제', '하타 형'이라고 부르는 친근한 호칭이다.

어린아이, 그러나 일본인이 아닌 중국인 아이가 한 줌의 크레텍 담배를 코블렌의 친척에게 전달하려고 몇 차례나 가시철조망을 넘나들었다. 수용소에서 크레텍 담배는 사치품으로 취급되었다. 크레텍 담배에는 나한테 필요하지만 다른 사람이 가지고 있는 물건과 물물 교환할 때 쓰이는 지불 수단 이상의 의미가 있었다. 크레텍 담배를 피우면 잠시나마 그의 마음만은 고향 집으로, 임신한 몸으로 자신을 애타게 기다리는 아내와 태 속의 아기에게 돌아갈 수 있었다. 하지만 아기는 벌써 슬픔이 집어삼키고 말았다.

"조요보요라는 상품명을 바꿀 거예요." 어느 날 밤 루마이사와 사랑을 나눈 뒤 이드루스 무리아가 이렇게 말했다. "왜요? 이미 M시에서는 잘 알려진 상표인데요. 상품명을 바꾼다는 건 다시 밑바닥부터 시작한다는 뜻이잖아요." "조요보요는 좋은 이름이 아니에요. 전엔 좋다고 생각했는데 코블렌에 들어간 후 그게 아니란 걸 알게 되었어요." 이드루스 무리아는 코블렌 시절에 대해 많은 이야기를 하지 않았다. 그보다 지금 자신의 손이 닿는 것들을 누리고 즐기는 것이 더 중요했다. 예컨대, 아내, 집, 태어나서 자라온 M시, 자신의 클로봇, 그리고 무엇보다도 중요한 미래 같은 것들 말이다.

앞서 말했듯 이드루스 무리아가 아무렇게나 조요보요라는 상품명을 선택한 것은 아니다. 그는 '큰형님'이 도래해 백인들에게 빼앗긴 자유를 찾아준다는 찬란한 미래를 예언한 이 예언자를 진심으로 믿었다. 그러나 그 예언의 결과는 네덜란드 식민지 시대를 살아내는 것보다 더 큰 고통을 강요했다.

"그럼, 이름을 어떻게 바꾸려고요?"

이드루스 무리아는 잠시 생각하더니 아내에게 미소 지으며 손을 들어 올려 힘주어 말했다. "머르데카!"

⌒⌒⌒

벌써 며칠 동안 이드루스 무리아는 종이에 이런저런 그림을 그리며 곧 출시할 클로봇 머르데카!의 디자인을 만들었다. 이드루스 무리아는 머리에 홍백기[41]를 둘러 묶고 죽창을 든 독립투사의 상반신을 그렸다. 그는 인내심을 가지고 그중 가장 그럴싸한 그림을 신중하게 선별했다. 루마이사에게는 '로코 크레텍 머르데카!'[42]라고 잘 써달라고 부탁했다. 다음 날 그는 그 디자인을 가지고 인쇄소에 찾아갔다. 그러자 열네 살쯤 된 아이가 나와 이드루스 무리아를 응대했다.

"얘, 아버지는 어디 계시니?"

---

41   위는 빨간색, 아래는 흰색인 인도네시아 국기를 가리킨다.
42   '크레텍 머르데카 담배'라는 뜻.

“아버지는 돌아오지 않으셨어요, 아저씨.” 아이가 침통한 표정으로 짧게 대답했다. “이드루스 씨는 수라바야에 계실 때 우리 아빠를 만난 적 있으세요?” 그것은 일본군에게 끌려가 실종된 사람 가족들이 잡혀갔다가 돌아온 사람들에게 묻는 공통적인 질문이었다.

이드루스 무리아는 다른 징용자들과 함께 트럭에 탔던 일을 기억해냈다. 그중에 인쇄업자가 있었다. 그것이 그가 징용을 나갔던 당시 인쇄업자를 만난 처음이자 마지막 순간이었다. 그는 그 모든 것을 인쇄업자의 아이에게 말해주었다. 아이는 낙담하는 표정이 역력했다. 아버지가 잡혀갈 당시 그 아이는 열두 살쯤이었다.

“그래서, 인쇄는 누가 하니?”

“제가 해요.”

이드루스 무리아는 아직 어른이 되었다고 말하기 어려운 그 아이에게 힘이 되어주려는 듯 미소를 지어 보였다.

인쇄소에서 돌아오는 길에 이드루스 무리아는 코블렌에서 함께 고생했던 수라바야의 지인에게 편지를 썼다. 클로봇을 대신해 담배를 마는 파피에 종이를 그에게 주문했다.

“파피에 종이는 어디 쓰려고요? 우리는 클로봇을 만들잖아요.”

이드루스 무리아는 담배의 미래가 크레텍에 있다며 아내

에게 열성적으로 설명했다. 클로봇은 과거의 산물이 되었다. 이드루스 무리아가 아내에게 클로봇 머르데카!가 아니라 로코 크레텍 머르데카!라고 써달라고 부탁한 것도 그래서였다.

루마이사에 대한 사랑 말고도 이드루스 무리아가 코블렌 시절을 견뎌내도록 한 또 하나의 동력은 클로봇 제품을 더욱 발전시키겠다는 꿈이었다. 비록 수용소에 갇혀 있었지만 그는 수라바야에서 흡연자들의 성향을 주의 깊게 살폈다. 클로봇을 피우는 사람들이 점점 줄어들었고 클렘박 머냔은 말할 것도 없었다. 사람들은 크레텍 담배를 더 즐겨 피웠다. 내용물은 연초와 정향 혼합물로 별 차이가 없었다. 그런데 거기에 비밀 조미료 같은 이른바 소스를 첨가해 특별함을 더했다. 연초와 정향 혼합물은 언제나처럼 2대 1 비율로 같았다. 하지만 그 비율을 정확히 지키지 않고 눈대중으로 대략 맞춰 만들어오던 지금까지의 클로봇과는 전혀 달랐다. 그렇게 만든 연초 혼합물을 마는 파피에 종이에는 검정, 빨강, 초록, 흰색, 오렌지색 등 여러 선택지가 있었다. 이드루스 무리아는 이곳에서 나가면 사업을 번창시키기 위해 이런 일 저런 일을 하겠다며 다양한 계획을 마음속에 세워두었다. 그는 자신이 붙잡혀 수라바야로 끌려온 것조차 감사하게 생각하려고 노력했다. 만약 그런 일이 없었으면 그는 언제까지나 수라바야 같은 큰 도시를 전혀 이해하지 못하는 시골뜨기로 남았을 것이다. 그런 일이 없었다면 비록 그가 클로봇 조요보요로 성공했다 해도 자그마한 M 시라는 우물 속 챔피언에 그쳤을 것이다.

이드루스 무리아는 자신의 파피에 종이로 빨간색을 선택했다. 그는 요즘으로 치면 일종의 '철학'을 상품에 불어넣으려 했다. 로코 크레틱 머르데카!라는 상표와 빨간색 궐련을 통해 인도네시아 민족이 치열하게 투쟁하며 많은 피를 흘린 것을 상징하고자 했다. 그는 수라바야에서 뿌려진 피의 일부를 직접 목도했다.

다음 날 이드루스 무리아는 클로봇 조요보요 판매액을 수금하러 시장에 나갔다. 거기서 역시 수금을 하러 온 수자가드의 직원들과 또 마주쳤는데 그들은 새로운 클로봇 자가드도 함께 납품하고 있었다. 그런데 이 경쟁사의 클로봇이 이번에는 사뭇 달랐다. 클로봇에 담뱃갑 포장을 사용한 것이다! 거기에는 '클로봇 자가드'란 화려한 글씨와 함께 수자가드의 얼굴 사진이 박혀 있었다. 이드루스 무리아는 이루 말할 수 없이 놀랐다. 그 담뱃갑의 콘셉트는 바로 2년 전 자신이 하려다가 결국 구현할 기회를 얻지 못했던 아이디어 그대로였다. 이드루스는 내색하지 않았지만 이 일로 속이 편치 않았다. 하지만 자가드가 자신의 아이디어를 훔쳤다는 증거는 없었다. 그래서 시장에서 팔리는 몇몇 다른 클로봇을 조사해보니 그들도 하나같이 포장지에 소유주의 얼굴 사진을 사용하고 있었다. 아, 알고 보니 담뱃갑에 사진을 넣는 것이 한창 유행하는 중이었다. 저게 수자가드의 독창적 아이디어가 아님이 분명해지자 이드루스 무리아도 금방 평정심을 되찾았다. 저 남자는 그저 지역 사회에서 이는 유행에 올라탔을 뿐이었다.

이드루스 무리아는 M시가 자그마한 지역에 불과하며 대도시에 비해 많이 낙후되어 있음을 깨달았다. 수라바야나 솔로에서는 담배를 파는 것만으로도 부자가 될 수 있었다. 트망궁 사람들은 담배 산업에 연초를 공급해 부자가 되었다. 한편 M시는 종이로 대충 포장한 담배조차 손에 꼽아주는 곳이었다. M시 인구의 대부분인 농부들은 크레텍 담배보다 클로봇을 선호했다. 그것도 아니면 연초와 정향을 따로 사서 직접 담배를 말아 피우는 카웅 담배를 즐겼다. 때로는 카웅 담배 맛을 더욱 개개인의 취향에 맞추기 위해 클렘박[43]과 머냔[44]을 첨가했다. 이드루스 무리아는 M시의 크레텍 산업을 완전히 새롭게 바꾸는 선구자가 되고 싶었다. 그는 '처음으로 이런저런 것을 생각하고 이루어낸 사람'으로 M시의 모든 크레텍 사업가가 그의

---

43   대황. 뿌리의 약효와 향기가 뛰어나다. 중부 자바에서 중하류층의 클렘박 머냔 담배의 성분으로 쓰일 뿐 아니라 한의학에서는 변비를 치료하거나 혈전, 고름을 제거하는 데 사용된다.

44   자바 유향 혹은 인센스(incense)로 알려진 유향나무 줄기에서 추출한 수액으로 향수와 담배 산업의 원료로 사용된다.

발자취를 따랐다는 말을 듣고 싶었다. 한편 그는 스스로 생각하기를 자신은 총명한 두뇌의 소유자여서 남들과의 경쟁에서 절대 패배할 리 없다고 자신해 마지않았다.

루마이사는 화려한 담뱃갑을 가진 클로봇들이 유통되는 추세를 보고 초초해하고 있었다. 그녀는 남편이 수라바야로 끌려가고 자신이 클로봇 조요보요를 지키려고 사업 전반을 관리하던 당시 왜 담뱃갑 포장을 주문할 생각을 못 했는지 모르겠다며 자책했다. 어머니가 더 이상 돈을 대줄 수 없었다지만 아직 팔 만한 목걸이 하나쯤은 남아 있었는데 말이다.

"걱정하지 말아요, 룸… 우리는 저 클로봇 제품들을 확실히 이길 거예요." 이드루스 무리아는 이렇게 말하며 아내를 달랬다.

"그게 언제인데요?" 클로봇 조요보요의 매출이 급락하고 있었으므로 루마이사로서는 초조하지 않을 수 없었다. 더욱이 클로봇 조요보요는 사실 이드루스 무리아 가족을 위해 아직 뭔가 이룬 것이 없었다. 그들이 겪어야 했던 지난 2년간의 격랑 속에서 그들을 지탱해온 것이 클로봇 판매 수입만은 아니었다. "당신이 주문한 담뱃갑 포장이 벌써 며칠 전에 다 완성되었잖아요."

"수라바야에 발주한 물건을 기다려야 하니 조금만 더 참아요."

마침내 그 물건이 도착했다. 소포 안에는 빨간색 파피에 종이와 함께 액체가 든 병들이 있었다. "여보, 여기 든 건 뭐예요?" 루마이사가 병들을 가리키며 플었다.

"그건 소스 원료예요." 이드루스 무리아가 열정 가득한 미소를 지으며 답했다.

소스라고? 루마이사의 궁금증이 더욱 커졌다. 남편은 보통 클로봇 원료를 보관하는 창고에 들어가 안에서 문을 걸어 잠갔다. 이드루스 무리아는 저녁이 되어서야 여러 개비의 크레텍 담배를 들고 자기 둥지에서 걸어 나왔다. 그렇다. 종래의 클로봇과 전혀 다른 크레텍 담배가 그의 손에 네 개비 묶음으로 여러 개 들려 있었다. 그는 루마이사와 장인에게 크레텍 담배의 맛을 봐달라고 부탁했다.

"완전히 달라요, 여보!" 루마이사가 두 모금을 피운 후 이렇게 평가했다.

"소스 때문이오." 이드루스 무리아가 미소 지었다.

"향기가 마치 오렌지 나뭇잎 같아요."

장인도 덧붙였다. "오, 이건 구아버 클루툭[45] 맛이군."

"설마?" 루마이사는 호기심에 아버지가 구아버 클루툭 맛이라고 한 크레텍 담배 묶음에서 한 개비를 배 불을 붙여 맛을

45　단단하고 식감이 아삭아삭한 인도네시아 구아버.

보았다. "어, 정말 그렇네."

그들 사이에 구아버 클루툭 맛이 다른 것들보다 더 맛있다는 합의가 이루어졌다. 이드루스 무리아는 그 혼합물에 들어간 재료가 구아버 클루툭만이 아니라고 했지만 다른 게 있다 해도 구아버 클루툭 맛이 전체를 압도했다. 그날 밤 이드루스 무리아는 크레텍 담배 신제품 로코 크레텍 머르데카!의 연초와 정향 혼합물에 섞을 구아버 클루툭 향 소스를 더 많이 만들었다.

얼마 지나지 않아 로코 크레텍 머르데카!가 M시에서 유행을 이루었다. 기존의 클로봇 담배들은 맥을 추지 못했다. 다양한 파피에 종이도 따로 거래되기 시작해 더 저렴하게 담배를 즐기려는 이들은 클로봇뿐만 아니라 팅웨나 린팅 드웨 방식으로 직접 말아 피울 수 있었다. 이드루스 무리아는 마글랑의 어떤 사람과 협업을 추진해 거기서도 로코 크레텍 머르데카!를 유통하려고 했다. 그는 머르데카! 담배가 마글랑에 성공적으로 입성하면 다른 도시에서도 판매를 시도해볼 시금석이 될 것이라 확신했다.

머르데카!라는 상표는 당시 뜨겁게 토론되던 해방 공간의 시대상과 시의적절하게 맞아떨어졌다. 사람들은 누구나 인도네시아의 독립에 관해 열띤 논쟁을 벌였다. 라디오에서는 네덜란드 식민지 시대와 독립 선언, 그리고 네덜란드의 인도네시아 재강점 가능성에 대한 보도를 쏟아냈다. 모든 이의 가슴 속에서 민족주의의 열망이 불타올랐다. 이러한 순간을 이드루스 무리아가 영리하게도 일찌감치 내다본 것이다. 그는 요즘 사람들이 말하는 '목표와 사명'의 안목을 갖춘 이였다. 이드루스 무리아는 과거 자신의 사업을 우해 패물을 팔아 돈을 대준 아내와 장모에게 목걸이를 사주었다. 그의 가족은 이제 정말로 크레틱 사업을 통해 생계를 이어갈 수 있게 되었다. 이드루스 무리아는 담배 마는 일꾼 열다섯 명을 고용했다. 그리고 친모를 위해 시멘트 벽돌 집을 차근차근 짓기 시작했다. 이제 더이상 서기로 일하지 않게 된 장인은 이드루스 무리아가 어머니를 위해 준비한 집이 루마이사가 지내기에 더 편한 환경이라면 그곳으로 딸을 데려가도 좋다고 허락했다. 서기는 이제 이드루스 무리아의 사업상 숫자 계산이 필요한 일들을 도왔다. 말하자면 사위의 오른팔이 되어 있었다. 그 역시 로코 크레틱 머르데카!를 키운 투자자 중 한 명임이 틀림없었다. 이드루스 무리아는 로코 크레틱 머르데카! 공장을 어머니의 집으로 옮겼고 담배 마는 사람들이 쾌적하게 일할 수 있도록 큰 공간을 따로 만들어주었다.

　어느 날 아침, 루마이사가 밥맛을 잃었다. 그녀는 갓 지어 김이 모락모락 나는 밥 냄새가 너무 거슬리고 불쾌해 멀리 치워달라고 부탁했다. 그녀가 다시 아기를 가진 것이다. 이드루스 무리아는 아내에게 키스 세례를 퍼부었다. 3년 전 잃고만 첫 번째 아이를 대신해 이제야말로 그들의 후계자를 갖게 될 희망에 부풀어 올랐다. 이드루스 무리아의 인생이 갑자기 화창해졌다. 그는 자신의 땀과 돈으로 손수 지은 안락한 집에서 자신의 아이들이 뛰어노는 미래를 내다볼 수 있었다. 연로한 어머니와 장인 부부를 마지막 날까지 잘 모실 수 있을 거란 확신도 들었다.

사실 M시는 큰 도시의 일개 구 정도 되는 작은 규모로 사람들이 서로 잘 알 수밖에 없었다. 그러나 이드루스 무리아는 과거 네덜란드 총독부 서기로 일하던 시절의 장인 못지않게 이제 자신도 꽤 이름이 알려졌다고 자신했다. 길에서 만나는 사람마다 그가 빨간 크레텍, 그 크레텍 머르데카!의 주인임을 알아보았다. 아마도 빨간색이 충분히 도발적이어서 사람들이 그를 더 잘 기억하는 것 같았다.

정오 즈음에 이드루스 무리아는 담배 마는 직원들을 기다리며 아직 건축 중인 집 앞을 지나는 사람들을 바라보고 있었다. 두 명의 인부가 바닥재용 긴 목재를 들고 나타났는데 뒤쪽의 인부가 앞의 인부에게 잠시 멈추라 했다. 그는 주머니에서 크레텍을 한 갑 꺼내 빨간색 담배 한 대에 불을 붙였다. 이드루스 무리아는 그것이 크레텍 머르데카!라고 생각하며 미소 지었다. 하지만 자세히 보니 담뱃갑에 찍힌 그림이 크레텍 머르데카!의 상표가 아니었다. 이드루스 무리아는 인부들에게 잠시 멈추라 한 뒤 그들이 가져온 크레텍 담뱃갑의 그림을 들여다보았다. 거기에는 이렇게 쓰여 있었다. 로코 크레텍 프로클라마시.[46] 그림이 매우 도발적이었다. 페치[47]까지 단정하게 쓴 붕카르노가 빨간 담배 한 대를 입술 사이에 물고 있었다. 그리고 그 그림 밑에는 다음과 같은 작은 글씨가 적혔다. 'M시 수자가드 공장 제품.' 이드루스 무리아는 시장에서 수자가드의 얼굴에 한 방 먹였던 날을 순간적으로 떠올렸다. 한때 친구였던 그 남자가 이제 이드루스 무리아의 얼굴에 반격의 주먹을 날리고 있었다.

46   '독립 선언 크레텍 담배!'라는 뜻. 이드루스 무리아의 로코 크레텍 머르데카!와 거의 같은 제품명이다.

47   동남아시아 이슬람권에서 쓰는 검은색 무테 원통형 모자.

6. 클렘박 머냔 찹 먼닥 '100개 들이'

수부 새벽 기도 시간[48]을 알리는 소리가 들리고 안개가 아직도 담요처럼 깔린 어스름 새벽에 산파가 도착했다. 막 이티는 3년 전 루마이사의 태 속에서 사산한 아기를 꺼내주었던 그 노파였다. 하지만 상황은 3년 전과 판이했다. 죽은 아기를 몸에서 꺼낼 당시 거의 아무런 감정도 비치지 않았던 루마이사가 이번에는 고통스러운 비명을 질렀다. 그녀의 비명은 온 마을 사람을 깨울 정도였고, 이에 억지로 눈을 뜬 사람들은 서둘러 새벽 기도를 위한 우두 의식[49]을 하며 몸을 씻을 터였다. 막 이티는 이번에는 루마이사의 가족에게 아기가 안전하게 온전한 상태로 태어났다는 좋은 소식을 전했다. "아이고, 아기가 탯줄에 칭칭 감겼네. 하지만 괜찮아. 나중에 어떤 옷을 입어도 어울리는 아이가 되겠구나."

막 이티는 칼로 탯줄을 자르고, 어미가 흘린 피가 묻은 아기의 작은 몸을 깨끗이 씻은 후 긴 바틱 천을 배냇저고리 삼아

---

[48]　인도네시아 서부 시간 기준으로 대략 오전 4시 45분 전후.
[49]　무슬림이 기도하기 전 물로 특정 신체 부위를 씻어 정화하는 의식.

아기를 감쌌다. 이드루스 무리아의 집에 넘쳐흐르는 아기의 향기가 방금 산모의 비명 못지않은 아기의 날카로운 울음소리와 함께 안개 속으로 퍼져 나갔다. 막 이티는 이드루스 무리아에게 갓난아기를 건네며 아기의 귀에 아잔 기도[50]를 속삭이라고 말했다.

"따님이에요."

딸. 인정하고 싶지 않다는 아쉬움이 이드루스 무리아의 마음속에 잠시 일었다. 하지만 그 감정은 2초 만에 사라졌다. 그는 죽은 첫아이를 기억하며 다시 아기를 허락해준 축복을 감사히 받아들이겠다고 다짐했다.

3년 전 룸이 처음 임신했을 때 이드루스 무리아는 특별히 남아나 여아를 가려 원하지 않았다. 딸이든 아들이든 상관없었다. 그러나 코블렌에서 2년 정도 지내면서 아들을 좀 더 원하게 되었다. 그 당시를 살아가던 보통 사람들처럼 이드루스 무리아도 아들이 (딸보다) 더 강하고 믿음직스러우며, 가족을 이끄는 든든한 가장이 될 것이라 믿었다.

막 이티는 돌아가기 전 이렇게 당부했다. "태반을 항아리에 담아 집 앞에 묻고 거기 등불을 켜서 밝히세요. 해 질 녘부

---

50   아잔은 기도 시간을 알리는 초대사로 아랍식 가락에 실어 노래로 구현한
      다.

터 새벽까지 지켜야 해요. 일주일 동안 자리를 비우지 마세요."

이드루스 무리아는 알았다며 고개를 끄덕였다. 막 이티가 떠날 무렵 안개가 옅어지면서 햇살이 작은 M시를 따사롭게 비추자 풀잎에 맺힌 이슬방울이 흘러내렸다. 이드루스 무리아는 막 이티에게 수고비를 두둑이 쥐여주었다. 노파는 절뚝거리는 걸음으로 집에 돌아갔다. 이드루스 무리아는 한 꼬마를 보내 손주가 태어났음을 서기의 집에도 알렸다. 장인 부부가 기뻐하며 달려와 아직 온몸이 불그레한 손주를 반겼다. 아기의 두 눈은 늘 감겨 있었고 투명한 막처럼 부드러운 피부에 수줍게 자라난 얇은 머리칼이 찰랑거렸다. 붉은빛이 감도는 아기의 입이 오물거리며 혀끝을 내미는 것이 배가 고픈 것 같았다. 루마이사가 가슴을 열자 아기가 풍만한 젖가슴에서 젖을 빨았다.

룸의 어머니는 할머니가 된 것을 기뻐하며 아침 일찍 뒤뜰에 나가 딸의 젖이 잘 나오도록 카툭[51] 잎을 땄다. 그녀가 출산 후 먹을 수 있도록 몇 주 전부터 애써 준비한 약초를 챙기는 것도 잊지 않았다.

잠시 후 모든 직원이 담배 마는 작업을 시작하기 전에 아직 이름도 붙이지 못한 갓난아기를 보러 왔다. 막 이티는 출산 후 40일 내내 아침 일찍 찾아와 루마이사를 마사지해주었다.

---

51   비타민과 단백질이 풍부한 잎채소.

마사지를 시작한 지 일주일 후 막 이티는 염소똥만 한 크기로 동글동글하게 만든 푸푸르 딩인[52] 파우더로 갓난아기도 마사지해주었다. 노파의 손길을 아기가 편안해했다.

막 이티가 말한 대로 이드루스 무리아는 아기의 태반을 지키며 밤을 지새웠다. 한편 아기는 아내와 어머니, 그리고 장모가 교대로 보았다. 아버지가 아기의 태반을 이레 밤 동안 지키거나 마을 남자들이 아기가 태어난 집에 모여 밤을 새우는 것은 M시의 관습이었다. 아기가 태어난 집의 가족은 찾아온 주민들을 각종 음식과 크레텍 담배로 대접해야 한다. 그래서 오후마다 루마이사의 어머니와 시어머니가 몇몇 이웃 아낙의 도움을 받아 다양한 음식을 만들었다. 황혼 무렵 이웃 남자들이 속속 찾아오기 시작했다. 도와주러 온 아낙들은 분주히 돌아가며 뜨겁고 달고 진해 나스기텔[53]이라 부르는 차를 내왔다. 남자들은 밤새 잡담하며 담배를 피웠고, 시간을 때우려 일부러 도미노 카드를 가져온 이도 있었다.

루마이사는 사실 이런 전통이 달갑지 않았다. 출산 후 충분히 쉴 시간이 필요했던 그녀는 이웃 남자들이 마치 자기 집

---

52   쌀가루 같은 천연 재료를 물에 개어 반죽 형태로 만든 인도네시아 전통 스킨케어 제품.

53   나스기텔(nasgitel)은 뜨겁고(panas), 달고(legi), 진하다(kentel)라는 단어를 축약한 조어다.

이라도 되는 듯 함부로 행동하는 것이 불편하기만 했다. 더욱이 갓 태어난 아기는 아직 밤낮을 분간하지 못했다. 그래서 루마이사가 밤에 잠시 쉴 짬을 내기조차 어려웠다. 아기가 울 때는 오줌을 지리거나 변을 본 것이 아니면 배가 고프다는 뜻이었다. 아기를 편안하게 해주기 위한 모든 일을 다하고 간신히 잠재워도 아기는 한두 시간 후면 어김없이 깨어났다. 분수를 모르는 이웃 남자들의 시끄러운 목소리에 루마이사의 아기는 불쌍하게도 계속 울음을 터트렸다. 게다가 담배 연기가 온 집을 뒤덮었다. 루마이사는 평생 크레텍을 싫어한 적이 없었지만, 이번만큼은 세상에서 크레텍이라 이름 붙은 것들이 모조리 사라졌으면 좋겠다는 생각마저 들었다. 여러 사람 입에서 뿜어져 나오는 담배 연기는 그녀가 아기를 돌보는 방까지 스며들었다. 아기가 또다시 울음을 터트렸는데 그건 아마도 신선한 공기가 부족해서였을 것이다.

남자들의 큰 웃음소리를 듣고 아기가 다시 보채기 시작하자 루마이사는 어찌할 바를 몰랐다. 이제 막 어미가 된 그녀도 울음을 터트리고 말았다. 그러자 시어머니가 다가와 아기를 안고 요람에 눕혀 흔들며 부드러운 목소리로 달랬다. 시어머니는 루마이사가 우는 이유를 누구보다도 잘 이해했다. 루마이사의 흐느낌이 잦아들자 얼마 지나지 않아 그녀의 친모가 방에 들어왔다. "집에 잠깐 다녀올게, 룸. 설탕을 가져오려고,

여기 설탕이 떨어졌…." 딸의 눈가가 젖어 있는 것을 본 그녀가 말을 잇지 못했다. "얘야, 왜 그래?" 루마이사는 단지 고개를 가로저을 뿐이었다.

"뒤편으로 좀 가볼게요." 루마이사가 느린 말투로 말했다. 그녀는 매사에 조심해야 한다는 것을 잘 알고 있었다. 그녀는 욕실에서 얼굴을 씻고 정수리를 적셔 머리를 식히고 싶었다. 아직 산후 출혈이 계속되었기에 그녀는 꽉 묶은 천이 흘러내리지 않도록 조심조심 비틀거리며 발걸음을 옮겼다.

루마이사가 방에서 나와 이웃집 남자들로 가득 찬 거실을 지날 때 모든 걸 준비해준 이 집주인에게는 아무도 관심을 두지 않았다. 거실에 가득한 담배 연기로 그녀는 숨도 쉬지 못할 지경이었다. 루마이사는 기침을 하면서 어른인 자신도 이렇게 담배 연기가 거슬리는데 이제 막 숨 쉬는 법을 배운 갓난아기는 오죽할까 생각했다. 창을 내다보니 남편이 혼자 밖에 앉아 있었다. 그의 앞에는 작은 흙더미를 비추는 램프가 놓여 있었다. 아기의 태반을 묻은 곳이었다. 이웃 남자 중 단 한 명도 그의 곁에 함께 있어주지 않았다. 이드루스 무리아는 홀로 성실하게 태반을 지키며 담배를 피우고 있었다. 앞쪽 방에도 이웃집 남자들이 가득 찼지만 아무도 이쪽을 신경 쓰지 않았다. 마치 그들은 단지 먹고 마시고 담배를 피우러 온 사람들 같았다.

"저 선생님…, 밖에서 태반을 지키는 제 남편하고 같이 있어주실 수 있을까요?” 루마이사가 한 이웃 남자에게 말을 걸었다. 하지만 그는 루마이사 쪽을 돌아보지도 않았다. 그는 계속 껄껄 웃으며 옆에 앉은 사람과 이야기할 뿐이었다. “선생님…,” 루마이사가 다시 말을 걸었다. 하지만 중년의 그 남자는 여전히 그녀를 투명 인간 취급했다. 돌연 루마이사는 화가 치밀어 올랐다. 그녀는 감정을 억누르지 못하고 큰소리를 지르기 시작했다. 그제야 모두가 그녀를 바라보았다.

“나가요! 나가! 다 나가세요!” 루마이사가 이성을 잃고 소리쳤다. 방을 가득 채운 사람들이 어리둥절하여 루마이사를 바라보았다. 이드루스 무리아가 황급히 집으로 뛰어 들어와 아내가 소리치는 모습을 보았다.

“여긴 내 집이에요! 다들 나가세요!” 이드루스 무리아가 아내를 껴안아 진정시키려 했다. 그러자 그녀는 이내 쓰러졌고 묶어놓은 바틱 천에서 흘러나온 피가 바닥을 흥건히 적셨다. 루마이사는 정신을 잃었다. 사람들은 함께 그녀를 안으로 옮긴 후 모두 뿔뿔이 흩어졌다. 하지만 그들이 돌아간 것은 루마이사를 쉬게 하려는 배려에서 우러나온 행동이 아니었다. 루마이사가 무례하게 굴었다는 생각에 화가 나서였다.

“주제를 모르는 년 같으니라고. 이레 밤을 같이 지내주면 고마운 줄 알아야지. 아기가 웨웨[54]에게 잡혀가야 뭘 잘못했는지 알겠지.” 한 이웃 남자가 저주를 퍼부었다.

루마이사가 히스테리 발작을 일으킨 것은 이웃들이 집에 모이기 시작한 뒤 두 번째 밤이었다. 다음 날 밤 룸은 다시는 공연히 애써 음식과 담배를 준비할 필요 없다고 어머니에게 강하게 말했다. 그녀는 온 집의 문들을 빈틈없이 닫고서야 비로소 차분하게 아기를 돌볼 수 있었다. 더 이상 이웃 남자들의 소란스러운 목소리를 들을 필요도, 담배 연기에 고통을 받을 이유도, 다음 날 아침 쌓인 쓰레기를 치우느라 고생할 필요도 없었다.

이드루스 무리아는 룸의 태도를 걱정하지 않을 수 없었다. 그는 룸에게 마음을 차분히 먹고 이레 밤이 무사히 지나도록 닷새만 더 참아달라고 부탁했다. 하지만 룸은 단호했다. 결국 이드루스 무리아는 그날 밤 이웃 남자 중 가장 나이 많은 어른을 찾아가 전날 아내가 무례를 범한 것에 대해 사과를 구하기로 마음먹었다. 그래서 이드루스 무리아는 잠시 아기의 태반을 방치할 수밖에 없었다. 그날 밤 가장 우려하던 일이 실제로 벌어졌다. 마을 연장자의 집에서 돌아온 이드루스 무리

54 황혼 무렵 밖에 나와 노는 아이를 납치해 자기 자식으로 키운다는 할머니 귀신. 웨웨곰벨이라고도 한다.

아는 아기 태반이 묻힌 흙무더기 위를 비추던 램프가 꺼진 것을 발견했다. 그곳을 살펴보니 흙무더기가 파헤쳐져 구멍으로 변해 있었다. 아기의 태반이 없어진 것이다!

M시 전체가 술렁였다! 루마이사와 이드루스 무리아 부부의 아기 태반이 사라졌다. 모든 아기 부모가 그때부터 자기들 아기의 태반을 지키려고 눈에 불을 켰다. 아무런 단서도 없었지만 이드루스 무리아는 아기의 태반을 훔쳐 간 사람을 잡으려고 동분서주했다. 한편 루마이사는 더욱더 작은 아기에게서 한시도 눈을 뗄 수 없었다. 그녀는 아기에게 뭔가 험악한 일이 벌어질까 봐 두려워했다. 가장 환멸을 느낀 것은 아기의 태반이 없어졌다는 소식을 듣고 가장 기뻐한 사람들이 전날 밤 루마이사에게 무작정 쫓겨난 이웃집 남자들이라는 것이었다. 그들은 마치 내기에서 이기기라도 한 듯 신나서 수군거렸다.

"꼴좋다! 함께 지켜주겠다는 사람들을 쫓아내다니! 그러니 태반을 도둑맞지!"

그 소식을 들은 막 이티가 곧장 루마이사의 집을 찾아왔다. 그녀는 이레 밤이 다 지나도록 이드루스 무리아 가족과 함께 집을 지켰다. 그녀는 차 한 잔과 크레텍 담배 한 갑을 준비하라고 말했다. 이드루스 무리아는 막 이티가 말한 것들을 작은 쟁반에 담았다. 그런데 준비한 크레텍 담배가 이드루스 무리아가 만든 크레텍 머르데카!인 것을 보고 그건 안 된다고 말했다.

"내일 먼닥[55]이란 이름의 크레텍을 찾아오세요. 무희 그림이 있는 걸로요. 마그립[56] 전까지 가져와야 해요."

이드루스 무리아가 기억을 더듬어보니 예전에 그런 크레텍을 본 적이 있는 것 같았다. 그가 아직 어릴 때 그런 크레텍에 불을 붙이는 사람이 분명히 있었다. 하지만 정확히 언제 어디서였는지는 기억나지 않았다. 막 이티가 말하지 않았다면 그 크레텍이 아직도 팔린다는 사실조차 몰랐을 것이다. 이드루스 무리아는 크레텍 먼닥을 찾아 M시의 모든 가게와 약국 문을 두드렸다, 그는 시장통을 전부 뒤졌다. 상인들에게 물어봐도 젊은 축에 드는 사람들은 대부분 그런 크레텍의 이름을 들어본 적 없다고 했다. 좀 나이 든 사람들은 오히려 되물었다. "그게 아직 팔리고 있단 말이오?" 크레텍 먼닥을 찾는 것을 거의 포기할까도 싶었다. 하지만 이드루스 무리아는 멈추지 않았다. 막 이티가 아직 판다고 말했으니 반드시 어딘가 있

55　전통춤의 이름.
56　해 질 녘.

을 터였다. 이드루스 무리아는 마치 주문처럼 자기 자신에게 그렇게 중얼거렸다.

　저녁노을이 지며 마그립이 다가올 즈음 이드루스 무리아는 시장통 바깥으로 한참 떨어진 길 끝의 한 가게를 바라보았다. 먼지가 잔뜩 쌓인 그 가게에는 찾아오는 손님도 없었다. 마치 사람들에게 잊힌 지 오래된 곳 같았다. 물론 이드루스 무리아는 그 가게에서 키낭[57]과 그 잎인 시리, 그리고 머냔과 중국식 막대 향을 판다는 것을 알고 있었다. 그 가게에 들어서자 잘 관리하지 않은 가게 특유의, 여러 향이 섞인 시큼하고도 축축한 냄새가 풍겼다. 몇 가닥 남지 않은 긴 백발을 한 중국인 남자가 가게를 지키고 있었다. 머리 위쪽은 완전히 벗겨져 말끔한 대머리였고 거기 갈색 반점이 두드러졌다. 거의 감겼지만 기름을 바른 듯 번들거리는 두 눈 밑에는 주머니가 잡혔고 양쪽 뺨에는 검버섯이 가득했다. 그는 너무 얇아 거의 찢어질 듯한 민소매 속옷 상의를 입었고 그 아래로는 주방 행주로 쓰면 알맞을 듯한 바틱 사롱만 걸치고 있었다. 그 남자는 등나무로 짠 의자에 고요히 앉아 있었다. 옅어지는 석양빛이 등을 떠밀었다. 지팡이 하나가 그의 손이 닿을 만한 곳에 놓여 있었다.

　"선생님, 크레텍 먼닥을 파시나요?" 이드루스 무리아가

57　빈랑 열매. 피낭이라고도 한다.

그 중국인에게 말을 걸었으나 대꾸가 없었다. 이드루스 무리아는 잠시 이 남자가 앉은 채 죽어 있는 것은 아닐까 생각했다. 그러나 잠시 후 그 남자는 느릿느릿하고 떨리는 움직임으로, 주인 못지않게 오래되어 보이는 지팡이를 짚고 힘겹게 일어났다. 이드루스 무리아는 지팡이가 이 남자를 지탱하지 못해 부러지지 않을까 걱정해야 했다. 그가 일어서자 등나무 의자가 삐걱거리며 소리를 냈다. 등나무 의자에는 구멍이 숭숭 나 있었고 세월과 함께 끊임없이 그 위에 올라앉은 엉덩이의 열기에 삭을 대로 삭아 언제 무너져도 이상하지 않아 보였다. 그는 돌아서더니 물건들이 어질러진 가게의 한쪽 구석으로 향했다. 이드루스 무리아가 보니 가게 선반 위의 물건들은 대부분 내다 버려야 할 것 같았다. 키낭 열매와 시리 잎도 시들기 시작해 팔 수 있는 상태가 아니었다.

다른 물건들도 판매할 상품이 아니라 그냥 선반의 공간을 채우는 용도였다. 모두 먼지가 쉽게 내려앉아 쌓이도록 최적화되어 있었다. 찾는 물건이 어디에 있는지는 오직 그 남자만 알 것 같았다. 이드루스 무리아는 혹시 이 남자에게 가게 일을 도울 가족은 없을까 잠시 생각해보았다. 그는 가게의 지저분한 유리 장식장 뒤편, 집 안 일부를 살짝 엿보았으나 아무도 보이지 않았다. 그 남자는 이드루스 무리아를 향해 다시 돌아서더니 떨리는 손에 커다란 크레텍 담배 포장을 들고 와 탁자 위에 놓고 그에게 내밀었다. 반투명한 글라신 종이, 그러니까 플라스틱 포장 위에 붙은 상표에는 먼닥 춤을 추는 자세로 삼푸르[58] 스카프를 든 한 명의 무용수가 빨간색으로 인쇄되어 있었다. 먼닥표 클렘박 머냔이란 글자 외에도 '100개 들이'라고 쓰여 있었다. 뭐? 100개라고? 너무 많잖아, 이드루스 무리아는 그렇게 생각했다.

"개비 단위로 살 수 있을까요? 이렇게 많이 필요하진 않아서요."

남자가 고개를 저었다. 아니, 사실 그가 정말 고개를 저었는지 분명하지 않았다. 아까부터 그의 머리가 혼자서 이리저리 움직이고 있어서였다. 아기에게 어느 날 목을 곧게 세울 힘이 생기는 것과 비슷한 일이 노인이 늙어갈 때도 벌어지는데 다만 그때는 거꾸로 목의 힘이 약해져 머리를 제대로 지탱하지 못한다. 그런데 그 남자가 단 한 마디도 말하지 않았으므로 이드루스 무리아는 그가 정말로 고개를 저은 것이라 믿기로 했다.

"아, 알았어요. 살게요."

그러자 그는 또다시 느릿느릿 돌아서 오래된 달력을 하나

58　인도네시아 전통 무용에 무대 의상 소품으로 사용되는 숄이나 긴 천으로 무용수의 목이나 어깨, 허리에 두른다.

가져왔다. 1943년이라고 찍힌 3년 전 달력이었다. 그는 거기서 한 장을 뜯어 크레틱 먼닥을 포장했다. 수명이 다한 지 오래되어 먼지가 잔뜩 쌓인 그 달력을 중국인 남자가 맨손으로 쓱 닦자 먼지 사이로 손이 쓸고 간 자국이 선명했다. 이드루스 무리아는 가게 안쪽으로 넘어 들어가 자신이 산 크레틱을 직접 포장하고 싶은 마음이 굴뚝같았다. 마그립 전까지 집에 돌아오라고 한 막 이티의 주문을 기억했기 때문이다. 하지만 그는 그 남자가 자기 임무를 다하도록 그냥 놔두었다.

"얼마예요?"

그 남자는 짧은 백묵을 꺼내 나무 탁자 위에 숫자를 썼다. 그것이 이드루스 무리아가 지불해야 하는 대금이었다. 너무 쌌다. 바짝 바른 남자의 손에 난 검버섯들은 그의 낡은 피부를 장식하는 장신구 같았다. 손톱 한 개, 정확히는 오른손 가운뎃손가락 손톱이 빠져 어디 갔는지 보이지 않았다. 저렇게 느리니 바람이 불어 느닷없이 닫히는 문이나 창틀에 끼어 빠진 것이리라. 이드루스 무리아는 그렇게 생각했다. 그는 포장된 크레틱을 받자마자 곧장 그곳을 나와 발길을 서둘렀다.

집에서는 막 이티가 기다리고 있었다.

"구했어요?" 이렇게 묻기가 무섭게 이드루스 무리아가 물건을 건넸다. 기도 시간을 알리는 마그립의 아잔이 울려 퍼졌다. 막 이티는 자신과 루마이사가 앞으로 40일 동안 마그립 때부터 하루도 빠짐없이 이샤 기도 시간[59]을 알리는 아잔이 들려올 때까지 아기를 지켜야 한다고 말했다. 막 이티는 크레텍 먼 닥 한 개비에 불을 붙여 쟁반 가장자리에 놓았다. 클렘박 머냔이 섞인 크레텍이 타들어가면서 그 향이 방 안을 가득 채웠다. 어떤 연초가 좋고 나쁜지 가려내는 훈련이 된 이드루스 무리아의 코를 그 향이 날카롭게 찔렀다. 그는 단번에 정확히 알 수 있었다. 이 연초가 좋지 않다는 말로는 충분치 않은, 쓰레기나 다름없다는 것을. 자신과는 절대 거래할 리 없는 농장에서 나왔음이 분명했고 소를 먹일 사료로나 쓰일 것이었다. 어쩌면 크레텍을 자를 때 나오는 잔존물을 여러 공장에서 모아와 한꺼번에 섞고 거기에 클렘박과 머냔을 첨가한 것일 수도 있었다.

처음 이드루스 무리아는 막 이티가 그 담배를 피울 것이라 생각했는데 그렇지 않았다. 막 이티는 크레텍이 저절로 다 타도록 놔두었다. 크레텍이 다 꺼질 때쯤 되면 그녀는 즉시 성냥을 그어 또 다른 개비에 불을 붙였다. 크레텍 한 개비가 다 타기 전 다른 크레텍에 불을 붙이는 일을 계속 반복했다. 그러

---

59   밤 기도 시간. 이슬람의 기도 시간은 매일 일출과 일몰 시간에 따라 변하는데, 해가 지는 시간인 마그립은 약 오후 6시, 밤 기도 시간인 이샤는 약 7시 20분이다.

다가 새벽 일찍 수부 새벽 기도를 알리는 아잔이 들려오면 막 이티는 집에 돌아갔다가 오후에 다시 와서 같은 의식을 속행했다.

사실 이드루스 무리아와 루마이사는 막 이티가 정확히 무엇을 하는지 잘 알지 못했다. 그녀는 자신이 달라고 한 쓴 차도 마시지 않았다.[60] 그녀는 루마이사의 집을 지키는 동안 밤새 금식하는 것 같았다. 일곱 번째 밤이 지나자 막 이티는 그제야 이드루스 무리아에게 말했다.

"아기의 태반을 훔쳐 간 사람은 당신의 경쟁자예요. 나중에 언젠가 이 아이를 통해 당신을 이겨낼 조건을 충족시키려 할 거예요."

---

60 신에게 바치는 차나 커피는 매우 진하게 타 쓴맛이 두드러지며, 자바 무속에서는 귀신이나 혼령이 이를 달콤한 맛으로 느낀다고 한다.

7. 팅웨

그 사건이 있은 지 1년 후, 이드루스 무리아는 남은 세 갑의 크레텍 먼닥을 아직 보관하고 있었다. 루마이사와 이드루스 무리아는 아기에게 다시야(Dasiyah)라는 이름을 붙여주었다. 이드루스 무리아는 항상 조심했다. 혹시라도 딸에게 나쁜 일이 생기지나 않을까 걱정하며 다시야의 성장을 주의 깊게 지켜보았다. 아기가 조금이라도 아픈 것 같으면 신속히 막 이티에게 데려갔고 여의치 않으면 의원을 찾았다. 단순히 열이 나는 정도라면 아기를 재울 때 몸에 바왕메라,[61] 오이, 텔론 오일[62]을 바르고, 남은 것을 정수리에 바르는 시골 사람들의 민간요법으로도 얼마든지 치료할 수 있었다. 하지만 이드루스 무리아는 그렇게 하지 않았다. 그는 항상 고집스럽게 아이를 전문가에게 데려갔다. 그는 날이 갈수록 딸과 사랑에 빠져 가장 소중한 보물처럼 지켰고 불면 꺼질까 쥐면 터질까 언제나 걱정했다.

---

61   외관은 빨간색 마늘 같은데 잘라 보면 안은 양파 모양인 뿌리 식물.

62   인도네시아 가정에서 즐겨 사용하는 전통 육아용품. 코코넛 오일, 유칼립투스 오일 등이 들어간 제품이다.

이드루스 무리아는 딸의 태반이 없어진 이유에 대해 막이티가 한 말을 결코 잊을 수 없었다. 당신의 경쟁자가 훔쳐 간 겁니다. 하지만 루마이사에게는 이를 말하지 않았다. 그는 아내가 걱정하길 원치 않았다. 단 한 사람의 이름이 그의 머릿속을 맴돌았다. 그렇다. 자가드 말고는 그럴 사람이 없었다. 그 인간은 오래 살 것이 틀림없었다.

이드루스 무리아가 그를 떠올린 지 얼마 되지 않아 자가드가 릴리스(Lilis)란 여인과 결혼한다는 청첩장이 도착했다. 조촐했던 이드루스의 결혼식과 달리 자가드는 M시 사람들을 모두 초청해 자신의 결혼식을 성대하게 거행하려는 것 같았다. 여인은 마두라 출신으로 알려졌다. 자가드가 그 여인을 어떻게 만났는지는 알 수 없으나 그녀가 어마어마한 부자라는 것만은 분명했다. 그녀가 고철 사업으로 큰돈을 벌었다는 이야기도 들렸다. 그녀는 그냥 부잣집 딸이 아니라 자신이 직접 마두라에서 고철 사업을 석권했다는 사실에 방점이 찍혔다. 자가드의 결혼식에 가자는 이드루스의 말에 루마이사는 극구 거절했다.

"우린 꼭 가야 해요. 저 녀석이 감히 초청장을 보냈는데 우리도 당당히 가서 얼굴을 보여야지, 뭐가 두렵다고요?" 내키지 않았지만 결국 루마이사도 일어나 옷차림을 갖추기 시작했다. 그때 이드루스가 문 앞에 나타났다. "예쁘게 꾸며야 해요!” 이드루스가 명령하듯 말하고 돌아서 나가자 루마이사는 웃었다. 남편이 아직도 질투하고 있다는 사실이 그녀를 기쁘게 했다.

릴리스는 살집이 있어 풍만하고 통통한 체형이었다. 얼마 후 그녀가 임신하여 출산하고 나면 뚱뚱한 몸매가 될 것이 확실했다. 그녀는 칙칙한 안색에 단도직입적이었고 단호한 목소리가 마치 고함치는 듯해 집안 대소사를 자신이 좌지우지하는 전형적인 마두라[63] 여성이었다. 이는 그녀가 집안의 최고 결정권자임을 의미했다. 그리고 그녀가 엄청난 부자라는 것은 분명했다.

자가드의 결혼식이 있은 지 몇 주 후 이드루스는 시장에 수금하러 나온 그 여인을 보았다. 그는 머리끝에서 발끝까지 그녀를 훑어보았다. 그는 M시에서 자가드의 아내처럼 몸단장이 천박한 여자를 본 적이 없었다. 그녀의 립스틱은 선명한 선홍색이었고, 그냥 작은 게 아니라 지나치게 꽉 끼는 크바야에 툭 튀어나온 가슴이 금방이라도 흘러내릴 것 같았다. 그녀는 또한 크바야 소매를 팔꿈치까지 걷어 올리길 좋아해 마치 언제라도 사람 뺨을 때릴 준비가 되어 있는 듯했다. 그녀의 팔에는 온갖 팔찌가 줄줄이 채워져 있었다. 원래 한 묶음을 한꺼번

---

63   동자바 북쪽에 있는 마두라섬을 가리킨다.

에 차는 크론총 팔찌 말고도 각각 4그램 혹은 5그램도 넘을 듯한 체인 형태의 팔찌들도 보였다. 여러 종류의 펜던트가 각각 달린 체인 형태 목걸이도 세 개 정도가 아닌 무려 다섯 개나 그녀의 목을 꾸미고 있었다는 묘사도 빼먹을 수 없다. 자가드 부인의 손가락은 다양한 보석이 박힌 여러 모델의 반지들이 장식했다. 그래서 그중 어떤 게 결혼반지인지 알 수 없었다. 이상한 점은 이 여인의 귓불에 큰 구멍이 뚫려 있음에도 귀걸이만은 착용하지 않았다는 것이다. 그 방면에서, 즉 패물에 있어서 이드루스는 상대가 되지 못했다. 루마이사는 패물을 저런 식으로 한꺼번에 많이 착용하지 않았다. 이드루스는 룸을 위해 보라색 보석 펜던트가 달린 체인 목걸이를 하나 사기로 했다. 그는 그 목걸이를 들고 귀가해 애정 어린 손길로 루마이사의 목에 걸어주었다. 루마이사는 기대하지 않았던 선물을 받고 수줍게 얼굴을 붉혔다.

"웬일이에요?"

"특별한 일 아니에요. 남편이 아내에게 선물도 못 줍니까?" 이드루스 무리아의 대답에 루마이사가 미소 지었다.

"당연히 괜찮죠."

하지만 루마이사는 그날 밤 두 사람이 사랑을 나눈 후 자신의 질문에 대한 진짜 대답을 얻었다. (그날 밤 마치 루마이사가 아까의 선물에 보답하듯 두 사람의 사랑은 격정적이었다.) 이드루스는 침대 모기장에 가려진 천장을 응시했다. 루마이사가 남편 곁으로 돌아누우며 이불을 당겨 벌거벗은 가슴을 가렸다.

"자가드의 아내는 천박해요. 목걸이랑 팔찌를 있는 대로 다 차고 나왔더군요."

루마이사가 웃었다. 아, 그래서 남편이 아까 낮에 갑자기 목걸이를 사 왔구나.

"부자라고 하더군요."

"아무리 부자라도 그렇게 지나치면 안 돼요. 난 당신이 장신구를 주렁주렁하고 다니지 않았으면 좋겠어요. 목걸이는 그거 하나만 하고 팔찌도 하나만 차세요. 오늘은 이걸 차고 내일은 저걸 끼어도 괜찮아요. 하지만 한꺼번에 몽땅 다 차고 다니지는 말아요. 알았죠?"

루마이사가 남편의 뺨에 입을 맞추자 이드루스 무리아가 놀라 고개를 돌렸다. 루마이사는 남편이 눈이 멀 정도로 질투하는 모습을 볼 때마다 귀여워 어쩔 줄을 몰랐다. 그래, 다만 이번에는 그 대상이 자가드가 아니라 자가드의 아내로 바뀌었을 뿐이다. 루마이사는 이드루스의 태도와 말투에서 이 남자가 지금도 질투하고 있다는 것을 알아차렸다.

이드루스는 방금 사랑을 나누고서도 여전히 자신의 정염을 시험하는 아내의 얼굴을 들여다보았다. 그는 루마이사의 눈썹에 입을 맞추고 아직 나체인 루마이사의 가슴을 덮은 이

불을 끌어당겼다. 이드루스는 루마이사의 두 팔을 위로 올린 후 아내의 겨드랑이 냄새를 탐닉했다. 아내의 체취는 늘 그를 달아오르게 했다. 손으로는 여인의 가슴을 부드럽게 쥐며 손가락으로는 젖꼭지를 어루만졌다. 루마이사가 신음을 냈다. 이것이 그날 밤 자가드를 향한 그의 두 번째 복수였다.

이드루스 무리아는 여자 문제에서 자신이 이겼다는 승리감을 꼭꼭 숨겼다. 정확히는 루마이사에 대해서였다. 그는 자가드가 어떤 여인을 좋아하는지 잘 알고 있었다. 예전에 그들이 아무것도 아니었던 시절, 일꾼으로 함께 일할 때 자가드는 자신이 좋아하는 여자에 대해 몇 차례 이야기한 적이 있었다. 이드루스 무리아는 그 여자들이 가진 공통점을 기억했다. 분명한 것은 뚱뚱하지 않고, 몸가짐도 천박하지 않으며 저속한 화장도 하지 않는다는 것이다. 그래서 이드루스 무리아는 자가드가 저 마두라 여인과 결혼한 이유가 사랑 때문이 아닐 것이라 속으로 추측했다. 자가드는 아마도 다른 목적을 가지고 있었으리라. 하지만 그것은 오로지 이드루스 무리아 혼자의 생각이었고 그 추측이 맞는지 틀리는지 알 수 없었다. 이조차 한없이 커져만 가는 자가드에 대한 그의 질투심에서 비롯된 것이었다.

몇 개월 후 자가드가 또 하나의 초청장을 돌렸는데 이번에는 아내의 임신 7개월을 기념하는 미토니 행사[64]를 성대히

치른다는 것이었다. 이드루스 무리아도 초청장을 받고 기꺼이 초대에 응했다. 그는 일부러 루마이사는 물론 이제 한창 귀여울 때인 다시야도 함께 데리고 미토니 의식에 참석했다. 출산 후에도 여전히 날씬한 루마이사를 자가드가 훔쳐보는 것을 그는 알고 있었다. 그리고 루마이사가 딸에게 젖을 물리기 위해 가슴을 열었을 때 자가드가 무심코라고 여기기에는 2초쯤 더 오래 그 모습을 바라보던 시선도 놓치지 않았다. 자가드가 루마이사의 속살을 본 것이 그게 처음일 터였다. 이드루스 무리아는 즉시 아내에게 어깨에 걸쳐 아기를 요람처럼 매단 바틱 천으로 가슴을 가리라고 말했다. 그들이 함께 자전거를 타고 집으로 돌아갈 때 이드루스 무리아는 아내에게 말했다.

"이제 다시야도 젖을 뗄 때가 되었어요. 벌써 두 살이라고요. 더 이상 젖을 물리지 않아도 돼요."

루마이사는 그 말을 따랐다. 그날부터 그녀는 젖이 좋은 맛을 내지 않도록 노력했다. 더 이상 카툭 잎을 먹지 않았고 약초도 복용하지 않았다. 그 외에도 루마이사는 숯을 젖꼭지에 발라 다시야가 역겨워하며 젖을 찾지 않도록 했다.

자가드의 딸에게는 푸르완티(Purwanti)라는 이름이 붙여

---

64   산모의 임신 7개월을 기념해 산모와 태아를 보호하고 축복하는 자바 전
      통 의식.

졌다. 그리고 얼마 지나지 않아 릴리스는 두 번째, 세 번째 아기를 낳았고 결국 모두 다섯 명의 아이를 가지게 되었다. 릴리스가 세 번째 아이를 출산했을 때 루마이사도 다시 임신했음을 알았다. 그녀는 둘째 딸을 낳아 르카야(Rukayah)라고 이름 지었다.

이제 크레텍 머르데카!와 프로클라마시는 M시를 대표하는 두 개의 경쟁 상표가 되었다. 이드루스는 사업을 더욱 키워 크레텍 머르데카!를 다른 도시에도 소개할 때가 되었다고 확신했다. 그렇다, 크레텍 머르데카!는 이미 마글랑과 그 인근 지역까지 진출해 있었다. 하지만 마글랑은 M시만큼이나 아담하고 작은 이웃 도시였고 거기서 팔리는 양은 얼마 되지 않았다. 그와 그의 가족에게 안락한 삶을 제공하는 크레텍 머르데카!가 그럼에도 불구하고 좁은 닭장 안의 챔피언일 뿐이란 사실을 이드루스 무리아는 원하든 원치 않든 인정할 수밖에 없었다. 이드루스 무리아는 거기 머물러 있고 싶지 않았다. 적어도 지금은 더욱더 그랬다. 전에는 사업을 막 시작했으니 어쩔 수 없었다. 그때는 자기의 크레텍 사업을 일구는 것만이 루마이사의 마음을 얻는 방편이라 여겼다.

이드루스 무리아는 자신의 크레텍을 멀리 족자[65]에도 공급하겠다는 목표를 세웠다. 운이 좋아 성공하면 솔로까지도 진출할 생각이었다. 이드루스 무리아는 열심히 신문과 잡지를 보면서 공격적인 선전에 참고할 만한 문구들을 찾아보았다. 그렇다. 그는 크레텍 머르데카!를 일반 대중에게 알리기로 결정했고 아무쪼록 그들이 사주기를 바랐다.

신사 숙녀 여러분께서 일터에서 돌아와 피곤함을 느낄 때, 그리고 모든 생각을 신선하게 전환하고 싶을 때, 주저 없이 크레텍 머르데카!를 선택하세요!
크레텍 머르데카!를 한 개비 꺼내 성냥으로 불을 붙이세요. 깊이 빨아들인 연기가 신사 숙녀 여러분의 몸에 스며들게 한 다음 천천히 연기를 내보내세요. 분명 더욱 상쾌한 기분이 들 거예요. 피로한 분들에게도 잘 듣습니다.

이드루스 무리아는 족자의 한 신문사를 방문해 이런 문구를 적어주었다. 그는 이제 수많은 사람에게 크레텍 머르데카!를 권했다. 광고에는 당연히 머르데카! 상표 그림도 들어갔다. 이 광고는 5주 연속 매주 일요일에 실렸다. 이드루스 무리아가 굳이 일요일을 선택한 것은 그만의 이유가 있었다. 그가 생

---

65 자바섬 중남부의 특별구. 원래의 지역명은 Yogyakarta(요그야카르타)로 준말인 Yogya(욕야)를 네덜란드식으로 Jogja로 표기했다. 이를 현대에 이르러 영어식으로 읽으며 족자가 되었다.

각하는 휴일인 일요일은 사람들이 더욱 여유로운 하루를 보내는 날, 사람들이 일 때문에 시간에 쫓겨 서둘지 않는 날이다. 그들은 집 앞에 앉아 커피나 차를 마시고, 키우는 멧비둘기를 목욕시키며, 휘파람을 불어 멧비둘기가 노래하게 만들고, 멧비둘기가 돌아오길 기다리면서 지나는 잡상인에게 신문을 사 뒤적일 것이다.

광고를 내는 것만으로 충분치 않다고 생각한 이드루스 무리아는 족자 지역에서 크레텍 머르데카! 판매를 담당할 도매상과도 협력 관계를 맺어두었다. 광고가 나오기 전부터 크레텍이 족자에 유통되도록 사전 조치도 단단히 해두었다. 그래서 광고를 보고 크레텍 머르데카!가 뭘까 궁금해하는 사람들이 가게나 노점, 혹은 가까운 시장에서 곧바로 구매할 수 있도록 준비했다.

이드루스 무리아는 족자에서의 크레텍 판매 결과에 크게 만족했다. 그의 크레텍이 대도시에서 점점 명성을 얻을수록 마글랑이나 M시에서의 판매도 더욱 활기를 띠었다. 이드루스 무리아는 작은 도시에 사는 사람들이 대체로 큰 도시의 유행을 따라간다는 시장의 전반적인 추세를 이번에 처음 배웠다.

한동안 이드루스 무리아는 족자에서의 크레텍 판매 결과에 기뻐했다. 그런데 족자에서도 크레텍 프로클라마시와 마주쳤다. 놀라운 일은 아니었지만 분명 짜증 나는 상황이었다. 어느 일요일 아침 신문을 펼쳤을 때 전에 크레텍 머르데카! 광고가 실렸던 페이지에 크레텍 프로클라마시의 광고가 실린 것을 보았다. 이드루스 무리아는 밀려오는 불쾌함을 끝까지 참으려 애썼다.

잘못된 선택을 하지 마세요. 크레텍 프로클라마시를 피우세요.
붕카르노와 붕하타 역시 이 크레텍을 피웁니다. 인도네시아 선언자들의 얼굴이 그려져 있어요. 바로 붕카르노입니다. 신사 숙녀 여러분, 크레텍 프로클라마시를 피우면 해방의 공기를 확실하게 느낄 것입니다. 믿어주세요!

"이런 빌어먹을 모방쟁이 같으니라고!" 그가 아내 앞에서 욕설을 뱉었으나 룸은 그 욕설이 자신이 아니라 수자가드를 향한 것임을 잘 알고 있었다. "그때 나한테 한 방 맞은 것으로 충분하지 않았던 모양이지?" 읽고 있던 신문은 탁자 위에 내팽개쳐지면서 아무 소리 못 하고 이드루스 무리아가 내뿜는 분노의 희생양이 되고 말았다. 룸은 문제의 페이지를 열고 크레텍 프로클라마시 광고를 보았다. 그 광고의 위치는 시선 위쪽 면이 있었는데 크레텍 머르데카!의 광고는 시선 아래쪽에 있었다. 그래서 크레텍 머르데카!의 광고를 보려면 고개를 숙이거나 신문을 접어야 했다.

"됐어요, 그냥 놔두세요. 당신이 화를 내면 자가드만 자기가 이겼다고 좋아할 거예요. 그럼 당신이 진 게 돼요." 루마이사는 남편을 진정시키려 했지만 아무 소용 없었다.

"아니, 그럴 수 없어요. 진다고? 말도 안 되는 소리! 난 절대 지지 않아요!" 진정시키려고 한 달에 그는 오히려 폭발했다.

"진작 전부터, 룸! 전부터! 내가 조요보요를 만들 때부터, 당신도 기억하죠?" 루마이사는 고개를 끄덕이며 뭔가 말하려 했지만 남자는 계속 분노에 휩싸여 목소리를 높였다. "내가 뭘 하든 따라 하잖아요. 포장지에 손글씨를 쓰던 시절부터 시작해서 담뱃갑까지 따라 했어요. 이제 내가 만약 템푸르강에 뛰어든다면 그 녀석도 뒤따라 뛰어내릴걸!" 루마이사는 격분하는 남편을 타박하지 않았다. "룸, 즘 보세요. 내가 저 자가드 녀석을 굴복시킬 크레텍을 또 하나 만들어낼 거예요. 저놈이 아무리 똑같이 하려 해도 도저히 그럴 수 없는 것을요!"

무적의 크레텍을 만든다는 이드루스 무리아의 꿈은 너무

거창한 것일 수도 있었다. 그러나 신은 핍박받는 이들의 기도를 들어준다고 하지 않던가. 물론 이드루스 무리아가 정말 핍박받고 있다고 말할 수는 없는 상황이었지만. 그는 분명히 격분하고 있었다. 그것은 정확히, 과거 함께 일한 친구였던 남자, 수자가드를 향한 분노였다. 그 순간부터 다양한 새 크레텍 상품을 만들려는 그의 노력이 시작되었다.

〰〰

다시야가 열 살이 되었을 때 아직 자그마한 이 소녀는 크레텍을 마는 일에 벌써 익숙해 있었다. 그녀는 어릴 때부터 담배 마는 일꾼들과 어울렸다. 그녀가 걷게 되었을 때 모든 담배 마는 일꾼은 아직 중심도 잡지 못하는 어린아이가 넘어지지나 않을까 노심초사했다. 이제 다시야는 잠시도 가만히 있을 줄 모르는 소녀가 되었고, 그녀의 동생 루카야도 마찬가지였다. 두 어린 소녀는 담배 마는 일꾼들을 자주 찾아가 정향과 연초를 가지고 놀았다. 그들이 담배 마는 기구를 가져오면 다시야는 담배를 말고 루카야는 끝에 튀어나온 연초를 단정하게 잘라내는 일을 했다. 두 아이는 그들이 말아 만든 크레텍 숫자에 따라 아버지에게 품삯도 받았다. 물론 일꾼들의 근무 시간에 맞춰 제대로 일한 것은 아니었다. 그건 아이들 마음대로였다. 하지만 이런 시간은 두 아이를 양손에 끈질기게 붙어 떨어지지 않는 연초의 향에 익숙하게 만들기에 충분했다. 우연히 크레텍 담배를 많이 만 날이면 아이들의 손바닥에는 크레텍에서 나온 진이 끈적하게 묻어 손톱이나 숟가락으로 긁어낼 수 있었다. 담배 마는 일꾼들은 고두 아이들의 손바닥에 끈적거리는 크레텍 진을 닦아주려 했지만 다시야는 오히려 그걸 즐겨 모았다. 그녀는 아빠도 어쩌다 함께 담배를 말 때면 손에 크레텍 진이 묻는 것을 좋아한다는 사실을 알았다. 그 후 그것은 하나의 의식이 되었다. 바로 훗날 다시야를 크레텍의 여인이 되도록 이끌어갈 의식이었다.

　어둠이 내리고 모든 일꾼이 귀가한 뒤 크레텍 머르데카!의 공장 겸 저택에는 정적만이 감돌았다. 루마이사는 찻주전자를 준비했다. 이드루스 무리아에게는 말린 차 한두 스푼을 넣는 것으로 충분하지 않았다. 그는 자신이 좋아하는 차를 최소한 찻주전자의 절반까지 채워야 성에 찼다. 차나 커피는 크레텍과 잘 어우러지는 충실한 동반자다. 하지만 차와 커피 중 어느 쪽이 더 어울리는지 알려면 태양의 위치를 봐야 한다. 태양이 동쪽에 있으면 크레텍에는 ㅋ피가 더 어울린다. 그러나 태양이 서쪽에 있다면 차가 더욱 걸맞은 짝이 된다.

　아까의 찻주전자 이야기로 돌아가자. 루마이사는 찻주전자에 얼마간의 차를 넣고 뜨거운 물을 부어 차를 우렸다. 차를 우리는 데 자주 사용하는 찻주전자가 두 개 있었다. 첫 번째 찻주전자는 진흙으로 만든 것인데 두 개의 작은 잔이 그 찻주전자에 붙어 다녔다. 그 작은 찻잔들은 다시야와 루카야에게 소꿉장난을 하자며 유혹하곤 했다. 하지만 두 아이는 황혼이 내리기 전까지 그 두 개의 작은 진흙 잔을 온전한 상태로 부엌에 돌려놓아야 한다는 것을 알았다. 두 번째 찻주전자는 이드루스 무리아가 가장 아끼던 것으로 찻주전자 몸체와 작은 찻잔에 크레텍 발 티가[66]의 상표가 그려져 있었다. 세 개의 원이 그려진 그 찻주전자 세트는 크레텍 발 티가에서 선물로 받은 것이었다. 크레텍 발 티가는 잘나가던 시절 크레텍 로고가 들어간 선물을 많이 나누어주었다. 간식을 담는 작은 접시부터 성냥 지갑, 이드루스 무리아가 가진 찻주전자 세트, 쟁반, 그리고 가장 큰 것은 자전거까지 망라했다. 크레텍 발 티가의 포장지를 일정 수량 모으면 그런 선물들을 받을 수 있었다. 크레텍 발 티가가 결국 문을 닫은 후 이드루스 무리아는 크레텍 발 티가의 향수가 담긴 그 찻주전자를 소중히 간직했다.

어느 찻주전자를 쓰던 오후에 차를 우릴 때는 항상 두 개의 기본 잔을 사용했다. 첫 번째 잔에는 각설탕을 담았고 두

---

66 한때 '크레텍의 왕'이라 불렸던 쿠드스 출신 니티스미토가 1908년 출시한 크레텍 브랜드.

번째 잔은 빈 채로 두었다. 차를 마시는 기본 조건은 나스기텔, 즉 뜨겁고 달고 진해야 한다는 것이었다. 이드루스 무리아는 대개 차를 각설탕이 든 잔에 먼저 따랐다. 두 개의 각설탕이 조금씩 녹는 것을 기다린 후 그는 아직 비어 있는 두 번째 잔에 절반쯤, 혹은 취향에 따라 설탕 잔의 차를 따랐다. 그런 후 그는 찻주전자로 두 번째 잔에 차를 마저 따라 당도를 딱 맞게 조절했다.

　찻주전자 안의 물 온도를 뜨겁게 유지하기 위해 루카야가 천으로 찻주전자의 몸통과 바닥을 감쌌다. 찻주전자의 온도를 유지하는 천은 중요한 역할을 했다. 그녀는 그 천을 다른 데는 절대 사용하지 않고 오직 찻주전자를 데우는 용도로만 썼다. 그 천과 찻주전자 사이에 이드루스 무리아는 손에서 털어낸 크레텍 진을 보관하곤 했다. 이제 다시야와 루카야도 손바닥에서 나온 크레텍 진을 보관했다. 크레텍 진을 종이 한 장으로 덮고 가지런히 배열한 다음 뜨거운 찻주전자로 눌렀다. 찻주전자를 들면 이드루스 무리아는 납작해져 시트처럼 된 크레텍 진을 얻을 수 있었다. 그는 가위로 그 크레텍 진 시트를 조각조각 잘랐다. 그게 전부였다. 그런 다음 그는 거기에 온전한 크레텍을 조금 섞어 손으로 담배를 말았다. 파피에 종이 끝을 침으로 핥아 붙여 크레텍과 진을 그 안에 가두면 맛있는 크레텍 팅웨가 되었다. 일반적으로 연초-정향-소스가 들어간 보통 크레틱이 아니라 진짜 크레틱 진이니 맛없을 리 없었다.

다시야는 아버지의 그 의식을 종종 눈여겨보았다. 그러던 어느 날 오후 그녀 또한 크레틱 진을 모았다. 그녀는 스스럼없이 루카야에게도 손바닥에 붙은 크레틱 진을 모아달라고 부탁했다. 그러고는 그것을 모두 아버지에게 주었다. 이드루스 무리아는 그 크레틱 진을 그냥 받지 않았다.

“이건 누구 거지?”

“내 거예요. 루카야 것도 함께요.”

“정말?” 그는 다시 한번 확인했다.

다시야가 고개를 끄덕였다. “하지만 조금뿐이에요. 원하시면 다른 일꾼들 손에서 크레틱 진을 더 모아올 수 있어요.”

“안 돼!”

“왜요?”

“다른 사람 손이 깨끗한지 알 수 없잖아. 하지만 너랑 루카야의 손에서 나온 거라면 아빠가 받을게.” 다시야가 활짝 웃었다.

그날 오후 그녀도 시트처럼 만든 크레틱 진을 잘게 잘랐다. 그런 후 아빠가 담배를 말던 방법과 종이 끝에 침을 묻혀 붙이는 것도 흉내 냈다.

“좀 더 속을 많이 넣어 담배가 조금 더 통통 해야 했는데 이건 너무 작아요. 파는 담배와는 크기가 달라.” 다시야는 자신이 만 담배를 내놓으며 이렇게 말했다. 다시야로서는 담배 마는 기구를 사용하지 않은 게 처음이었는데도 깔끔하게 잘 말았다.

"연초 진은 조금뿐이란다. 좋은 스린틸 연초를 섞고 우리 소스까지 섞은 거야. 귀한 거니 아껴 써야 한단다. 게다가 이렇게 작은 것들이 맛을 즐기기에 더 좋아. 한꺼번에 많이 넣으면 손해지."

다시야가 알았다며 고개를 끄덕였다. 이드루스 무리아는 차를 마시더니 딸이 만든 크레텍 팅웨를 한 개비 꺼내 성냥으로 불을 붙였다. 연기가 허공에 흩어졌다.

"어, 맛이 다른데?"

"설마?"

"맞아. 다른 파피에 종이로 말았니?"

"난 아빠가 쓰던 종이를 썼어요. 이거요." 다시야는 이드루스 무리아의 파피에 종이를 가리켰다. "맛이 없어요, 아빠?"

"어, 아니야, 아빠가 놀라서 그래. 이게 왜 더 달지?"

"너무 달아요?"

"아니, 아니, 딱 맞게 달아. 더 맛있다. 오히려." 다시야가 비로소 웃음을 띠었다. 간단한 방법으로 아버지를 기쁘게 해줄 수 있게 된 그녀는 기뻐 어쩔 줄 몰랐다. "네 침을 발라 붙인 거지, 그렇지?"

“네.”

“오오… 아마 네 침이 맛을 더한 모양이구나. 더 맛있어.”

⌒⌒⌒

이드루스 무리아의 그 말이 맞는지 틀리는지는 알 수 없었다. 부모가 아이를 사랑하는 것은 인지상정이어서 이드루스 무리아가 다시야의 침이 맛을 더했다고 한 그 말이 단지 딸에 대한 아버지의 사랑에서 발현한 것이라 해도 이상한 일이 아니다. 하지만 어쩌면 정말로 다시야의 침이 단맛을 낸 것일지도. 분명한 것은 그 후 다시야는 일몰을 즐기는 이드루스 무리아 곁을 더욱 열심히 지켰다는 점이다. 아직 어린 소녀는 담배를 피우지 않았지만, 아버지의 찻주전자에서 함께 차를 따라 마셨다. 그녀는 작은 입으로 진흙 잔에서 피어오르는 뜨거운 김을 호호 불었다. 그리고 이드루스 무리아도 자신에게 크레텍을 말아주는 사람이 있어 기뻤다. 그녀는 공장에서 담배 마는 일을 자주 도왔는데 담배를 말수록 크레텍 진을 더 많이 얻을 수 있음을 알았기 때문이다. 크레텍 진은 아버지를 열심히 도와야만 얻어졌다. 다시야는 그 사실을 잘 알았다. 그녀는 손바닥이 처음에는 깨끗하다가 점점 갈색으로 변하고 그 초콜릿 같은 것이 점점 두꺼워지는 것을 관찰했다.

156

어느 날 다시야는 아버지에게 선물을 주고 싶었다. 특별한 날도 아니고, 축하할 만한 어떤 일이 있는 것도 아니었다. 생일조차 아니었다. 대부분의 사람처럼 이드루스 무리아도 자기 생일을 어딘가에 적어놓은 적이 없었다. 유일하게 적어놓은 메모는 물건을 팔러 가는 날이었다. 태어난 해조차도 이드루스 무리아는 그게 맞는지 틀리는지 알지 못했다. 그는 단지 얼굴에 생기는 주름과 헐렁해지는 피부, 그리고 늘어나는 흰머리를 보고 대략 자신이 몇 살인지를 가늠했다. 다시야는 벌써 일주일째 정말 열심히 담배를 말았다. 그녀는 언니를 졸졸 따라다니는 루카야에게도 담배를 말라고 시켰다.

"그래도 난 담배를 자르고 싶은디." 루카야는 벌써 가위를 들고 다시야가 크레텍을 다 말아놓으면 거기서 삐져나온 연초를 자르는 보조 역할을 자처했다.

"오늘은 너도 담배를 말아. 크레텍 진을 더 많이 모아 아빠한테 드리게, 응?" 결국 루카야도 말을 들었다.

루마이사는 두 딸이 점심때 부르러 가야 할 정도로 열심인 모습을 보며 의아해했다. 점심을 먹은 후 그들은 또 담배를 말러 갔다. 중간에 놀지도 않았다. 학교 친구가 왔을 때도 다시야는 놀러 나가지 않았다. 담배 마는 일에 싫증 난 기색이 역력한 루카야는 '난 재미있게 놀고 싶어'라는 표정으로 언니를 바라보았다.

"그래, 좋아, 저기 가서 놀아. 하지만 먼저 네 손에 묻은 연초 진을 털어서 여기 모아줘." 다시야는 그릇 한 개를 건넸다. 루카야의 얼굴이 환해지더니 재빨리 손에서 크레텍 진을 털어냈다. 어린 소녀는 손도 씻지 않았다. 아마 그녀는 강에서 새우를 잡으며 놀 참인 듯했다.

일주일이 지나자 다시야가 보기에도 꽤 많은 크레텍 진이 모였다. 그녀는 집안일을 돕는 사람에게 아버지의 찻주전자에 끓는 물을 담아달라고 부탁했다. 아버지가 한 것처럼 다시야도 단단한 반죽처럼 된 크레텍 진을 뜨거운 찻주전자 밑에 놓고 눌러 납작하게 만들었다. 그런 다음 그 크레텍 진을 잘게 잘랐다. 다시야는 열과 성을 다해 담배를 하나씩 말았다. 정성을 들인 만큼 담배는 더욱 깔끔한 모습을 띠었다. 그녀는 크레텍 진을 섞은 크레텍 팅웨를 20개비 만들었다. 그러고는 학교 숙제하고 남은 골판지를 가위로 잘라 직접 담뱃갑까지 만들어 크레텍 담배를 그 안에 담았다. 다시야는 성냥도 한 갑 사서 그 특별한 선물을 완성했다.

그날 저녁 이드루스 무리아에게 여유로운 시간이 돌아오자 다시야는 그 선물을 아버지에게 내밀었다. 이드루스 무리아는 다시야의 선물에 깜짝 놀랐다.

"루카야도 도왔어요, 아빠." 다시야는 아버지의 얼굴에 기대했던 표정이 떠오르는 것을 보며 미소 지었다.

그는 애정을 듬뿍 담아 다시야를 들어 올려 무릎에 앉혔다. 이드루스 무리아는 딸이 자신을 얼마나 사랑하는지 새삼 깨달았다.

"우리 아가는 뭘 갖고 싶니?"

다시야는 고개를 가로저었다. 그녀는 아무것도 요구하지 않았다. 그저 자신이 만든 팅웨를 아버지가 피우는 모습을 보고 싶었고 이드루스 무리아가 입에서 반지 모양의 연기를 내뿜는 것을 즐기고 싶을 뿐이었다. 이드루스 무리아는 그 크레텍 팅웨를 금방 다 피워버리지 않았다. 그는 그것을 며칠 동안 아꼈고 다시야가 만든 팅웨 한 개비에 불을 붙일 때마다 말할 수 없는 희열을 느꼈다.

8. 크레텍 가디스

이드루스 무리아는 크레텍 머르데카! 이후 모두 여섯 개의 새 제품을 출시했다. 하지만 그 여섯 개 모두 시장에서 그리 잘 팔린 것은 아니었다. 그래도 명색은 수자가드가 절대 이길 수 없는 크레텍 담배를 창조하기 위한 투자라는 것이었다.

"아빠, 왜 크레텍 머르데카!만 밀고 가지 않아요? 잘 관리하면서요." 어느새 열일곱 살에 접어든 딸 다시야가 어느 날 이드루스 무리아에게 물었다. "머르데카!는 이미 시장을 확보하고 있잖아요. 최고로 만드는 일만 남았어요."

"시대가 변했단다, 야."

"무슨 뜻이죠?"

"머르데카!가 나온 것은 인도네시아가 막 독립하던 때였어. 모든 사람이 방방곡곡에서 '머르데카!'를 외쳤지. 그래서 우리 크레텍도 유명해진 거야. 하지만 지금은 아니야. 시대가 변했어." 이드루스 무리아는 강조했다. "그러니까 크레텍 머르데카!가 역사적 가치가 있다는 거잖아요, 그렇죠?"

"아빠는 지금 시대에 맞는 새 크레텍을 만들어내야 해. 사람들은 이제 더 이상 독립을 입에 담지 않아." 이드루스 무리아는 다시야가 만든 팅웨 한 개비를 꺼내 불을 붙였다. 그는 이제 다시야가 만든 팅웨를 놓는 전용 그릇을 따로 마련해 놓았다. 아버지는 큰딸이 만들어주는 특별한 팅웨에 너무나 익숙해졌다. "만약 네가 이런 팅웨를 하루에 8천 개만 만들 수 있다면 인도네시아 최고의 크레텍이 될 거야."

아버지의 말에 다시야는 웃어 보였다. 7년 전에는 어떨까 싶어 크레텍 진으로 팅웨를 만들어본 것이 이제는 일종의 의무가 되어 있었다. 오후 늦게 찻주전자로 차를 마시는 의식은 아직도 계속되었다. 달라진 점이 있다면 다시야가 차만 마시는 것이 아니라 가끔은 크레텍을 한 개비 정도 피우게 되었다는 것이다. 이드루스 무리아는 딸이 자기가 만든 팅웨를 피우려 하면 그리 못 하게 하는 치사한 수를 불사했다. 그래서 다시야는 크레텍 머르데카!나 아버지가 만들다 실패한 다른 상표의 크레텍들을 피웠다.

다시야는 최선을 다해 완고한 아버지를 설득해보았다. 그녀는 아버지가 시장에서 맥을 못 추는 크레텍 신제품들을 관리하느라 시간을 다 빼앗길 정도로 바쁘지만 않다면 크레텍 머르데카!가 시장에서 더욱 성장할 여지가 있다고 확신했다. 사실 아버지도 신상품 크레텍들을 의한 새로운 소스의 제조법을 진심으로 찾는 것 같지 않았다. 그는 마치 연습하듯 대충 눈대중으로 소스 재료를 섞어 거기에 버딜,[67] 그라모폰,[68] 투구,[69] 777 피투룽안,[70] 펜톨 코렉,[71] 자카르타 등의 다양한 상품명을 붙였다. 이들은 모두 이드루스 무리아가 선택한 상표명이었다. 마지막은 더욱 이상했다. 누가 봐도 M시에서 나온 크레텍인데 이드루스 무리아가 '자카르타'라는 상표를 붙였기 때문이다. 이드루스 무리아는 지금 모든 사람이 자카르타에 매료되어 그런 상표명을 붙였다고 말했다. 그것이 자카르타에 가고자 꿈을 품었으나 결국 가지 못한 채 여전히 동경하는 흡연자들을 유혹할지도 모른다면서.

정작 그 크레텍 담배들을 지금처럼 늦은 오후 차를 마시면서 하나씩 전부 맛본 것은 다시야였다. 그것은 결과적으로 크레텍 맛이 좋은지 나쁜지를 구분하는 혀와 특출한 후각을 단련하는 훈련 과정이 되었다. 그녀는 (아무에게도 말하지 않았지만) 그 크레텍들 중 크레텍 머르데카!보다 나은 것이 없다고 평가했다. 개인적으로 다시야는 여전히 크레텍 머르데카!를 더 좋아했다. 물론 자신이 만든 크레텍 팅웨가 맛있다는 것은 잘 알고 있었다. 크레텍 진으로 만들었으니 맛이 없을 수 없었

67   소총.
68   축음기.
69   기념비.
70   가호.
71   성냥개비.

다. 하지만 자신이 보기에는 아버지가 마는 팅웨 담배와 다를 것이 없었다. 아빠는 왜 극구 다시야의 침으로 붙여 마감한 팅웨가 더 맛있다고 하실까? 다시야는 아무리 생각해도 알 수 없었다. 어쩌면—어느 날 다시야 스스로 만든 논리에 따르면— 다시야가 자신의 침 맛에 너무 익숙한 나머지 자신이 만든 팅웨가 더 달다고 느끼지 않는 것이라 생각했다.

⌒⌒

이드루스 무리아는 딸을 너무 사랑해 크레텍 머르데카!의 소스 혼합 비법을 진작 알려주었다. 시장에서 고배를 마신 다른 크레텍 담배들의 소스 역시 마찬가지였다.

판매 대금을 수금하는 날, 간혹 이드루스 무리아는 권태 감이 찾아오면 직원들에게 다시야를 통해 입금하라고 지시했다. 처음에는 조금씩 돈을 맡기는 정도로 시작했지만 나중에는 다시야가 머르데카! 장부 정리를 전부 맡게 되었다. 머르데카! 생산을 위해 기본적으로 돌아가는 돈은 절대 건드려서는 안 되었는데, 이 돈과 이익금을 구분하는 것도 그녀의 일이었다. 다시야는 그 이익금을 아버지가 새 소스 혼합물과 새 크레텍을 실험하는 데 쓸 수 있도록 했다. 다시야는 그런 훈련을 받으며 이드루스 무리아의 신뢰를 얻었다. 이 소녀는 어머니로부터 명석한 두뇌를, 그리고 아버지로부터는 일에 대한 뜨거운 열정을 함께 물려받았다. 그 외에도 이드루스 무리아의 성향상 대체로 딸의 자유를 존중해주었으므로 소녀는 독립심 강하고 자기 의견을 서슴없이 말하는 사람으로 자랐다. 당시 여성으로서는 드문, 독특한 조합의 성정이었다.

"안 돼요, 아빠. 더 이상 새 크레텍을 만들 수 없어요." 그러던 어느 날 또다시 새 상표명의 크레텍을 만들려는 아버지에게 다시야가 이렇게 말했다. 사실 다시야는 그들이 가진 돈을 계산해 새 크레텍 개발 비용을 미리 할당해놓은 상태였다. 아버지가 여러 번의 시도와 실패를 반복하는 바람에 다시야는 올바른 재정 관리에 대해 충분히 공부하게 되었다. 이드루스 무리아는 그렇지 않았다. "하지만, 야(Yah),[72] 아빠가 이번엔 정말 성공할 거라 확신해."

"아빠가 다시 새 크레텍을 만들면, 그 비용을 머르데카!의 자본에서 빼야 해요. 만약 실패하면 머르데카!도 더 이상 만들지 못하게 된다고요. 그럼 우린 뭘 먹고살아요? 일꾼들 품삯은 어떻게 주고요?" 다시야도 물러서지 않았다. 이드루스 무리아는 딸에게 이런 성격이 있으리라곤 꿈에도 생각하지 못했다.

"그럼 어떡하란 말이니?" 이드루스 무리아도 딸의 말이

72　다시야의 애칭.

맞다고 속으로 인정하고 있었다. 그러나 그의 고집도 만만치 않았다.

"아빠가 투자자를 따로 구할 수 있다면 그렇게 하세요. 하지만 크레텍 머르데카! 운영 자금을 건드리는 건 절대로 안 돼요!"

이드루스 무리아는 즉시 그 말을 실행했다. 투자자를 찾는 일 말이다. 그 투자자는 보석상을 하는 중국인 여인과 결혼한 자바 사람이었다. 조코라는 이름이었다. 이드루스 무리아는 그의 방문을 매우 친절하게 맞았다. 모든 직원은 물론 다시야와 루카야까지 그에게 소개해주었다. 이드루스 무리아는 그 남자에게 차를 대접하면서 크레텍 머르데카! 한 갑도 꺼냈다. 다시야가 만든 팅웨가 든 작은 상자를 열어 조코 씨에게도 권했다. 이드루스 무리아가 자신의 애착 팅웨를 다른 사람에게 권한 것은 처음이었다. 조코 씨가 다음부터 크레텍 머르데카! 에 손대고 싶지 않게 된 것은 너무나 당연했다.

"누가 만든 팅웨입니까?"

"내 딸, 다시야가 만들었어요."

"아주 맛있군요!" 그는 이렇게 말하며 손에 쥔 자그마한 궐련을 자세히 들여다보았다.

"마음에 드시면, 가져가세요." 이드루스 무리아는 투자자에게 로비하는 방법을 잘 알았다. 그 남자는 다시야가 만든 팅웨 나머지 일곱 개비를 가지고 돌아갔다.

"크레텍을 잘 아는 친구와 함께 다시 오겠습니다. 만약 그가 좋다고 하면 제가 자본을 대죠."

조코 씨는 돌아간 지 이틀 만에 한 중국인 남자와 함께 왔는데 그는 정말 친구가 아니라 가족 중 한 사람이었다. 중국인 남자는 조코 씨의 처형, 즉 아내의 오빠였다. 그는 이드루스 무리아가 권하는 크레텍 머르데카!를 맛보려 하지 않았다.

"난 크레텍 머르데카!가 어떤 맛인지 알아요. 오래전부터 익숙하죠. 난 어제 조코가 가져온 팅웨를 맛보고 싶네요."

이드루스 무리아는 다시 한번 다시야가 전날 만든 팅웨를 세 개비 내놓아야 했다. 그는 다소 서두르며 건네받은 팅웨에 성냥불을 붙인 후 만끽하듯 들이마셨다.

"하루에 이런 팅웨를 몇 개나 만들 수 있습니까?"

"이건 내가 아니라 내 딸이 만든 겁니다." 그러더니 다시야를 불렀다. 그 소녀가 커튼 뒤에서 마치 꽃봉오리가 피어나듯 나타났다. 조코 씨와 그의 처형은 그 모습에 단번에 매료되었다. 사실은 그때 이드루스 무리아조차 깜짝 놀라 할 말을 잃었다. 딸이 꽃처럼 완전히 피어났다는 것을 그는 비로소 깨달았다. 예전 자신이 청혼하러 갔던 날 커튼 뒤에서, 덤불 속에서 피어난 꽃봉오리처럼 나타난 루마이사를 보는 것만 같았다. 하지만 다시야의 모습은 젊은 시절 루마이사와 달랐다. 다시야는 활짝 웃으며 상대방과 눈을 맞추는 것을 두려워하지 않았다. 모든 지식을 담은 듯한 얼굴에 그녀가 지적인 여성임을 한눈에 알 수 있었다. 그녀는 전혀 다른 방식으로 방 안의 사람들을 매료시켜 루마이사 때와 똑같은 감탄을 자아냈다.

"이름이 뭔가요?" 아까 이드루스 무리아가 언급했는데 중국인 남자는 잠시 잊은 듯했다.

"다시야입니다."

"정야…."

누군가 그녀의 이름 앞에 '정'이란 경칭을 붙여 부른 것은 이번이 처음이었다. "…당신은 이런 팅웨를 하루에 몇 개나 만들 수 있나요?"

"많이 만들어야 한다면 열두 개까지 가능해요." 다시야는 서슴없이 대답했다.

"다른 담배 마는 일꾼들을 시켜 이렇게 만들 수 있나요?"

"팅웨는 누구나 만들 수 있어요." 다시야가 대답했다.

"그러나 이렇게 맛있는 팅웨를 만들 수는 없지요." 이드루스 무리아가 끼어들었다. "첫째, 여기 들어간 재료는 종일 담배를 말아야 얻어지는 크레텍 진입니다. 둘째, 담배를 만 사람이 이 아이가 아니라면 맛도 달라져요."

"이건 당신 침을 발라 붙인 거죠?"

"네." 다시야가 살짝 고개를 끄덕였다.

"라라 먼듯[73]처럼 당신 침이 단 거군요." 달콤한 침.

조코 씨와 그의 처형은 다시야와 이런저런 얘기를 나눈 후 돌아갔다. 이 소녀는 크레텍에 관한 한 충분히 균형이 맞는 이야기 상대가 되었다. 사실 그것만으로도 조코 씨와 그의 처형이 자본을 대도록 설득할 수 있었다. 그 팅웨를 대량 생산만 한다면 그땐 조코 씨와 그의 처형에게 돈주머니들이 저절로 굴러들어올 것이 분명했다. 하지만 안타깝게도 일은 그렇게 되지 않았다. 돈주머니가 굴러들지도, 투자자가 붙지도 않았다.

이드루스 무리아는 쉽사리 포기하지 않았다. 그는 일부 다른 투자자에게 같은 방법으로 접근해 다시야의 팅웨를 나눠주었다. 그러다가 심지어 몇몇 사람이 이드루스 무리아의 집에 찾아와 한 개비당 비싼 가격을 쳐주겠다며 다시야의 팅웨를 사려 했다. 그들은 다시야가 만든 팅웨를 맛본 적 있는 사람들이 한 이야기를 입소문으로 듣고 호기심을 견디지 못했다. 이드루스 무리아는 팅웨의 생산량이 전혀 늘지 않았지만 어쩔 수 없이 나누어줄 수밖에 없었다. 그는 담배 한 개비가 그토록 비싼 가격에 팔릴 수 있다는 것을 상상도 해보지 못했

---

73   마타람 왕국의 술탄 아궁 시대에 전쟁에서 진 영주가 왕국에 진 빚을 자신의 침을 발라 만 담배를 팔아 모두 갚았다는 여성이다.

다. 그는 이제 누구라도 다시야의 팅웨를 하루에 한 개비만 살 수 있다는 제한을 걸었다. 하루에 다섯 명에서 일곱 명까지 그 팅웨를 사러 찾아왔으므로 규칙을 세워야만 했다. 정작 그 자신도 다시야가 만든 팅웨를 피우고 싶은 마음이 간절했지만 오랫동안 참아야 했다.

조코 씨와 그의 처형이 다시 이드루스 무리아의 집을 찾아온 것 역시 생각지도 못한 일이었다. 물론 그들도 오자마자 다시야의 팅웨부터 맛보았다. 그런 다음 두 사람은 이드루스 무리아의 새 상품에 자본을 대기로 결정하면서 하루에 두 개비씩 그 팅웨를 공급받는다는 조건을 달았다. 물론 이드루스 무리아는 빌린 돈을 갚는 의무를 져야 했다. 그는 사실 새 투자자에게 조금 의아한 점이 있었다. 이 투자는 중국인이 자바 토착민에게 자본을 대는 모양새였다. 한편 그는 토착 크레텍 사업가들과 중국인 사이에 경쟁이 매우 치열하다는 것도 잘 알았다. 심지어 예전에 자신을 처음 크레텍의 세계로 인도해 준 트리스노 씨로부터 1918년 쿠두스에서 토착 크레텍 사업 가들과 중국인 크레텍 사업가들 사이의 충돌로 폭동이 벌어졌다는 이야기를 들은 것도 기억했다.

“난 당신이 자바인이든 중국인이든 상관하지 않아요. 거기서 확실히 이익을 낼 수 있다면 투자하지 않을 이유가 없죠.” 그는 이렇게 말했다. 이드루스 무리아가 보기에 이 남자의 목적이 이익을 내려는 것임은 분명했다. 그 부분이 이드루스 무리아에게 조금 부담이 되었다. 앞서 시도했던 크레텍들이 모두 실패한 터여서 더욱 그랬다. 만약 이번에도 실패해 빚을 갚지 못하면 어떻게 될까. "내가 당신이라면 우선 카위산(山)[74]에 올라 계시를 보여달라고 기도할 겁니다." 중국인 남자가 이렇게 덧붙였다.

처음 이드루스 무리아는 카위산에 올라 이런저런 의식을 해야 한다는 것 자체가 내키지 않았다. 하지만 잠시 후 생각을 바꿨다. 투자자에게 자신의 진지함을 증명하는 동시에 자신에게 보여준 신뢰에 부응하기 위해 이드루스 무리아는 카위산에 가기로 결심했다. 그는 버스를 타고 M시를 빠져나와 족자로 향했다. 거기서 말랑으로 가는 버스를 찾는 것은 훨씬 쉬웠다. 말랑에서 다시 차를 갈아타고서야 마침내 카위산에 도착했다. M시의 중국인들이 그 산에 있는 디포네고로 왕자의 조력자 바 주고의 무덤을 즐겨 찾는다는 이야기를 자주 들었지만 이드루스 무리아가 직접 가본 것은 처음이었다.

거기서 이드루스 무리아는 자신이 다른 나라에 와 있는 것처럼 느꼈다. 좌우로 중국식 건물들이 즐비했고 자신과 같은 자바 사람들에 비해 눈이 가늘고 피부가 노란 사람들이 훨

---

74 발리 중부 우붓 근처에 있는 산으로 고대 사원 유적지가 있다.

씬 더 많았다. 주민 몇몇은 주저 없이 자기 집 방을 세놓고 있었다. 그곳 주민들은 카위산을 방문하는 사람들로부터 추가 수입을 얻는 모양이었다.

이드루스 무리아가 목표로 한 무덤에 가려면 상당히 가파른 계단을 올라야 했다. 사람들로 붐볐지만 그곳의 분위기는 의외로 고요했다. 조용하고 조심스러웠다. 모든 이가 각자 기도하면서 명상에 든 듯했다. 티라카탄[75]도 시작되었다. 그곳에 맨몸으로 온 사람은 이드루스 무리아뿐이었다. 사실 그는 무엇을 준비해야 하는지도 알지 못했다. 가파른 계단을 오르기 전 인근 길가에서 호객하는 주민에게서 헌화용 꽃잎을 산 게 전부였다. 다른 이들은 제사를 위한 장비를 바리바리 싸 왔고 또 어떤 이들은 툼펭 나시 쿠닝[76]과 통째로 구운 닭 등 파티에 더 어울릴 법한 음식까지 들고 왔다. 간혹 향냄새가 코를 찔렀다. 가져온 것이라곤 아까 산 헌화용 꽃잎뿐인 이드루스 무리아는 잠시 움츠러들었다. 그때 이드루스는 자신이 분향할 만한 제수를 하나 가지고 왔다는 것을 깨달았다. 그건 크레텍이었다. 그래, 이거라면 문제없지. 이드루스 무리아는 주저하지

75　금식, 명상 등 힌두, 불교의 금욕 수행.
76　노란색 원뿔 모양에 밥을 쌓은 것으로 축하 행사에 많이 등장한다. 카레를 섞어 노랗게 만든 밥은 번영, 부, 순수함을 상징하며, 산처럼 뾰족하게 쌓은 것은 희망, 기도를 나타낸다.

않고 다시야가 만든 팅웨를 하나 꺼내 자신의 헌화 꽃잎 사이에 놓고 다른 사람들의 제수가 잔뜩 쌓인 무덤 곁에 두었다. 그것은 최고의 크레텍 팅웨였으므로 그는 이제 헌화할 자격이 차고 넘친다고 자신했다.

이드루스 무리아는 그곳에 사흘을 머무는 동안 거의 거지 같은 행색이 되고 말았다. 원래는 현지 주민에게 방을 빌리려 했으나 무덤 근처에서 자는 것이 진심을 더 잘 드러내는 완벽한 방법이라는 사람들 말을 듣고 그에 따랐다. 그는 주민들 집에서 욕실만 빌려 썼다. 하지만 얼마 후 그는 부담감에 짓눌려 자기가 바보짓을 하고 있다고 생각하기에 이르렀다. 그는 뭐가 뭔지도 모를 이 일을 왜 하고 있는지 스스로에게 물었다. 그렇게 골몰한 끝에 이드루스 무리아는 자신이 충분히 진실하지 못했음을 깨달았다. 그를 진실하게 만드는 방법은 단 하나, 더욱 절도 있는 생활을 하는 것이었다. 그는 비로소 주민에게서 방을 빌리기로 했다. 이제 그는 편하게 잠을 자고 필요할 때마다 몸을 씻을 수 있고 (거기선 집주인이 밥을 차려주기로 되어 있었으므로) 제대로 된 음식도 먹었다. 아니나 다를까 그는 좀 더 경건하게 기도에 집중할 수 있었다. 그뿐만 아니라 다음 날 M시로 돌아가야 할 일곱 번째 밤에 이르러 설령 빈손으로 돌아가게 되어도 어쩔 수 없다는 마음마저 들었다. 그는 모든 것을 기꺼이 받아들이기로 했다. 설사 그것이 계시와 축복을 받기 위해 다시 찾아와야 한다는 의미일지라도 말이다. 그는 진심으로 그 모든 것을 받아들였다. 일곱 번째 밤, 그가 그런 생각을 했을 때 꿈속에 딸 다시야가 찾아왔다. 그녀는 이제 아름다운 여인이 되어 있었다. 그녀는 자신이 만 크레텍에 불을 붙여 한 모금 빨아들이더니 연기를 이드루스 무리아의 얼굴에 뿜었다. 그 순간 그는 잠에서 깨어났다. 이드루스 무리아는 깨어난 후에도 그 크레텍 담배 향을 맡을 수 있을 것 같았다. 하지만 실제로 그의 주변을 감도는 것은 크레텍 연기가 아니라 방 안까지 스며든 엷고 차가운 안개였다.

그날 아침 이드루스 무리아는 M시로 돌아가기 전, 바 주고의 무덤을 다시 한번 돌아보았는데 바로 가까이에서 묘지기가 꼼꼼하게 청소하고 있었다. 이드루스 두리아는 그에게 돌아간다고 말하며 그간 그곳에서 잤던 것의 대가로 돈을 쥐여주었다. 전날 밤 자신이 딸아이의 꿈을 꾸었다는 이야기도 했다.

"내가 딸이 너무 보고 싶었던 모양입니다." 그에게는 다시야가 만든 팅웨의 향이 아직도 생생했다. 그 달콤한 팅웨가 다 떨어져 이미 나흘 동안 피우지 못하고 있던 터였다.

"그게 아니면 상표명에 당신 딸 이름을 붙이라는 계시일지도요." 묘지기의 말에 이드루스 무리아의 눈이 번뜩 뜨였다. 그럴 리가? 설마 그것이 계시였단 말인가?

"제가 계시의 축복을 받은 걸까요? 하지만 데와다루나무 작은 부스러기조차 받지 못한걸요."[77] "축복은 어떤 형태로든 다가올 수 있어요. 꿈을 통해서도요."

⌒⌒⌒

이드루스 무리아는 집에 도착하자마자 딸과 관련된 상표명을 여러 개 생각해보았다. 그가 고심에 고심을 거듭한 가장 유력한 상표명 후보는 크레텍 다시야였다.

"어때, 야? 크레텍 다시야, 괜찮아? 어때? 좋잖아. 네 이름을 상표에 넣고 네 사진도 넣을 수 있어."

"아, 아빠…, 이미 그런 시대가 아니에요. 그 크레텍 자가드와 마찬가지잖아요, 네?!" 이드루스 무리아는 상표에 수자가드의 얼굴이 찍힌 경쟁자의 크레텍을 떠올리며 가슴이 철렁 내려앉았다. 다시야의 말이 맞았다. 그건 퇴행을 뜻했다. 이미 그런 시대가 아니었다. "야는 이제 가디스[78]예요, 아빠. 얼굴을 상표에 넣으면 부끄럽다고요."

"가디스?"

---

77   자바인 사이에는 데와다루나무에서 저절로 떨어지는 열매, 잎, 잔가지
      등이 행운의 부적 역할을 한다는 믿음이 있다.
78   숙녀.

"네…." 다시야는 히비스커스꽃처럼 고개를 다소곳이 숙였다. 부끄러워하면서.

"넌…, 정말 다 큰 가디스가 되었구나. 내 크레텍의 숙녀."

"네, 아빠?"

"그래, 상표명은 크레텍 가디스다!"

다시야는 상표에는 자기 얼굴 사진을 넣지 않는… 조건으로 동의했다. 이드루스 무리아도 찬성했다. 그는 얼굴 초상 대신 크바야를 입고서, 작고 단정한 묶음 머리를 한 숙녀를 그려 넣었다. 당연한 일이지만 얼굴은 딸인 다시야를 똑 닮아 있었다. 그 숙녀는 불붙인 크레텍을 들고 있고 그 표시로 크레텍 끝에서 피어오르는 연기도 그렸다.

두 번째 조건으로, 다시야는 소스를 만드는 작업에 직접 참여하고 싶어 했다. 여러 차례 시도했으나 시장에 나가 실패를 본 크레텍의 소스들은 그녀가 보기에 크레텍 머르테카!에 비해 한참 떨어졌다.

"그 크레텍들이 불행한 운명을 맞은 건 당연했어요." 다시야가 꼬집었다. 지금부터는 아버지가 되는대로 대충 크레텍을 만들어 시장에서 또 낭패를 봐서는 안 된다고 다시야는 덧붙였다. 이번에는 다른 사람에게 빌틴 돈이 걸려 있었다. 그로 인해 이드루스 무리아도 제대로 눈을 떴다. 그는 딸이 정말 다 큰 숙녀가 되었음을 실감했다.

"그래서, 소스가 그 모양인데, 이제 어떻게 하려는 거니?"

다시야는 벌써 여러 가지 재료를 아무 말 없이 섞고 있었다. 크레텍 머르데카!의 소스를 기반으로 그녀가 생각하기에 더 완벽한 맛을 구현할 몇몇 재료를 추가로 혼합했다. 다시야는 더 달고 더 감칠맛 나고 더 향기롭다고 이야기될 크레텍 궐련에 대한 투자자들의 취향도 고려했다. 또한 팅웨를 확실히 더 맛있게 만든 크레텍 진의 혼합물도 떠올렸다. 다시야는 그런 식으로 여러 재료를 섞어 자신이 만든 팅웨와 가장 가까운 맛을 내려고 애썼다.

이드루스 무리아가 한 개비를 시연해보더니 말했다. "확실히 네가 만든 팅웨 맛은 아니야…. 하지만 이건… 너무 맛있구나. 이렇게 맛있는 소스 혼합법을 어디서 배웠니?"

"아빠가 만들어 실패한 소스들로부터요."

그들은 이 소스를 크레텍 가디스에 사용하기로 동의했다.

수자가드에게 절대 지지 않을 크레텍을 만들겠다는 이드루스 무리아의 꿈이 드디어 빛을 보기 시작했다. 크레텍 가디스라는 상표명은 급속히 알려졌다. 투자자도 광고비에 추가 자본을 투입했다.

크레텍 가디스
한 모금 들이쉬면 꿈꾸던 여인이 당신 눈앞에 나타납니다.

　(전에는 담배가 물과 아무 관련이 없는데도 '마시다'라는 단어로 흡연 행위를 묘사했지만 이제는 '들이쉬다', '들이켜다' 등 보다 적절한 단어들을 쓰게 되었다.) 이 광고는 제품을 설명하는 문구로 가득 찬 대부분의 다른 광고와 달랐다. 여기에는 단 한 줄의 문구만 들어갔고 곧바로 크레텍 가디스의 사진이 따라붙었다. 물론 담배를 피운다고 눈앞에서 꿈의 여인이 나타날 리 없지만, 이 광고는 보란 듯이 흡연자들을 유혹하는 데 성공했다. 그들은 떼 지어 크레텍 가디스를 사려고 몰려들었다. 다들 한 대씩 피워 물었지만, 꿈속의 여인은 그들 앞에 나타나지 않았다.

　다시야는 늘 자신이 광고를 실은 잡지를 샀다. 그날도 그녀는 일부러 시간을 내 시장에 가서 원하는 잡지를 찾았다. 그녀가 다른 기사를 읽기 전에 제일 먼저 펼쳐본 것은 크레텍 가디스 광고였다. 12면에 기대했던 그대로 찍혀 나온 광고를 보고 그녀는 기쁜 미소를 지었다. 그녀는 잡지를 앞뒤로 뒤적이다가 20면에서 또 다른 크레텍 신상품 광고를 발견했다.

　크레텍 가르워 쿨로
　아내를 사랑하는 남자의 크레텍

　가르워 쿨로는 '나의 여인' 혹은 '내 아내'라는 뜻이었고 'M시 크레텍 자가드 제품'이라는 작은 글씨가 덧붙여 있었다.

그 크레텍에는 한 여성이 그려져 있었는데 사진이 아니라 윤곽선을 다시 그려 얼굴이 또렷이 보이게 한 초상화였다. 그건 풍뚱한 몸을 한 마두라 출신 여인, 수자가드 아내였다.

다시야가 이를 신속히 아버지에게 알리자 그는 격분하면서 잡지를 내동댕이쳤다.

"또 따라 해! 또 따라 하냐고!"

이드루스 무리아는 화낼 만한 충분한 이유가 있었다. 그런 상표명을 붙인 것에서 크레텍 가디스의 시장을 빼앗으려는 수자가드의 의도가 명백히 보였기 때문이다. 하지만 이번에는 이드루스 무리아가 걱정할 필요도 없었다. 가르워 쿨로는 시장에서 참패했다. 자가드가 소비자의 마음을 잘못 읽은 것이다. 사람들은 담배를 피울 때 공기 중에 자유롭게 흩어지는 연기와 함께 자유로워지고자 했다. 크레텍 가디스는 그 이름만으로 남자들에게 젊고 아름다운 여인에 대한 환상을 품게 해 스스로의 남성성을 더욱 고취하는 느낌을 불러일으켰다. 한편 가르워 쿨로라는 상표명은 집에서 좀처럼 치장도 하지 않으며 늘어난 옷을 헐렁하게 입고서 잔소리만 심한 아내를 떠올리게 했다.

다시야가 더욱 적극적으로 나서 특정 기간 열리는 여러 야시장에 크레텍 가디스 매대를 마련하자 매출이 한층 늘어났다. M시뿐만 아니라 족자, 마글랑, 솔로, 쿠두스를 넘어 멀리 람풍에도 불이 붙었다. 크레텍 가디스가 날개 돋친 듯 팔린다는 이야기를 들은 사람들이 반유왕이와 칼리만탄에서도 편지를 보내왔다. 그들은 그 도시의 유통상이 되겠다고 자청했다.

이제 막 10대 청소년기에 들어선 루카야도 아버지의 허락을 받고 다시야를 따라 야시장 행사를 다녔다. 그녀는 자그마한 체구에도 불구하고 크레텍 가디스 구매자들을 끌어들이는 데 놀라운 수완을 발휘했다. 그러자 다시야는 아이디어를 떠올려 남자 대신 루카야의 친구인 소녀들을 매대 판매원으로 배치했다. 다시야는 그들에게 남자 판매원들과 똑같은 임금을 주었다. 상표명 그대로 크레텍 가디스를 가디스들이 판매하게 한 것이다. 그러자 야시장에 매대를 설치한 몇몇 다른 크레텍 회사도 판매원을 전부 소녀들로 교체했다.

M시는 작은 도시여서 기껏해야 1년에 한 번, 8월 17일을 전후해 야시장이 열렸다. 그때가 오면 다시야는 야시장 매대 중 하나를 크레텍 가디스 이름으로 예약했다. 다시야는 야시장 사람들 사이에서 상당한 인기를 끌었다. 크레텍 매대를 공들여 운영하는 유일한 여인이 다시야라는 것을 모두 알고 있었다. 이젠 모두 그녀를 정야라고 불렀다.

낡은 가방을 메고 허름한 옷을 입은 한 젊은이가 야시장에 나타난 것은 M시의 야시장 둘째 날이었다. 그는 얼마 되지 않는 돈으로 퍼첼[79] 한 봉지를 사 먹었다. 그런 후 남은 돈을 가지고 크레텍 가디스 매대에 갔는데 그건 판매원이 모두 소녀였기 때문이다. 젊은 남자가 여성 판매원들에게 끌리는 것은 자연스러웠다.

"크레텍 가디스를 드릴까요, 손님?" 정야가 상냥하게 응대했다.

청년이 너덜거리는 재킷 주머니를 뒤져보니 동전 다섯 개밖에 나오지 않았다. 그걸로는 크레텍 한 갑을 살 수 없을 게 뻔했다. 더욱이 야시장에서는 담배를 낱개로 팔지 않았다.

"그럼 고리 던지기를 해보실래요?" 정야가 제안했다. 그건 단지 제품 홍보의 한 방편일 뿐이었지만 청년은 자존심이 짓밟히는 기분이었다. 더욱이 정야는 그렇게 말한 뒤 미소 짓고 있었다. 그는 정야에게 동전 다섯 개를 주고 앞에 놓인 목표물에 던질 고리 다섯 개를 받았다. 운이 좋으면 그는 크레텍 한 갑은 물론 여러 종류의 병 음료, 인형, 솜사탕 같은 것들을 받을 수 있었다.

첫 번째 투척은 실패. 정야가 다시 미소 지었다. 두 번째도 실패. 청년이 정야 쪽을 흘끗 보았다.

"다시 해보세요. 아직 고리가 세 개 남았어요." 정야는 힘을 내라는 의미로 말했으나 청년은 예쁜 여인이 자신에게 시

---

79   다양한 채소에 땅콩 소스를 섞은 음식.

비를 건다고 생각했다.

세 번째, 네 번째, 그리고 다섯 번째. 모두 실패했다.

"아아…."

"뭐, 됐어요. 잘 놀았어요."

청년은 자리를 떠났다. 그러자 정야가 그를 불러세웠다.

"손님, 잠깐만요."

"왜 그러세요?"

"이거 받으세요." 정야가 크레틱 가디스 한 갑을 건넸다.

"이러지 마세요."

"괜찮아요. 받아요. 아까 고리 던지기에서 이긴 걸로 쳐요."

청년은 고개를 세게 가로저었다.

"나중에 상사가 화낼 거예요."

"내가 상사예요. 나한테 화낼 사람은 없어요."

청년은 어리둥절했다. "저게 당신 매대인가요?"

"그럼요."

청년은 크레틱 가디스를 받고 그 자리를 떠났다. 그 이후 며칠 동안 정야는 그 청년을 근처에서 자주 보았다. 그는 때때로 매대 주인들의 심부름을 받아 물건을 들어 옮겼다. 또 어떤 때는 오후에 매대 하나 세우는 것을 도왔다가 아침 무렵에 닫기도 했다.

정야는 그를 눈여겨보았고 그도 정야와 얼굴이 마주칠 때마다 살짝 고개를 숙여 인사했다. 참 부지런한 사람이구나, 정야는 속으로 중얼거렸다. 그러다가 한번은 그가 정야의 매대 설치를 도와주었다. 그녀는 그 기회를 놓치지 않고 이름을 물었다. "이, 이름이 뭔가요?"

"라야, 수라야입니다."

"저는….."

"정야, 맞죠?" 라야가 정야의 말을 끊었다. 그녀는 얼굴을 붉히며 고개를 끄덕였다. 짝사랑하는 사람처럼 그는 숙제를 하나 마쳤다. 좋아하는 소녀의 이름 알아내기.

그로부터 수라야는 자주 정야를 기다렸다가 크레텍 매대 설치하는 것을 도와주었다. 먼저 와서 도움을 요청하는 사람이 있어도 핑계를 대며 정야가 왔을 때 언제라도 그녀를 도울 수 있도록 다른 바쁜 일을 만들지 않았다. 일주일이 지나자 라야가 오직 크레텍 가디스만 돕는다는 것을 모든 사람이 알게 되었다. 정야는 라야가 요구하지 않아도 품삯으로 얼마간의 돈을 쥐여주었다.

8월 말이 되자 홍백기가 내려져 단정하게 개어졌다. 야시장도 마찬가지였다. 마치 그곳에서 놀고 즐기던 모든 것이 상자 속에 착착 들어가 보관하는 미니어처 장난감들 같았다. 사람들도 돌아가기 위해 짐을 쌌다. 또 다른 작은 도시의 광장으로 옮겨가는 것이었다. 지난 한 달간 야시장에서 살았던 라야는 갑자기 집이 홍수에 쓸려간 이재민 신세가 되었다. M시의 광장이 순식간에 텅 비어버렸다. 라야는 그것마저 나서서 도와주었다.

"이다음엔 어디로 가시나요?" 정야가 물었다. "아직은 모르겠어요." 사실 그는 이 도시를 떠나고 싶지 않다고 말하고 싶었다. 그는 벌써 지붕 없는 집을 찾았다고 생각했다. 그의 마음이 머물 집 말이다. 야시장이 막 파했을 뿐인데 그는 한없이 외로웠다. "나한테 와서 일할래요?"

라야의 입가에 큰 웃음이 피어났다. 그때 정야는 청년의 마음이 기쁨으로 벅차오르고 있음을 미처 알지 못했다.

9. 쿠두스

　　나와 트가르 형은 기적적으로 서로 아무도 죽이지 않은 채 쿠두스에 도착했다. 내가 크레텍 자가드 라야와 포장이 비슷한 크레텍 몇 개를 사려고 중간중간 작은 상점에 멈춰달라고 몇 차례 요구해 트가르 형이 화내긴 했지만 말이다. 난 오래전부터 자가드 라야 흉내를 낸 크레텍들을 맛보고 싶었지만 그럴 기회가 없었다. 이번에 차로 육상 여행을 하게 된 덕에 비로소 그 크레텍들을 살 수 있었다. 실제로 내가 지나온 도시들에는 자카르타에서 유통되지 않는 크레텍이 많았는데 현지 크레텍들이 자기 도시에서는 나름 맹위를 떨치고 있었다.

　　나는 ‘글로브’라는 브랜드의 크레텍도 한 갑 보았다. 포장지의 색상도 크레텍 자가드 라야와 같았고 상표도 거의 같았다. 단지 지구를 든 손만 보이지 않았다. 포장지의 기본 색상이나 글씨체도 크레텍 자가드 라야가 사용하는 것과 똑같았다. 나는 포장지를 보면서 실소를 흘렸고 담뱃갑을 열어 한 개비를 꺼내 담배 끝에 불을 붙였다. 그 크레텍의 연기를 들이마시며 맛을 음미했다. 크레텍 자가드 라야를 모방하려 애쓴 흔적이 역력했지만, 확실히 자가드 라야는 아니었다.

"형, 형…, 이것 좀 피워봐." 난 그 크레텍 한 개비를 트가르 형에게 건넸다. "브랜드는 글로브인데…, 자가드 라야랑 비슷해." 트가르 형은 관심 없다는 듯 내 손을 밀어냈다.

"방해하지 마, 나 지금 운전에 집중하는 중이야."

"세상에… 그렇게 나온다 이거지." 난 투덜거리며 트가르 형에 대한 짜증을 삼켜버리는 심정으로 크레텍 글로브 담배 연기를 더 깊이 들이마셨다. 하지만, 어쨌든…, 앞서 말한 것처럼 우린 아무도 죽이지 않고 쿠두스에 도착할 수 있었다.

≈≈

우린 자가드 라야 공장으로 향했다. 두 사람이 페인트칠이 벗겨진 목재 게이트를 열어주었다. 차에서 내리자 손으로 담배를 말던 사람들의 눈 수백 쌍이 우리 쪽을 향했다. 그중 이제 막 고등학교를 졸업한 듯한 젊은 여자들도 있었다. 담배 마는 소녀 중 몇몇이 얼굴을 붉히며 미소 짓고는 옆 친구와 소곤거리는 것을 난 놓치지 않았다. 나도 그들에게 웃어 보였다. 트가르 형이 갑자기 못마땅한 티를 내면서 내 팔을 툭 쳤다.

"왜 그래?"

"시골 애들 데리고 장난치지 마!"

"무슨 장난을 친다고 그래?"

"쯧… 으아아아…!" 트가르 형은 그러더니 가버렸다. 난 아까 그 담배 마는 아가씨들 쪽을 훔쳐보았는데 그들도 아직 날 흘긋거리고 있었다.

담배 마는 공간 안쪽에서 통통한 몸매에 긴 바틱 치마와 크바야를 입은 나이 많은 여인이 둔중한 걸음걸이로 다가왔다. 허리에는 삼베 천으로 지은 흰 앞치마가 묶여 있었다. 그녀의 얼굴은 희지 않고 연초의 얼룩 때문에 갈색을 띠었다. 그녀는 뺨에 달라붙는 두꺼운 안경을 썼는데 마지막으로 봤을 때보다 더 두꺼워져 있었다. 마름 아줌마였다. 그녀는 팔을 크게 벌리며 우리를 살갑게 맞았다. 그녀가 나를 안았을 때 정향과 연초 향이 뒤섞인 노인의 냄새가 났다. 이상하게도 이에 반응한 내 두뇌가 이건 역사의 냄새라고 말해주었다.

"다시는 돌아오지 않을 줄 알았지, 애야. 자카르타가 그리 좋든?" 그녀는 마치 오랫동안 손자를 보지 못한 할머니가 전에 작기만 하던 손자가 튼튼하게 장성해 돌아온 것에 놀라듯, 트가르 형의 얼굴을 들여다보며 감격스러워했다. 그녀는 트가르 형이 자카르타가 좋아서 다시는 돌아오지 않을 거라 생각한 모양이다.

"돌아오지 않을 리 없죠, 아줌마, 여긴 제 고향인데요."

마름 아줌마는 트가르 형을 다정하게 껴안았다. 원래 그녀는 나보다 트가르 형과 훨씬 가까웠다. 뭐, 트가르 형은 이 공장에서 자랐으니 여기 깊이 뿌리내린 담배 마는 직원들과 가까운 게 당연했다. 마름 아줌마는 우리 길링 작업자들 중 가장 오래된 직원이었다. 난 그녀가 뇌졸중이나 심장마비로 이미 죽었거나 일을 그만뒀을 거라 생각했다. 고향에 온 적이 별로 없던 내가 그런 소식을 제대로 듣지 못했다 해도 이상한 일은 아니었다. 하지만 아줌마는 여전히 정정하게 크레텍 자가드 라야에서 담배를 말고 있었다.

"아버진 어디 계시니?"

"아버진 편찮으세요, 아줌마."

"어머나, 어디가 안 좋으신데?"

"합병증이에요."

"입원하셨어?"

"아뇨, 집에 계세요. 아버지가 병원에서 치료받길 원치 않아서요."

"아니, 아버지가 아프신데 너희가 여길 오다니? 무슨 용무로 온 거니? 사업이라면 자카르타에서도 다 할 수 있는데." 마름 아줌마는 그러면서 싱긋 웃었다.

"사람을 찾으러 왔어요, 아줌마."

"누구?"

나와 트가르 형은 서로를 바라보며 망설였다. 하지만 우리 둘은 같은 생각을 하고 있는 것 같았다. 옛날 일을 말해줄 사람이 있다면 그건 다름 아닌 마름 아줌마일 거라고.

"이름이 정야라고 해요. 아줌마, 들어본 적 있어요?" 내가 이렇게 물었다. "어머나…!" 마름 아줌마가 깜짝 놀랐다. "그 이름을 여기서 말하면 안 되는 줄 알았어."

"무슨 뜻이에요, 아줌마?"

"그 이름을 말하는 건 불경한 일이라 생각해. 모두 잊었다고 생각했어. 정야 사건이 터졌을 때 넌 아직 태어나지도 않았어." 놀란 마름 아줌마가 자바어로 말문이 터졌다.

그녀가 이야기를 시작했다. 그녀는 마치 물 새는 수도꼭지 같았다. 하지만 그녀는 먼저 확실히 짚으려 했다. "너희 어머니는 여기 오시지 않는 거지, 그렇지?" 우린 몇 번이나 고개를 저으며 엄마는 물론 아버지도 절대 여길 오지 않을 거라고 장담했다. 그러고서도 그녀는 우리에게 정야에 관한 이야기를 들려준 것이 자신이란 사실을 아버지나 엄마에게 말하지 않겠다는 맹세까지 시켰다.

"정야는 크레텍 가디스의 주인이야."

"크레텍 가디스요?" 나와 트가르 형은 그 브랜드 이름을 듣고 서로 바라보며 웃음을 터트렸다. 이상한 이름 아닌가? 하지만 생각해보면, 크레텍 브랜드들은 특별한 철학도 없이 대충 지어진 이름으로 유통되는 경우가 많았다. 급히 만들어 도박하듯 시장에 태워보려고 아무거나 잡히는 대로 붙인 이름들처럼 말이다. 반면, 자가드 라야라는 이름은 분명 긴 역사와 일정한 철학을 담고 있었다.

"크레틱 가디스는 예전에 유명했어. 나도 크레틱 가디스를 피워봤지. 그 크레틱이 먼저 나왔고 크레틱 자가드 라야는 그다음이었어. 그게 지금은 왜 없어졌을까?" 마름 아줌마는 스스로에게 질문을 던졌다. "하지만 상관없지. 지금은 크레틱 자가드 라야가 있으니까. 어차피 똑같은 거야." 그녀가 말하며 웃음을 터트렸다. 그래, 그녀로서는 크레틱이란 이름이 붙으면 다 같은 걸 거야. 브랜드가 뭐든 간에. 자가드 라야 공장에서 벌써 몇십 년을 일했으면서도. 트가르 형에게 묻는다면 형의 대답이 어떨지는 불 보듯 뻔했다. 크레틱 자가드 라야는 다릅니다. 다른 어떤 크레틱보다도 확실히 더 구수하고 더 맛있다고요.

"그러니까 전에 너의 아버지, 라야 씨가, 내가 들은 바로는 크레틱 가디스 주인과 관계가 있었어."

"정야하고요?"

"쉬잇! 크게 말하지 마!" 마름 아줌마는 누군가 이 소문을 들으면 큰일이라도 날 것처럼 좌우를 두리번거렸다. 하지만 사실 그 사건은 이미 수십 년 전의 일, 내가 태어나기도 한참 전의 일이다. 그 문제를 아는 사람은 마름 아줌마밖에 없을 터였다. "그래, 사랑하는 관계였어!" 그녀가 속삭였다.

"봐, 맞잖아! 정야가 아버지의 옛 애인이었다고!" 나는 내 최초 예측이 맞은 게 자랑스러웠다. 하지만 그러면 어떻게 되는 건데?

"아주머니, 혹시 정야가 어디 사는지 아세요?" 내가 물었다.

"몰라."

"그럼, 혹시 크레텍 가디스 공장은요? 어디에 있는지 아주머니가 아세요?" 트가르 형이 물었다.

"오…, 그건 쿠두스에 없어."

"하지만 아버지 말로는 마지막으로 정야를 만난 곳이 쿠두스라고 했어요, 아줌마." 내가 다시 말했다.

"내가 아는 한 크레텍 가디스 공장은 쿠두스에 없어. M시에 있지."

나와 트가르 형의 시선이 또 마주쳤다. "M시라면, 혹시 우리 할아버지 고향?" 트가르 형이 기억을 되살렸다. 맞아, 나도 그렇게 기억해. 그런데 이 일이 도대체 왜 할아버지 고향까지 연결되는 거지?

"결국, 거기까지 가야 하는 거겠지?" 난 우리가 서로 바라보며 했던 생각을 재확인했다.

"선택의 여지가 없네, 정야를 만나려면." 맞는 말이었다.

우린 우선 공장에서 몸을 추스르기로 했다. 공장 대지 안에 우리가 어릴 때 살던 집이 아직 있는데 우리가 방문할 때를 대비해 늘 유지 보수를 하며 관리하고 있었다. 아버지가 크레텍 자가드 라야를 키우려 자카르타로 이사를 결정하기 전까지 우린 그 집에서 어린 시절을 보냈다. 처음에는 집이 바로 크레텍 공장이었고 지금처럼 크지도 않았다. 하지만 크레텍 자가드 라야가 빠른 속도로 성장하면서 아버지는 담배 마는 공간을 늘리기 위해 전후좌우의 집들을 사들이기 시작했다. 현재도 크레텍 자가드 라야 공장은 매우 빠르게 발전하고 있다. 도시 바깥에서 온 노동자들을 위한 직원 기숙사도 마련되었고 직원들이 무료 진료를 받는 클리닉도 세워졌다. 거기서 그치지 않고 특정 날짜에는 옷부터 옷핀까지 다양한 물건을 파는 도깨비시장도 열린다. 점심시간이나 고픈 배를 안고 퇴근하는 직원들을 위해 늘 충실하게 자리를 지키며 기다리는 간식 가게들도 빼놓을 수 없다. 그들은 아주 위생적이지만은 않은 탄수화물 음식들을 살가운 가격으로 즈리해 내놓을 만반의 준비를 하고 있다. 공장 주변 마을 사람들이 운영하며 갓 지은 밥을 제공하는 점포들도 성황을 이룬다. 그곳 손님들도 우리 공장 직원들이다. 한편 넓은 마당을 가진 집들은 직원들이 타고 온 오토바이나 자전거를 세워두는 주차장 사업을 한다.

크레텍 자가드 라야 공장은 쿠두스에서 집에 공장을 차린 수많은 크레텍 담배 공장 중 하나다. 약 5센티미터 길이로 말아 만드는 크레텍이 이 도시의 경제를 움직인다. 쿠두스뿐 아니라 드막이나 렘방에서도 적잖은 노동자가 찾아와 크레텍 담배를 만들며 생계를 잇는다.[80] 아침저녁이면 쿠두스의 더운 거리에서는 젱키나 핏온델[81]을 탄 수많은 노동자가 농담을 주고받으며 각자의 공장으로 향하는 장관을 흔히 볼 수 있다. 유니폼을 입은 이들도 있고 몇몇 공장은 직원들에게 자유 복장을 허용했다. 유니폼을 입는 공장들은 크레텍 자가드 라야처럼 대체로 재력이 탄탄한 곳이다.

크레텍 사업가라고 해서 모두 부유하지는 않다. 설립된 지 오래된 곳 중에서도 많은 수가 크레텍 자가드 라야 같은 운을 누리지 못했다. 그들 중 적잖은 이가 공장을 유지하는 것조차 버거워한다. 텔레비전에 광고를 내보내는 것은 고사하고 임금이 밀리는 경우도 허다하다. 그들이 사업을 접지 않는 이유는 역사적 가치 때문이다. 그들의 공장은 대부분 부모나 조부가 세운 것이다. 크레텍 자가드 라야의 경우도 할아버지가 사업의 기초를 놓았다. 하지만 그들의 공장이 크든 작든, 한 가지 분명한 것은 쿠두스의 크레텍 산업이 10만 명 이상의 노동자를 고용한다는 점이다. 그것은 거기서 나오는 소득으로 쿠두스군 인구의 3분의 2가 생계를 잇는다는 뜻이다. 자, 여

---

80   드막은 자바 북쪽, 렘방은 자바 북동쪽에 위치한 해안 도시다.
81   젱키, 핏온델은 식민지 시대부터 사용된 구식 자전거 모델이다.

기서 질문. 나처럼 공장 운영에 무관심한 녀석이 어떻게 이 모든 것을 아는 걸까? 그 대답은, 사실 내가 그 정도로 무심한 인간은 아니라는 데 있다. 내 삶은 크레텍에서 비롯되었다. 내가 공부할 수 있었던 비용도, 내 일용할 양식도 모두 크레텍에서 나왔다. 그래서 내가 아무리 공장 운영에 참여하는 것을 원치 않았다 해도 쿠두스와 크레텍에 대한 공부는 남몰래 해두었던 터다.

～～～

아까부터 나를 보며 키득거렸던 예쁜 소녀의 이름은 미라였다. 그녀는 이제 막 열여덟 살이 도 었다. 고등학교는 다니지 않았고 중학교만 졸업했다. 나는 그녀에게 고등학교와 같은 수준인 검정고시 C 패키지 코스를 다녀보라고 제안했다. 내 기준에서 그녀처럼 예쁜 소녀가 교육을 받지 않는다는 건 안타까운 일이다. 그녀라고 그저 크레켁 담배를 마는 직원으로 그치고 싶을까. 우린 근무 시간이 끝난 후 이야기를 나누었다. 그녀는 공장 정문 앞에서 자기를 데리러 오는 오빠를 기다리는 중이라 했다. 그래서 내가 예쁜 미라에게 말을 건 것이다.

트가르 형이 나를 불렀다. 눈빛단 봐도 내가 직원들과 가까이 지내는 게 못마땅한 눈치란 걸 알겠다. 이상한 일이 아닐 수 없다. 형이야말로 모든 직원과 개인적으로 친하게 지내라는 교육을 받아왔다. 그런데 그는 내가 미라와 이야기하는 장면을 본 것만으로도 으르렁거렸다.

난 어쩔 수 없이 미라에게 작별 인사를 했다. 거의 동시에 혼다 오토바이 한 대가 다가오더니 미라를 태웠다. 그 소녀는 뒷좌석에 옆으로 올라앉았다. 그녀는 작게 미소 지으며 내게 손을 흔들어 작별 인사를 했다. 나도 웃으며 고개를 끄덕여주었다.

"이곳 사람들에게 수작 좀 걸지 마!" 트가르 형이 단호하게 말했다. 푸아…, 내가 뭐 어쨌다는 거야. 그는 정말 재미없는 인간이다. 그는 나를 어린애처럼 꾸짖었다. "네가 문제 일으키는 꼴 보고 싶지 않아."

"무슨 문제를 일으킨다고 그래? 난 그저 대화를 나누었을 뿐이야."

"아무튼 꼴 보기 싫어!"

"맘대로 해! 꽉 막힌 인간!"

트가르 형은 잔뜩 뿔이 난 채 공장 사무실을 향했다. 나도 화가 나서 트가르 형과 다른 방향으로 걸어갔다.

난 그날 밤 우리가 결국 M시에 가야만 할 것 같다고 생각했다. 우리 계획을 확정하고 싶었다 그러기 위해 우선 트가르 형을 달래보기로 마음먹었다. 아닌 게 아니라 아까 낮부터 트가르 형은 내가 무슨 말도 못 꺼내게 하고 있었다.

"형…, 소토 먹으러 가자. 어떻게 쿠두스까지 와서 소토도 안 먹고 갈 수 있어."

"왜 그래야만 해?" 형이 반응했다. 형은 어딘가 아직 어린애 같은 구석이 있어서 난 그 대답에 웃음이 터질 뻔했다. 트가르 형은 서명해야 할 서류들을 쌓아놓고 바쁜 시늉을 했다. 명색이 크레텍 자가드 라야 대표 이사란 사람이 왔으니 사무실 사람들은 아까 낮에 형에게 서명할 서류를 잔뜩 안겨주었다. 그들은 서류를 자카르타까지 보내야 할 수고를 덜었다.

쨍그랑! 갑자기 돌멩이 하나가 유리창을 깨고 날아들었다. 깜짝 놀란 우리는 급히 밖으로 나가 보았다. 오토바이를 탄 한 남자가 뭔가 항의하려는 듯 기다리고 있었다.

"이봐, 당신 누구야?" 정문을 지키는 경비원이 소리 질렀다. 그 남자가 답이 없자 경비원이 곤봉을 들고 그에게 다가갔다. 나와 트가르 형은 뭔가 잘못되었다는 생각이 들기 시작했다. 대체 무슨 일이지? 그 남자는 경비원들과 말다툼하면서 물러날 기미를 보이지 않았다. 멀리서 들으니 내 이름이 나오고 있었다. 나와 트가르 형이 다가갔다.

“무슨 일인가요?” 트가르 형이 물었다. 그제야 남자의 모습이 분명히 보였다. 그는 쓰고 있던 헬멧을 벗어들고 곧장 내게 다가왔다. 그러더니 다짜고짜 화내며 내 얼굴에 삿대질을 해댔다.

“내가 거길 질투라도 하는 거라 생각하지 마! 그쪽이 이 공장 주인이면 내 여자를 마음대로 뺏어도 돼?” 청년은 걸쭉한 자바 사투리로 나를 공격했다.

“누가 당신 여자를 뺏는다는 거야?” 나도 거칠게 맞받아쳤다.

“그쪽이 미라한테 접근하는 걸 내가 못 봤을 것 같아, 응?”

아이고…, 맙소사! 알고 보니 그는 아까 미라를 태워 간 남자였다. 그가 계속 헬멧을 쓰고 있었고 거리도 멀어 난 그를 알아보지 못했다.

“미라는 내 약혼녀야, 알아들어?”

“아, 알았어요. 알았어. 우리 좋게 끝냅시다. 자, 이렇게 소란 피울 필요 없어요.” 트가르 형이 끼어들어 말리려 했다.

“당신, 당장 떠나지 않으면 경찰을 부를 거야!” 경비원의 위협은 통하지 않았다.

“미라에겐 내일 당장 여길 그만두라 했어! 월급도 쥐꼬리만큼 주는 이 공장에서 담배 마는 직원으로 일하지 않아도 내가 먹여 살릴 수 있다고!"

갑자기 트가르 형이 분개하며 반응했다. "이봐…, 못돼먹은 자식! 난 내 직원들 먹고살 만큼 월급을 주고 있어!" 헉! 이건 위험해…. 형은 공장을 비난하면 목숨 걸고 달려드는 사람이라고. "경비! 이놈 끌어내세요!"

"네, 사장님!"

경비원이 즉시 달려와 그를 트가르 형으로부터 밀어냈다. 기분이 상한 트가르 형은 안으로 들어가버렸다. 솔직히 왜 나만 곤란해지게 일이 이렇게 돌아가는 거지? 나는 그 남자에게 사과하기로 했다. 그러지 않으면 나와 트가르 형 사이가 더욱 틀어질 것이었기 때문이다.

"형씨, 봐요…, 난 미라에게 아무런 사심도 없어요. 그냥 얘기만 한 거라고요." 내가 선의였음을 강조했다. 난 회사 소유주로서 직원들과 좋은 관계를 유지할 책임이 있다는 등등.

"미라는 내 거라고. 알겠어, 당신?"

"네, 형씨, 알았다고요."

"걔는 이미 나랑 떼려야 뗄 수 없어, 빚도 많다고." 난 눈을 동그랗게 떴다. 왜 갑자기 빚이 많다는 얘기가 나오는 거지?

경비원이 나를 잠시 부르더니 작은 목소리로 말했다. "저 사람은 여기 고리대금업자예요, 도련님. 공장 직원들에게 자주 고리채를 주곤 해요." 이제 이해가 되기 시작했다.

"미라 빚이 얼마요?"

"틀룽 유토 스틍아." 350만 루피아란 뜻이다.

"여기서 기다려봐요." 난 그렇게 말하고 곧바로 사무실로 들어갔다. 거기 있는 사장 책상, 누구 거겠어, 트가르 형 책상 이지, 난 그 책상 서랍에서 수표책을 꺼냈다. 거기서 화를 추스르고 있던 트가르 형이 내가 수표책을 꺼내는 것을 보고 눈을 휘둥그레 떴다.

"야, 인마! 너 왜 회사 수표책을 꺼내?"

"문제를 해결하려고," 난 속사포처럼 답했다. 빨리 수표책을 가져가지 않으면 트가르 형이랑 그걸 놓고 또 밀고 당겨야 할 게 뻔했다.

"무슨 소리야?" 트가르 형이 내 말뜻을 물었다.

"야, 르바스, 수표책 가져와!" 그가 나를 막으려고 바깥까지 쫓아 나오다가 아까의 그 남자, 고리대금업자와 마주쳤다. 딱 5분간 화를 가라앉히려 노력했던 트가르 형이 다시 대치 상태에 들어섰다.

난 수표에 서명하고 Rp.3,500,000.-이라고 썼다. "자, 여기!" 내가 수표를 건넸다. 수표를 받은 청년은 단번에 화가 풀렸고 짐짓 당황한 기색까지 엿보였다.

하지만 2초 후, 그는 다시 화를 내기 시작했다, "만약 이 수표가 가짜면 정말 가만 안 둘 거야!" 그러고서는 아직 분이 풀리지 않은 모습으로 그 자리를 떠났다. 알고 보니 그는 단지 돈을 뜯고 싶었던 것 같다. 나는 경비원에게 미라 빚을 다 갚았다고 전해달라고 부탁했다. 내 주거니에서 돈을 털어줬는데 미라가 계속 고리대금업자에게 시달려서는 안 될 일이다.

난 결론을 도출했다. 공장 주변에 뿌리내린 사업들은 비단 음식점과 가게, 가정과 일상에 필요한 물건을 파는 잡화점, 주차장만이 아니었다. 고리대금업도 창궐하고 있었다. 아까의 경비원 두 명이 불미스러운 일로 불편을 끼친 것에 대해 용서를 구했다. 난 괜찮다고 답했다. 단지 앞으로 좀 더 경각심을 가져달라고 말했을 뿐이다. 그런 후 난 집 안으로 들어갔다. 내 문제가 아직 다 끝난 게 아니란 걸 잘 알았다. 난 화가 머리 끝까지 난 트가르 형을 상대해야 했다.

"너 제정신이야? 회삿돈으로 직원 고리채를 갚다니. 네가 상속인 중 한 명이고 수표를 발행할 권리가 있다 해도 돈을 멋대로 써도 된다는 뜻은 아니잖아. 무슨 말인지 알겠어?"

나는 트가르 형의 잔소리에 지쳐 눈동자를 빙글 돌렸다. 그럼, 그럼…, 잘 알지. 애당초 난 크레텍 자가드 라야의 소유주들 중 수표책을 받지 못한 유일한 사람이다. 공증된 정관에 내 서명도 회사 수표에 유효하다고 경시되어 있긴 했다. 하지만 나도 속으로는 만약 내가 수표책을 가지고 다녔다면…, 그래, 인정한다. 책임질 수도 없는 일에 수표를 남발했을 놈이란 걸 스스로 잘 알고 있다. 예를 들면 내가 꿈꾸는 영화 제작비 같은 곳에 말이다.

"내가 이곳 사람들한테 장난치지 말라고 했지! 우리 직원들과 친하게 지내지 말라는 게 아니야. 하지만 바로 이게 내가 처음부터 걱정했던 일이라고. 네가 프로 정신을 보였다면 내가 너한테 잔소리하지도 않아. 하지만 넌 순수하지 않은 목적을 가지고 친해지려는 거잖아."

"난 순수하지 않은 목적을 가진 게 아니야, 형. 아까 소유욕 유별난 애인이 혼자 열을 낸 것뿐이야." 나도 방어에 나섰다. "게다가 이제 다 끝난 일이잖아. 아까 그 회삿돈도 내가 변상할 거야. 회사 일에 관여하지 않는다고 해서 내가 빈털터리란 뜻은 아니야."

"이건 돈 문제가 아니야. 문제는 너라고! 도대체 미라가 너한테 뭔데?" 난 트가르 형의 말을 곱씹었다. 난 단지 그 여자가 돼먹지 못한 남자와 결혼해야만 한다는 게 불쌍했을 뿐이다. "네가 정야를 찾으러 갈 마음이 있다길래 난 네가 드디어 철이 들려는 징조를 보인다고 생각했어. 하지만 내가 틀렸다!"

"그래서 형은 어쩌자는 건데?" 나도 화가 치밀기 시작했다.

"다시는 너랑 같이 다니지 않을 거야!"

"그래, 좋아, 마음대로 해!" 난 씩씩거리며 방으로 향했다.

트가르 형은 트가르 형대로 분을 삭이지 못한 채 나와 어긋난 방향으로 가버렸다. 난 몸을 매트리스에 던지고 크레텍 한 대를 피워 물고서 천장을 바라보며 복잡한 생각에 빠졌다.

〜〜〜

다음 날 아침 트가르 형이 날 매우 무례한 방법으로 깨웠다. 그가 침을 뱉은 것 같았다.

"침을 뱉었겠다?!" 난 씩씩거리며 얼굴을 닦고 간신히 눈을 떴다.

"침 뱉는 거 좋아하네! 이건 아쿠아 물이야!" 트가르 형이 아쿠아 병을 들어 보였다.

"손 씻는 물이잖아!"

"후…! 일어나! 사후르…! 사후르…!"[82] 트가르 형은 오히려 더 신나서 아까의 아쿠아 병에서 물을 뿌려댔다.

"알았어, 알았다고…! 일어날게.'

"봐봐, 여기 누가 왔는지?"

나는 아직 졸음의 안개에 가려진 시력을 가다듬으려 애썼

---

82   라마단 금식월에 새벽 기도를 하기 앞서 일출 전 마지막 식사인 사후르를 하라고 사람들을 깨우는 관습을 모방한 행동이다.

다. "카림 형? 형이 여긴 왜?"

"보고 싶어서 왔지." 카림 형이 바로 내 눈앞에서 미소 짓고 있었다. 그는 나를 놀라게 해 기분이 좋아 보였다.

"말도 안 돼!" 내가 말했다. "여긴 웬일이야? 나랑 트가르 형이 서로 죽이지나 않았나 확인하러 온 거야?"

"바로 그거지!" 카림 형이 대답하며 껄껄 웃었다. 하지만 트가르 형은 얼굴을 찌푸렸다. 그는 겨우 그 정도의 장난도 받아들지 못했지만 난 속으로 다 이해했다. 그는 어젯밤의 화가 아직 다 풀리지 않은 것이 분명했다.

"언제 도착한 거야?"

"지금 막. 스마랑까지는 비행기를 탔고 거기서 운전사가 픽업해서 여기 쿠두스까지 왔지."

"지금 몇 시야?"

"대낮이란다!" 트가르 형이 여전히 투덜대듯 말했다.

책상 위에 풀어놓은 손목시계를 보니 11시 22분을 가리키고 있었다. 맞아, 대낮이네. 아, 나는 해가 중천에 오를 때까지 늦잠 자는 버릇을 떨쳐낼 수가 없었다.

"형, 진심으로 묻는 건데 뭐 하러 여기 온 거야?"

"너랑 형 따라서 M시에 함께 가려고."

"뭐 하러?"

"그건…, 트가르 형이 부탁했어." 그는 눈으로 트가르 형을 가리켰다.

"그러니까, 왜?"

"매사 정확하게 하려고. 내가 뭘 말해도 넌 못 알아듣잖아. 그래서 통역이 필요했어." 트가르 형이 투덜거리며 말한 농담에 난 웃음을 터트렸다. 물론 난 그게 꼭 농담만은 아니란 걸 알고 있었다.

"그래서 우리 언제 출발해?" 카림 형이 논의의 요점으로 돌아갔다.

"내일." 트가르 형이 단호하게 답했다. "이른 새벽. 너, 만약에 말이지…." 트가르 형이 내 얼굴을 가리켰다. "깨워도 일어나지 않으면 걸레 빤 물 한 양동이를 네 얼굴에 부어도 놀라지 마. 절대 아쿠아 물로 끝나지 않을 거야!"

그 말에 난 곧바로 시계 알람을 오전 4시에 맞췄다.

10. 다시야와 수라야

M시의 꽃, 크레텍 사업가의 딸이자 아름다움이 절정에 달한 다시야를 모르는 사람이 없었다. 그녀는 만나는 모든 사람을 항상 친절하게 대하는 여인이었다. 그녀의 얼굴에서 미소가 떠나지 않았는데 그 미소는 마치 목걸이나 귀걸이 같은 패물처럼 빛났다.

이드루스 무리아는 아내 루마이사가 아들을 낳아주지 않아도 아무 걱정이 없었다. 그는 다시야만으로 충분하다고 느꼈다. 그녀는 아들 못지않게 활력이 넘쳐 집안 모든 대소사를 책임지고 도맡았다. 집안의 크레텍 판매 사업에 관해서도 훌륭한 안목과 지혜를 가졌다는 평가를 받았다.

M시의 야시장이 파하고 더 이상 지낼 곳이 없게 된 수라야에게 다시야는 일자리를 주겠다고 결심했다.

"너 정말 저 녀석을 이 집에 살게 할 생각이니?" 다시야에게 천애 고아인 수라야에 대한 설명을 들은 이드루스 무리아가 물었다. "네가 지금 알지도 못하는 외간 남자를 집에 들이려 한다는 자각은 있니? 저놈이 나쁜 놈이면 어쩌려고?" 이드루스 무리아는 마치 판결을 기다리는 죄수처럼 앉아 있는 수라야를 힐끗 쳐다보았다.

"저 사람은 부지런해요, 아빠. 어시장에서도 저 사람은 줄곧 사람들을 도와줬어요. 그런데 불쌍하게도 지낼 곳이 없어요. 창고에서 자게 해도 돼요. 어떻게든 도왔으면 해요. 어떤 조건이든 저 사람도 좋아할 거예요."

이드루스 무리아는 사실 썩 내키지 않았다. 한창 무르익어가는 두 딸을 둔 아버지로서, 갑자기 젊은 남자가 나타나 마치 자기가 가족이라도 되는 것처럼 행동하며, 이 집에서 살고, 함께 먹고 자는 것을 원치 않았다. 더욱이 그는 내세울 게 아무것도 없었다. 딸들에 대한 얼토당토않은 소문이 퍼지는 것도 원치 않았다. 한편 크레텍 가디스 사업은 한창 번창 일로에 있었다.

"저는 여기서 멀지 않은 모스크에서 잘 수 있습니다. 선생님 집에서 지낼 필요는 없어요. 그 대신 일거리를 주세요. 무엇이든지요." 가만히 듣던 수라야가 마침내 입을 열었다.

결국 이드루스 무리아도 그러기로 했다. 수라야에게 일자리는 주지만 집에 들어와 함께 살지는 않는 조건이었다. 다시야는 아버지가 최종적으로 그렇게 결정하자 그 청년에게 웃어보였다. 그녀는 안도했다. 떠돌이 청년 수라야가 이제 이곳에 살며 자신을 위해 일하게 된 것이 다행스러웠다. 다시야는 사실 자신도 모르게 그 청년에게 마음을 뺏기고 있었다. 그녀 속의 또 다른 자신은 수라야와 함께 어디든 자유롭게 여행하는 모습을 동경했다. 여행자의 삶.

다시야는 늘 시간을 내 수라야와 이야기하며 그의 여행 이야기를 들었다. 그는 자신이 태어난 곳이지만 자기 것이 아무것도 없었던 고향을 떠나 이 도시에서 저 도시로 떠돌아다녔다. 그의 삶은 작은 꾸러미에 담겨 마치 한 걸음 내디딜 때마다 꺼냈다가 다시 담는 작은 세상 같았다. 다시야도 세상을 주유하고 싶었다. 자유롭게.

어느 날 다시야가 보통은 아버지를 위해 만들던 크레텍 진이 들어간 특급 크레텍을 말고 있었다. 하지만 이번에는 좀 달랐다. 이번 팅웨는 이드루스 무리아를 위한 것이 아니라 수라야를 위한 것이었다. 그 남자는 다시야가 만든 팅웨에 불을 붙여 깊이 빨아들였다.

"정야, 아세요? 난 정말 라라 먼듯이 당신으로 환생했다고 믿어요."

"왜 그렇게 생각해요?"

"이 팅웨는 내가 맛본 것 중 가장 구수하고 달아요."

"내가 만든 소스를 썼어요. 크레텍 가디스에 쓰는 소스랑 같은 것을요."

"그게 아니라, 이 팅웨에는 특별한 것이 있어요. 당신 침을 접착제로 사용했죠, 그렇죠?"

"맞아요."

"그래요. 라라 먼듯이 환생한 증거를 벌써 찾은 것 같아요. 크레텍을 위해 사는, 달콤한 침을 가진 아름다운 여인. 그게 라라 먼듯이 아니면 누구겠어요."

다시야가 얼굴을 붉혔다.

"당신이 피다 남은 꽁초를 시장에 내다 팔아도 큰돈을 벌 거라 확신해요."

다시야가 미소 지었다. 그게 비행기 태우는 말임을 그녀도 알았다. "난 라라 먼듯처럼 꽁초를 팔진 않을 거예요."

"물론 안 되죠. 하지만 정야와 라라 먼듯이… 똑같다는 건 사실이에요. 당신들이 만든 크레텍이 맛있는 건 당신의 침과 먼듯의 침이 똑같이 달콤하기 때문이니까요."

"남자들은 팅웨에 여자 입술이 닿았다는 것만으로 그렇게 생각해버리는군요." 다시야는 아부를 받지 않았다. 그러자 수라야가 소리 내어 웃었다. 그는 자기 손가락 사이에 끼운 팅웨를 잠시 바라보았다.

"크레텍의 역사를 아세요?"

다시야가 고개를 저었다.

수라야는 팅웨를 음미하며 또 한 모금을 빨았다. 다시야는 자신이 만든 팅웨를 청년이 이토록 좋아하는 것을 보며 피어오르는 기쁨을 들키지 않으려 애써 참았다. 사실 그동안 사람들이 줄을 서서 팅웨를 달라고 할 때도 다시야는 이렇게 기쁘지 않았다. 청년은 말을 이었다.

"전에, 쿠두스에 하지 자마리라는 분이 있었어요. 그는 1880년대에 살았죠…." 다시야는 수라야가 전해주는 크레틱의 전설에 귀 기울였다. 자마리란 남자는 천식을 앓았는데 정향을 폐 안에 넣을 방법을 백방으로 연구했다고 한다. 그는 정향을 잘게 잘랐고 역시 잘게 자른 연초 잎과 섞어 옥수수 속대 잎으로 막대처럼 말았다. 거기 불을 붙여 말은 막대가 다 타도록 연기를 빨아들일 때 잘게 자른 정향이 안에서 크레틱! 크레틱! 하는 소리를 냈다. 그래서 그 담배에 크레틱이란 이름이 붙게 된 것이다. 다시야는 두말할 나위 없이 크레틱이 익숙했고 구석구석 잘 알고 있었다. 향, 맛, 손으로 느껴지는 질감, 입술에 닿는 감촉, 연기의 부드러움, 입과 코에서 연기가 뿜어져 나올 때의 감각, 그리고 첫 모금 후 갑자기 찾아오는 안도감까지. 하지만 그녀는 크레틱의 기원에 대해서는 정확히 알지 못했다. 그것을 이 떠돌이 청년에게 들은 것이다. 그 이야기가 사실인지 알 수 없지만 그녀는 그대로 믿고 싶었다.

"크레틱의 역사에 대해 어떻게 알게 된 거예요?"

"난 쿠두스에 가본 적이 있어요. 자마리 씨의 고향에요."

다시야가 놀라워하며 흥미를 보였다. "그분 가족을 만나본 거예요?"

“그건 아니에요. 난 자마리 씨를 아는 사람들을 만나보았
을 뿐이에요. 대부분 연세가 많으셨어요.”

“자마리 씨는 아직 살아계시나요?” 다시야가 물었다.

“그건 잘 몰라요. 그렇다 해도 나이가 아주 많을 거예요.”

“아직 살아계시면 저도 만나 뵙고 싶네요.”

“그분이 살아계시면 제가 당신 곁에서 동행해줄게요.”

다시야의 얼굴에 떠오른 미소는 순식간에 숨길 수 없는
홍조로 변했다. 그 순간 그녀도 눈앞의 청년이 자신을 좋아하
고 있음을 깨달았기 때문이다.

이드루스 무리아는 다시야가 만든 크레틱 팅웨의 숫자를
세었다. 보통의 경우라면 자신이 좋아하는 팅웨를 다시야가
적어도 일곱 대, 많으면 아홉 대를 만들어주었다. 뭔가 잘못되
었다고 느낀 이드루스 무리아의 의심의 촉이 발동했다.

“아마 그것밖에 못 만든 거겠죠.” 루마이사가 말했다. “매
번 크레틱 진을 많이 얻을 수 있는 건 아니잖아요, 여보.”

“그렇지 않아요. 이건 확실히 부족해요. 야가 틀림없이 여
섯 개 이상 만들었을 텐데.” 루마이사가 고개를 저으며 남편을
이해시키려 애썼다. “아무래도 다른 사람에게 준 것 같은데.”

“누구한테요?”

“뭐, 누구든 말이요.”

“그러니까 누구요?”

“아, 몰라요.” 사실 짚이는 곳이 있었지만 이드루스 무리
아는 그 생각을 애써 떨쳐내려 했다. 없어진 팅웨는 분명 수라
야에게 주었을 것이다. 그는 처음 만난 날부터 그 청년이 마음
에 들지 않았다. 다시야가 그 청년에게 너무나 빨리 마음을 열
었다.

≈≈≈

이드루스 무리아의 의심은 사실 완전히 잘못 짚은 게 아
니었다. 수라야와의 약속 장소에 나온 다시야가 얼굴을 붉혔
다. “이렇게 라라 먼둣이 가까이 있다니 난 행운아예요.”

“네? 마치 라라 먼둣을 아는 것처럼 말하네요?”

“내 말은 당신이…, 내게는 크레텍의 여인[83]이라고요!” 다
시야가 보통은 아버지를 위해서만 말아주는 특별한 팅웨를 피

83　‘크레텍의 여인’의 인도네시아어 원문은 가디스 크레텍(Gadis Kretek)
　　으로, 이 소설의 원제다. 시가렛 걸(Cigerette Girl)은 이를 영어로 번역
　　한 것이다.

210

우며 수라야가 말했다. 다시야는 이미 여러 차례 몇 개비의 팅
웨를 몰래 따로 보관해놓곤 했다. 처음에는 한 대만 빼놓던 것
이 두 대, 세 대로 늘었다. 그 이유는 단순했다. 다시야가 만든
팅웨를 수라야가 너무 좋아했다. 하지만 사실 그걸 누구도 싫
어할 리 없지 않은가? 모두가 좋아했다. 이드루스 무리아가 크
레텍 가디스 사업 자본을 얻은 것도 바로 그 팅웨 덕분이었다.

　다시야는 '내 크레텍의 여인'이란 말에 또다시 얼굴이 상
기되었다. 최근 그녀가 얼굴을 붉히는 일이 많아졌다. 수라야
와 같이 있지 않을 때도 그랬다. 다시야의 기억 속에는 두 사
람이 함께했던 순간들이 생생하게 각인되었는데 어제, 며칠
전, 혹은 오늘 아침 라야가 자신을 상기시켰던 행동이 문득 떠
오르곤 했다. 그때마다 그녀는 또다시 뺨을 발그레 붉혔다. 더
심각한 것은 이 모든 게 그녀의 기억 속에서 벌어져 보는 사람
이 없으니 더 오래 얼굴이 상기된 채 있다는 점이었다. 수라야
앞에서는 부끄러움에 얼굴이 너무 달아오르지 않도록 자제해
야 했다. 동생 루카야는 언니가 혼자 얼굴을 붉히는 모습을 자
주 보았다. 그럴 때면 다시야는 루카야가 아직 너무 어려 이해
하지 못할 일이 많다고 말해줄 수밖에 없었다.

　다시야는 자신을 위해 천 가지 동화를 들려줄 이야기꾼을
가진 것만 같았다. 그녀는 수라야가 이야기를 들려주는 방식
에 매료되어 그 내용이 무엇이든 늘 재미있어했다. 그녀가 라

야에게서 들은 이야기를 루카야에게 들려주면 루카야의 반응은 기껏해야 어깨를 으쓱하며 이마를 찌푸리는 정도였다. "그 얘기의 어디가 재미있다는 거야?"

"바보!" 그러면 다시야는 순진무구한 동생에게 짜증을 터트리며 아직도 무슨 말인지 곰곰이 생각하는 루카야를 두고 자리를 떠났다.

≈≈≈

이드루스 무리아는 궁금증과 함께 부글부글 끓어오르는 다시야와 수라야에 대한 짜증을 더 이상 참을 수 없었다. 그날 오후 다시야가 수라야와 다정하게 이야기하는 모습을 본 그는 두 사람을 불러들였다. 이드루스 무리아는 순수하고 결백한 표정의 두 사람에게 빙빙 돌리지 않고 직설적으로 한마디를 던졌다.

"너희 둘, 사귀는 거냐?"

두 사람은 3초 동안 서로를 바라보며 바로 답하지 못했다. 단도직입적인 이드루스 무리아의 무표정한 모습은 마치 크레텍 담배 한 개비가 꼿꼿이 서 있는 것 같았다. 잠시 후 두 사람은 부자연스러운 웃음을 터트리며 침묵을 무마했다. 당황한 다시야는 목이 바짝 마르는 듯했다. 서로를 바라보던 두 사람은 부끄러워하며 뺨이 빨갛게 달아올랐다. 그들이 한 쌍의 연인이라는 이야기는 누구도 공식적으로 말한 적이 없었다. 다시야는 자신이 수라야를 사랑하고 있음을 자각했지만 라야가 그녀에 대해 어떤 감정인지는 확신하지 못했다. 아버지의 질문이 그 정곡을 찌른 것이다.

"그래서… 사귀는 게 맞니?" 이드루스 무리아가 같은 질문을 반복했다. 팔짱을 낀 그의 표정은 사뭇 진지했다.

"아빠…, 사람을 앞에 두고 대놓고 물으시면…."

"아빠가 진지하게 묻는 거야. 너희들 사귀는 거냐? 사람들이 물으면 아빠가 뭐라 답해야 할지 모르겠다. 너흰 어디든 둘이 같이 붙어 다니잖니. 사람들이 곧 아빠에게 물어볼 거야. 그러니 이제, 다시 한번 묻겠다…."

"맞습니다. 선생님!" 갑자기 수라야가 이드루스 무리아의 말허리를 잘랐다. 그의 숨소리가 점점 더 거칠어졌다. 마치 머리에서 증기라도 뿜어져 나올 듯했다. 이윽고 그의 성대했던 흥분이 마침내 가라앉았다.

"뭐라고?"

"우린…, 아니, 저는…, 정야를 사랑합니다. 하지만 솔직히 정야가 제게 어떤 감정을 가졌는지는 잘 모릅니다. 저는 단지 정야 역시 저를 잘 대해줘서…, 어쩌면 제 생각엔 그녀도…." 수라야는 적당한 단어를 찾아 좀 전의 말을 수정했다. "…제가 바라마지않기는 그녀도….” 수라야는 다시야 쪽을 바라보았다. 비록 찰나였지만 다시야는 그 청년의 눈 속에서 절절한 구애를 읽을 수 있었다. “저는 정야가 제 사랑을 받아주길 간청합니다.”

이드루스 무리아는 자기 눈앞에서 이 외지인 청년이 솔직히 털어놓은 말에 할 말을 잊었다. 분위기가 험악해졌고 이드루스 무리아는 딸과 외지인 청년을 번갈아 바라보았다.

“야…?” 그들 사이의 적막을 이드루스 무리아가 깨뜨렸다. “너는 어떠니?”

“저는….” 다시야는 고개를 푹 숙인 채 말했다. “저는 라야 씨의 사랑을 받아들이겠어요, 아빠.”

바로 그 순간부터, 이드루스 무리아는 이 청년이 지낼 자리를 집안에 마련해줘야겠다고 생각했다. 아니, 그뿐 아니라 그의 마음속에도.

11. 자가드

"기억나, 바스? 방학 때 M시의 할아버지 집에 갔던 거 말이야. 우린 방학이었고 트가르 형은 그때 아버지를 따라 트망궁에 갔었지. 나도 같이 여행하고 싶었는데 속상했어. 그래서 우리 둘이 M시에 갔잖아." 카림은 실내 룸미러를 통해 뒷좌석에 앉은 르바스를 보았다. 그는 잠든 것처럼 보였지만 눈을 반쯤 떴다가 다시 감는 것이 잠자는 척하는 것 같았다. "M시가 족자랑 말랑 사이 경계에 있잖아. 거긴 쭉 뻗은 대로 하나뿐이야. 그래, 달랑 도로 한 개가 쭈욱! 쭉! 참 이상한 도시였어." 카림은 듣는 사람이 없어도 상관없다는 듯 말을 이었다. 카림은 지금 열정이 샘솟는 중이었다. 이런 식으로 운전해본 것이 아주 오래전이었다. 그래서 기분이 매우 좋았다. 틀에 박힌 공장의 루틴에서 잠시나마 멀리 벗어나서 더욱 그랬다.

카림이 이처럼 운전했던 것은 결혼하기 한 달 전이 마지막이었다. 그때 그는 라스베이거스와 로스앤젤레스 사이 어딘가를 달리고 있었다. 그 여행을 떠나기 전 카림은 샌프란시스코에서 대학에 다니던 르바스를 들여다보았다. 당시 르바스는 갑자기 밥 말리에 심취했다가 머리를 몽땅 밀어버렸다.

친구들과 함께한 라스베이거스 여행은 결코 잊을 수 없는 휴가였다. 한 달 후에 결혼한다고 해서 굳이 총각 파티를 하려던 것도 아니었다. 그런데 라스베이거스에 도착한 뒤 친구들이 깜짝 선물을 해주었다. 그래, 베이거스에는 이런 말이 있다. 베이거스에서 생긴 일은 베이거스에 두고 떠난다. 카림이 총각 파티를 했다는 것을 아무도 믿지 않았다. 그건 절대 '카림다운 일'이 아니었다. 르바스라면 얼마든지 그럴 수 있다고 했을 것이다. 그는 애당초 자유로운 영혼이었고 사실 두 형은 남몰래 막내의 그런 부분을 부러워했다. 한편 트가르는 그런 종류의 상황에 처하기에는 너무 철저하고 고지식했다. 그래서, 뭐…, 베이거스에서 무슨 일이 있었냐고? 그건 그냥 베이거스에 묻어두기로 하자.

"아직 멀었어? 우리 지금 어디야?" 르바스가 마침내 잠에서 깼다. 그는 뒷좌석에서 늘어지게 잤다. 그는 양동이로 물을 뒤집어쓰지 않기 위해 아침 일찍 일어나겠다고 약속했었다. 트가르라면, 그리고 그 상대가 르바스라면 정말 진심으로 그러고도 남았으리라 믿어 의심치 않는다. 하지만 그런 후 르바스는 차 뒷좌석에서 모자란 수면 시간을 보충했다.

"더 퍼 자!" 트가르 형이 툴툴거렸다. "카림 형이 자는 건 괜찮고, 못 하게 하지도 않으면서."

"하아…! 이놈이…." 트가르의 목소리가 갑자기 높아졌다.

"됐어! 됐다고!" 둘은 또다시 투닥거리기 시작했다. "형이나 동생이나 나이 먹을 만큼 먹고서도 여전히 지겹도록 말싸움이구나. 취미야, 뭐야?" 카림은 자신이 둘째 아들로 태어난 특별한 이유가 있다고 생각했다. 어쩌면 자신의 임무가 형 트가르와 동생 르바스 사이를 중재하는 것으로 운명 지어졌다고 여겼다. "우리 여기서는 좀 신경 써야 할 텐데."

"또 신경 쓰래…." 르바스가 소곤소곤 불평하는 소리가 다 들렸다. 실제로 카림은 '신경 써야 한다'라는 말을 입버릇처럼 했다.

"그래! **신경 좀 쓰라고!**" 카림이 반쯤 소리치듯 말했다. 그러더니 갑자기 차를 옆으로 댔다. 차가 갓길에 멈췄다.

"왜 서는 거야?" 트가르가 따졌다.

"화해하지 않으면 난 자카르타로 돌아가버릴 거야!" 카림은 위협이 아니라 정말 자카르타로 돌아갈 참이었다. 신에게 맹세코!

"바보 같은 소리, 뭘 타고 가려고?"

"버스 타지!" 카림은 벌써 차에서 내려 길가에 섰다. 그는 지나는 버스를 아무거나 잡아타고 가까운 터미널로 가, 거기서 다시 자카르타로 가는 버스를 갈아탈 생각이었다.

"카림 형!" 르바스가 차에서 따라 내려 카림을 말렸다. "형, 차에 타!"

"계속 그렇게들 해봐! 나도 이제 뜯어말리는 거 지긋지긋해!" 카림은 화가 나면 자바 방언을 쏟아냈다. 카림은 매번 중간에서 싸움을 말리는 데 지쳤다.

"어린애처럼 굴지 마." 트가르도 짜증을 냈다. 그는 내리지 않고 여전히 차 안에 있었지만 머리를 앞 창문 밖으로 내밀며 말했다.

"상관 마!" 어린애 같다고 말하든 말든 그는 신경 쓰지 않았다. 트가르는 르바스가 카림을 전혀 달래지 못하는 걸 보며 한숨을 내쉬었다. 결국 트가르가 차에서 내리더니 카림 앞에서 르바스에게 손을 내밀었다. 르바스는 형이 내미는 화해의 손길을 믿을 수 없다는 듯 바라보았다. "진심이야, 형?"

"뭐라고 생각해?"

카림도 트가르가 먼저 르바스에게 화해를 청하리라곤 상상도 하지 못했다. 르바스는 트가르가 내민 손을 잡으려다 말고 새끼손가락을 내밀었다. 그는 어느새 장난스럽게 웃으며 마치 별것도 아닌 일로 싸우고 나서 친구에게 화해를 청하는 아이처럼 새끼손가락을 꼼지락거렸다. 결국 트가르도 멋쩍은 듯 고개를 슬쩍 돌리며 응해주었다. 그도 새끼손가락을 내밀어 르바스의 새끼손가락에 걸었다. 두 사람은 화해했고 카림은 미소를 지었다.

"이제, 만족하니?" 트가르가 물었다. 카림의 미소가 더욱

밝아졌다. 형과 동생이 어린애처럼 서로 새끼손가락을 건 순간을 사진 찍어 영원히 박제해놔야 했다고 그는 잠시 생각했다. 다시는 없을 일이니까.

"그래, 하지만 바스, 운전은 네가 해." 카림이 먼저 차 뒷좌석으로 들어갔다. 그 뒤를 이어 트가르가 조수석에 앉았다.

"하지만 나 아직 졸린데." 르바스가 항의했다.

"그러니까 졸리지 않게 네가 운전하라는 거야. 내가 좀 이따가 재미있는 동화를 들려줄게. 절개 졸리지 않을 거야."

"사슴쥐가 오이 훔치는 동화?"

"자가드 할아버지에 대한 동화. 분명 못 들어봤을 거야."

르바스가 운전석에 앉아 시동을 켜고 차를 몰았다. 카림은 예전에 들었던 그들 가문, 크레텍 자가드 라야의 이야기를 꺼냈다. 이 모든 것은 그들의 할아버지, 바[84] 자가드에게서 시작되었다. 그의 본명은 수자가드였다.

≈≈≈

"옛날에는 사람이 장성하면 자기 이름을 스스로 선택할 수 있었대. 우리 할아버지 바 자가드도 태어나자마자 수자가

84　남성 노인, 박수무당 등에게 붙는 할아버지, 도사님 정도의 경칭.

드라는 이름을 가졌던 건 아니야. '수'는 근원, '자가드'는 세계라는 뜻이야. 엄청나게 호방한 이름이지, 그렇잖아? 너무 막중한 이름이기도 하고. 하지만 태어날 당시에는 단순한, 기도문처럼 아주 단순한 우립노(Uripno)란 이름을 받았어. 자바어로 우립은 '삶', 노는 무엇무엇을 '하다'는 뜻이야. 그래서 우립노는 '살려낸다'라는 뜻이 돼. 그는 작고 약하게 태어나서 영양실조로 거의 죽을 뻔했거든.

우립노의 아버지는 그가 태어날 때 농장 일꾼으로 일했어. 얼마 지나지 않아 M시에 기근이 닥쳤대. 황금 달팽이들이 작물을 공격했다나 봐. 동화와는 달리 식탁에 진수성찬이 차려지지 않았어.[85] 그리고 언젠가부터 그들의 논이 분홍색으로 변하기 시작했어. 달팽이들이 짝짓기하고 볏대마다 낳은 알들이 부화했던 거야. 볏대가 말라비틀어지면서 거기 매달려 있던 벼 이삭들도 영글지 못했어. 결국 농사를 망치고 말았지.

우립노의 아버지는 논과, 오랫동안 일했던 농장 일꾼이라는 직업도 버렸어. 그는 M시의 시장에서 신발 가게를 하는 키아이 이드리스를 돕기 시작했어. 예상치 못했던 일이지만 그

85　인도네시아의 황금 달팽이 전래 동화는 저주를 받아 황금 달팽이로 변한 공주가 저녁마다 잠시 인간 모습으로 돌아가 자신을 돌봐주는 노파에게 몰래 저녁상을 차려주었다는 이야기다. 우리나라의 우렁각시 민화와 비슷하다.

의 결정은 시의적절했어. 얼마 지나지 않아 키아이 이드리스의 오른팔이 되었거든. 우립노는 여덟 남매 중 장남이었어. 그는 부모를 돕겠다고 마음먹고 트리스노 씨의 집에서 담배 마는 일을 하기 시작해.

아, 그 당시에…, 이드루스라는 친구가 있었어. 하지만 10대가 되면서 우리 할아버지 우립노는 이름을 수자가드로 바꾸고 이드루스와의 관계도 소원해져. 이 모든 건 루마이사라는 이름의 여인 때문이었대. 그 여인은 수자가드와 이미 가까운 사이여서 결혼을 앞뒀지만 결국 이루어지지 않아. 이드루스 무리아가 빼앗아 갔기 때문이야."

≈≈≈

"너 도대체 어디서 그런 이야기를 들은 거야?" 트가르의 궁금증이 폭발했다.

"난 다 알아, 전에 바 자가드가 나한테 직접 말해주었거든." 카림은 아버지가 연초를 사러 트망궁과 여러 다른 도시로 데리고 다닌 아들도 아니었고 크레텍 자가드 라야 소스의 비밀을 전수할 후계자도 아니었다. 가문의 사업에 관심도 없이 그것과는 아무 관계도 없는 예술 분야에 들어가 씨름하는 길을 선택한 아들도 아니었다. 카림은 사람들 말에 귀 기울이고 눈앞의 일들을 연구하는 것을 더 좋아하는 아들이었다. 트가르가 크레텍 자가드 라야의 다음 주인 후보로 교육을 받을 때, 그리고 르바스가 뛰쳐나가 마음껏 놀 때 카림은 집에서 바 자가드의 인생 이야기를 들어주었다. 그리고 이 모든 것이 사뭇 다른 방법으로 그를 조금씩 크레텍 자가드 라야와 사랑에 빠지게 했다. 그는 그들의 뿌리에 대해 알게 되었다. 왜 그런지 몰라도 가문의 역사를 공부하면 언젠가 분명 도움이 되리라 생각했다. 예를 들어 막 이 차에 올라탄 형제들을 조용히 만드는 데 효과를 본 것처럼.

⌒⌒⌒

카림은 계속 이야기를 이어나갔다. "루마이사라는 소녀는 자가드의 아버지로부터 몇 차례 신발을 주문했던 서기의 딸이었어. 신발은 그가 쓰려는 것이 아니고 그가 서기로서 일하며 모시던 네덜란드인들을 위한 것이었대. 자가드가 심부름으로 서기의 집에 신발들을 배달하러 갔을 때 거기서 처음 루마이사의 모습을 봤어.

자가드는 용기를 내서 루마이사에게 청혼을 서둘렀지. 그런데 알고 보니 루마이사에게 마음을 둔 청년이 한둘이 아니었어. 사실 루마이사가 이제 막 나이가 찬 아름다운 여인이었다는 걸 생각하면 자가드가 놀랄 일도 아니었어. 하지만 가장 용납할 수 없었던 일은 어릴 적 친구 이드루스가 루마이사에 게 같은 감정을 가졌다는 거였지. 그래서 자가드는 서둘러 루 마이사에게 청혼했어. 그렇게 하면 자신을 남자답고 진지한 사람이라고 봐줄 줄 알았던 거야. 하지만 그로서는 말도 안 되 는 이유로 거절당하고 말았어. 자가드가 글을 쓸 줄 모른다는 이유로 말이야! 그가 서기를 위해 특별히 좋은 신발도 한 벌 가져갔는데 그 신발은 보통 네덜란드인들이 신는 거였어. 굴 덴 화폐를 주고 사는 비싼 것이었거든. 하지만 그 신발도 거부 당했어. 그는 자신이 일방적으로 거절당했다는 사실이 믿어지 지 않았어.

그로부터 얼마간 자가드는 루마이사가 평생 후회하고 평 생 아쉬워할 거라 생각했대. 하지만 이드루스가 트리스노 씨 에게 글을 배우는 걸 우연히 알았을 때 그의 놀라움은 말로 표 현할 수 없었어. 그는 이드루스가 루마이사를 눈독 들이지나 않을까 걱정했는데 아니나 다를까, 얼마 지나지 않아 자가드 는 이드루스가 루마이사와 결혼했다는 소식을 듣게 돼. 그 사 건으로 상심한 자가드는 먹지도 자지도 못했어.

몸이 야위고 눈이 움푹 들어갈 정도였대. 더 이상 살아갈 이유가 없는 것 같았대. 글을 읽고 써야 한다는 그 바보 같은 이유가 잡지나 어떤 가게의 상호를 적은 간판 등 글씨가 적힌 것을 볼 때마다 후회를 불러일으켰어. 그는 마음이 찢어지는 듯했고 그제야 글을 읽고 써야 한다는 조건을 따랐어야 했다는 뒤늦은 아쉬움마저 밀려왔지. 옛 친구 이드루스에 대한 마음도 차갑게 식어버렸어. 루마이사에 대한 자신의 사랑이 그토록 깊었는지 그 스스로도 미처 몰랐대.”

≋≋

“하지만 자가드 할아버지는 읽고 쓸 줄 알잖아?” 르바스가 말허리를 잘랐다.

“맞아, 그 사건이 있고 난 후 글을 배웠다고 해. 루마이사의 청혼 조건을 충족시키기엔 이미 늦었지만.” 그렇게 대꾸한 카림은 이야기를 계속 이어갔다.

≋≋

“자가드의 마음을 급하게 만든 것은 일본군에게 거의 모든 자본을 징발당한 트리스노 씨가 클로봇 사업을 접기로 하고 남은 연초 재료 두 더미를 팔겠다고 내놓았을 때였어. 자가드는 구매자를 찾으러 말랑까지 가서 사겠다는 사람을 만났어. 하지만 그걸 트리스노 씨에게 말했을 때 연초는 벌써 이드루스에게 팔린 후였다는 거야.

그는 이드루스를 더욱 증오하게 되었어. 그리고 얼마 지나지 않아 이드루스 무리아가 만든 클토봇이 출시되었어. 이드루스에 대한 자가드의 분노가 폭발하기 시작한 것도 그때였지. 그는 당신의 아버지가 그랬던 것처럼 신발 사업에서 완전히 손을 떼기로 했어. 그는 아버지에게 돈을 부탁했고, 이드루스와 맞서기 위해 자기도 클로봇을 만들기 시작했어. 처음에는 어떤 서기에게 용역을 주어 클로봇의 상표명을 쓰게 해 닭발자국 같지 않은, 제대로 된 글씨를 써넣었어. 시간이 지나며 사업은 번창했고, 자신의 사진이 들어간 크투팟[86] 모양 상표가 붙은 담뱃갑도 완성했어."

〜〜〜

"자…, 그 상표가 지금 트가르 형 사무실에 걸려 있는 거야." 카림이 말했다.

"재미있네. 그 옛날에 자기 얼굴을 상표에 넣다니. 너무 자신만만했잖아." 트가르가 대꾸했다.

"트가르 형, 새 크레틱 상표를 만들 때 형 얼굴 사진을 넣

---

86 라이스케이크를 얇은 대나무로 엮은 작은 육면체 안에 넣은 것.

어보자, 어때!" 르바스가 웃음을 터트리며 말했다. 카림도 따라 웃었다. 그건 정말 웃길 것 같았다. "엿 먹어, 이것들아!" 트가르가 화를 냈다.

카림과 르바스는 웃음을 멈추지 못했고 차 속도를 줄여야 할 정도였다. 너무 웃겨 눈물이 다 나왔다. 잠시 후 웃음을 추스른 카림이 이야기를 이어갔다. 그런데 이번에는 이야기의 서두에 전제를 붙였다.

"지금부터 할 이야기는 진짜 있었던 일인지 확신이 서지 않아. 그게, 바 자가드와 이드루스란 이름의 남자 사이에 원한이 무척 깊었던 것 같아. 할아버지가 이 이야기를 할 때 마구 욕설을 퍼부을 정도였는데 그때 난 아직 어렸거든. 엄마가 와서 나한테 욕지거리 가르치지 말라고 할아버지를 말릴 정도였어. 그래서 난 이후 계속된 삼각관계의 사랑 이야기가 단지 상상 속 소설은 아닐까 의심하고 있어."

≈≈≈

"이야기는 이래. 루마이사가 미망인이 되었다는 소식이 들려왔어. 실제로 이드루스는 책임감 있는 남자가 아니었대. 그는 일본군이 인도네시아를 점령했을 때 일본군에게 끌려가지 않으려고 전전긍긍했대. 한편 자가드는 도시에 남아 상황을 지켜보기로 했어. 아직 마음속에 루마이사에 대한 사랑을 품고 있어서 룸의 상황에 신경 쓰였어. 자가드 할아버지는 자신이 마음에 두었던 루마이사를, 자신의 숙적인 이드루스가 아무런 책임감도 없이 버려두고 떠난 것을 용납할 수 없었어. 자가드의 방문을 받은 루마이사는 기뻐하며 마음을 열었대. 그녀는 드디어 마음을 터놓을 친구가 생긴 것만 같았어. 그녀는 연약한 여인에 지나지 않아 자신이 기댈 수 있는 남자의 넓은 등이 필요했던 거야. 자가드와 루마이사의 사랑은 무르익었어. 자가드가 매월 생활비도 보내줬대. 루마이사를 불쌍히 여겨 결국 결혼까지 하려 했어. 그 여자도 원했다고 해, 그런데… 갑자기 이드루스가 돌아온 거야!

그땐 일본군이 물러난 후였어. 비로소 이드루스가 은신처에서 나올 용기를 낸 거지. 그때 루마이사는 벌써 자가드를 선택한 뒤였어. 그동안 이드루스는 루마이사에게 경제적인 부분을 포함해 아무런 확신도 주지 않은 채 자신을 기다리게 했거든. 이드루스는 루마이사를 놓아줘야 했어. 하지만 그는 오히려 시장 한복판에서 자가드와 충돌했어. 자가드는 이드루스와 루마이사의 가정을 파괴하려 했다는 중상모략을 당했지. 하지만 사실 겁쟁이에다 무책임한 사람은 바로 그 자신이었어. 이드루스는 시장통 사람들에게 큰 소리로 말했어. 만약 자신이 이긴다면 루마이사는 자기 품으로 돌아와야 한다고. 그러지 못하면 자가드가 데려가도 좋다는 거였어. 곧 싸움이 시작되었지. 하지만 안타깝게도 자가드가 지고 말았어. 루마이사는 무거운 마음으로 이드루스에게 돌아갈 수밖에 없었어.

바 자가드가 한 말에 따르면 시장통 한복판에 쓰러진 자신에게 루마이사가 다가왔다고 해. 이드루스에게 맞은 코에서 흐르는 피를 지혈하려 했다나 봐. 하지만 그 남자는 마치 유디스트라로부터 드루파디를 얻은 쿠라와처럼 일방적으로 루마이사를 잡아당겼어.[87] 자가드의 마음은 무너져 내렸지. 하지만 그것이 오히려 이드루스의 크레텍 사업을 이기기 위해 할아버지가 자신의 크레텍 사업을 크게 키우는 동력이 되었어.

그리고 그건 오늘날 증명되었지. 우린 이드루스가 만든 크레텍에 대해 들어본 적이 없어. 그의 크레텍은 전혀 발전하지 못한 거야. 기껏해야 우물 안 개구리였던 거지."

〰〰

트가르와 르바스는 카림이 하는 이야기를 주의 깊게 들었다. "그 후의 이야기는, 뭐, 그사이 우리가 알던 것과 같아."

"그래서, 바 자가드가 할머니를 만나 훌륭한 사업 파트너

---

87   힌두 마하바라타 전설에 등장하는 사건.

가 되었다, 그런 거지?" 르바스가 그렇게 단정 지었다.

"맞아, 그런 다음 수라야, 우리 아버지가 바 자가드의 큰 딸인 우리 엄마 푸르완티의 연인이 되는 거야."

"아버지 말로는 아버지와 바 자가드가 사업 파트너가 되었대. 그래서 아버지 이름이 크레텍 자가드와 합쳐져서 마침내 크레텍 자가드 라야로 완성된 거야."

"그게 어떻게 가능하지? 할아버지와 아버지 나이 차이가 큰 걸 생각하면 말이지. 당시 아버지가 아주 젊었을 거 아니야. 하지만 자가드 할아버지는 그런 아버지를 동업자로 삼으셨어."

"아버지가 '기적의 아이'였기 때문이야." 트가르가 나섰다. "아버지는 연초와 소스 혼합물을 맛보는 뛰어난 혀를 가지고 있었어. 그래서 바 자가드가 아버지를 기꺼이 사위이자 동업자로 받아들인 거야."

"오…, 그렇게 된 거군." 르바스가 연신 고개를 끄덕였다. "하지만 마름 아줌마 말대로라면 아버지는 정야와 사귀었던 거 아니야?" "그건 분명 엄마를 만나기 전의 일일 거야."

그들은 부모의 과거에서 발견한 여러 가지 의문에 대해 생각하며 잠시 침묵했다. 그 침묵을 갑자기 깨고 나온 건 르바스였다.

"난 크레텍 자가드 라야를 닮은 KW 담배[88]를 사고 싶어.

독특한 제품을 만날 수 있을지 누가 알아.” 르바스는 한 노점에 차를 세웠다. 차에서 내린 르바스는 신이 났다. 차 안에서도 작은 유리 부스에 다양한 브랜드의 크레텍 담배가 가지런히 진열된 것이 보였다.

트가르는 바깥쪽, 노점 주인과 살갑게 대화를 나누는 르바스 쪽을 바라보았다. 르바스는 원래 누구에게나 다정하게 대했다.

“림⋯, 너 혹시 알아?” 트가르가 말하다가 중간에 멈췄다.

“뭘?” 카림이 물었다.

“예전에 우리가 아직 어릴 때, 아버지가 나한테 공장 경영을 배우라고 했을 때 말이야.”

“응, 그게 왜?”

“그때 난 너랑 르바스가 무척 부러웠어. 너희들은 학교가 방학하면 어디든 놀러 갈 수 있었지. 음, 난 그 대신 일을 해야 했고.”

카림은 형의 말에 놀라며 반신반의했다. “무슨 소리야? 그때 기뻐했던 거 아니야, 형? 아버지가 형을 여기저기 데리고 다녔잖아. 계속 여행했지. 방학 때 형이 아버지와 트망궁으로 가는 바람에 나도 바 자가드 집에서 방학을 지내고 싶다고 한

<hr>

88   모방품, 모조품 담배.

거였어.”

“나도 학생이었어, 림. 사업 경영 배우는 걸 좋아하는 어린애는 없어. 게다가 하필 방학 때마다 말이지. 가장 싫었던 게 너희들이 바 자가드 집에서 노는 동안 나 혼자 트망궁에 연초를 보러 갈 때였어. 그때 르바스가 날 놀려댔지. 자긴 여기저기 놀러 다닐 수 있다면서. 그래서 일부러 허세를 부린 거야. 아버지가 나만 데리고 시외로 여행을 다니는 건 아버지가 날 가장 사랑하기 때문이라고 말이지.”

트가르의 기억은 스린틸 연초를 사러 트망궁의 숨빙산(山) 레곡사리 마을에 처음 가보았던 날로 거슬러 올라갔다. 마른 바나나잎 줄기를 엮어 만든 리겐 바구니에 고객들에게 판매할 연초가 잔뜩 쌓여 있던 모습도 떠올랐다. 그런 리겐 바구니가 넘쳐나 어떤 것은 천장에 매달려 있기도 했다. 트망궁 사람들은 연초와 바나나 두 가지 작물만으로 먹고사나 보다고 생각했던 것도 기억이 났다.

“난 아버지가 길을 떠날 때마다 같이 가자는 말을 듣는 트가르 형이 부러웠는데.” 카림의 대꾸에 트가르는 문득 다시 눈앞의 현실로 돌아온 기분이었다. 그는 아무 말 없이 창밖을 보다가 르바스 쪽으로 고개를 돌렸다. 르바스는 언제나 여기저기로 놀러 다니던 아이였다. 어쩌면 그래서 트가르와 르바스가 지금까지 사이좋게 지내기 어려운 건지도 모른다.

르바스가 차로 돌아와 새로 발견한 크레틱들을 가리키며 즐거워했다.

"에, 이거 봐, 형…, 자가드 라야랑 비슷한 크레틱을 또 발견했어. 이름이 크레틱 긍감 부미[89]래! 하하하…! 너무 멋진 이름이야." 르바스는 마치 트로피를 획득한 것처럼 새로 발견한 크레틱에 감탄했다.

세 형제는 여행을 계속해나갔다. 할아버지 바 자가드가 태어난 도시, M시에 갈 때까지 이번에는 카림이 운전대를 잡았다. 그는 아까의 모든 서사에 아직 알려지지 않은, 누락된 부분이 있다는 느낌이 들었다. 바 자가드는 물론 아버지 역시 그에게 한 번도 이야기한 적 없는 어떤 것. 앞을 향해 굴러가는 차 바퀴가 마치 과거로 가는 여행을 권하는 듯했다.

---

89   긍감 부미는 '한 줌의 흙'이란 뜻.

12. 크레텍 부킷 클라파

정야의 삶은 이미 완벽했다. 크레텍 가디스 사업은 순조롭게 성장했다. 특유의 빨간색 파피에 종이로 만 크레텍 머르데카! 역시 아직 생산되었다. 그녀에게는 사랑하는 가족과 항상 곁을 지켜주는 연인도 있었다. 그녀는 자신의 나머지 인생을 수라야와 함께할 것이라 믿어 의심치 않았다. 그 남자는 이제 이드루스 무리아가 신임하는 사람이 되었다. 공장 운영은 진작 수라야가 일임하고 있었다. 그는 모든 일꾼을 감독하는 관리자였다. 이드루스 무리아는 연초와 정향을 떼러 갈 때 종종 라야를 데려갔다. 이드루스 무리아는 딸의 선택을 신뢰했다. 그는 자신의 어깨 위에 짊어진 것에 책임질 줄 아는 청년이 어느새 마음에 들었다. 이드루스 무리아는 라야가 딸의 곁을 지키며 크레텍 가디스 공장의 영속을 담보하는 오른팔이 될 것이라 믿었다.

안타깝게도 수라야의 생각은 조금 달랐다. 영리한 청년은 사랑하는 연인의 마음을 얻었고 장인이 될 사람으로부터 안정적인 일자리도 확보한 상태였다.

하지만 수라야의 마음속에는 열등감이 들끓고 있었다. 어느 날 그는 길링 작업자와 바틸 작업자가 나누는 이야기를 어깨너머로 들었다. 그는 최선을 다해 열심히 일했으나 두 사람은 수라야를 칭찬하는 것이 아니라 오히려 깎아내리며 깔보는 어조로 말했다. 사실 그는 앞서 그 바틸 작업자에게 따끔하게 한마디했었다. 바틸 작업자의 업무란 모름지기 크레텍 끝을 잘라 매끄럽고 단정하게 만드는 것이다. 어느 날 오후 라야가 다 말아놓은 크레텍 몇 개의 길이를 무심코 재어보았는데 길이가 다른 것들이 나왔다. 그렇게 만든 바틸 작업자에게 주의를 주는 것은 당연했다. 그는 심지어 자도 한 자루 건네주며 새삼 사용법을 가르쳐주었다. 길이를 재는 일 말고도 말 안 듣는 사람을 톡 때려주는 용도로도 쓸 수도 있다고, 그때 말했던 것 같다. 지적받은 바틸 작업자는 그저 머리를 숙인 채 끄덕거릴 뿐이었다. 하지만 라야가 주변에서 충분히 멀어졌다고 생각하자 그가 등 뒤에서 하는 행동은 전혀 달랐다.

“라야 씨가 저럴 수 있는 건 운이 좋아서일 뿐이야. 저 사람, 사실 빈털터리야, 가진 것도 없다고. 봐봐, 잠도 공장에서 자지. 음식도 룸 부인한테 얻어먹잖아. 이드루스 씨가 사람이 너무 좋아서 저 사람을 여기 받아주는 거지.” 주의를 받은 바틸 작업자가 마침 아까 낮에 벌어진 일을 우연히 옆에서 보았던 길링 작업자에게 거친 자바 방언으로 분통을 터트렸다. “맞아, 저 사람은 전에 야시장을 전전하던 백수였어. 저런 사람에게 정야가 사랑에 빠지다니 참 운도 좋지. 그러지 않았다면 저 사람 여전히 무일푼일걸.” 길링 작업자가 상대방의 불평에 맞장구쳤다. 그 말에 그의 마음속에 붙은 불이 활활 번지는 것 같았다. 두 일꾼은 기도하기 전 세정 의식을 하면서도 계속 험담을 했다. 그들은 개수대에 줄 선 남자 중 수라야도 있다는 걸 깨닫지 못했다. 거기서 라야에 대한 험담을 듣던 또 다른 일꾼들은 가까이에 라야가 있다는 것을 알면서도 눈치만 볼 뿐이었다.

삶이 안정되어간다고 생각했던 청년은 그날부터 오히려 흔들리기 시작했다. 그는 한 사람의 모험가로서 살아온 자신의 긴 여정에 의문을 품었다. 그는 매일 배고프고, 길가나 나무 위, 또는 모스크에서 잠을 청하고 가난해서 뼈저린 업신여김을 당하던 시절을 지나 마침내 사랑하는 정야를 만났다. 그 사랑은 전에 어디 한곳에 묶인 것 없이 자유롭기만 하던 그의 마음만 변화시킨 것이 아니다. 한곳에 발이 묶이고 일련의 의무를 부여받는 방식으로 물리적 자유를 뺏겼지만, 그는 이를 마다치 않았다.

그는 두 일꾼을 당장이라도 때려눕히고 싶은 마음이 굴뚝같았지만 인내심을 잃지 않았다. 그들이 한 말은 사실이었다. 그 자신은 아무것도 내세울 게 없었다. 실제로 그는 미래 장인의 분주함과 신뢰 뒤에 숨고, 미래의 아내 정야의 사랑으로 보호받는 것이 고작인 남자였다.

　여러 날 동안 라야는 우울한 감정을 마음속에 숨겼다. 어느 날 크레텍 부킷 클라파 사장이 이드루스 무리아를 만나러 오지 않았다면 그는 그 감정을 계속 억누르려 노력했을 것이다. 그는 수라바야에 오래 살며 학교를 다녔다는 슨톳이란 스물세 살의 젊은 아들을 함께 데려왔다. 이드루스 무리아는 슨톳에게 정야를 소개했다. 그날 오후 그는 정야에게 그녀가 만든 특별한 팅웨를 내어달라고 청했다. 아직 일꾼들을 감독하고 있었던 수라야는 그들을 훔쳐보며 무슨 말을 하는지 귀를 쫑긋 세웠다. 왠지 모르게 그는 슨톳이란 이름의 젊은이가 마음에 들지 않았다. 그의 걱정은 현실이 되었다. 그로부터 며칠 후 슨톳의 아버지가 다시 찾아왔다. 그는 이드루스 무리아를 만나 정야에게 청혼 의사를 전했다.

　일꾼들은 모두 크레텍 가디스와 크레텍 머르데카!가 크레텍 부킷 클라파와 합쳐지면 더 큰 회사가 될 거라며 수군거렸다. 크레텍 부킷 클라파는 잘 알려진 유서 깊은 브랜드였다. 이드루스 무리아는 슨톳 아버지의 청혼에 즉시 답하지 않았다. 그는 먼저 정야를 불러 이야기를 나눴다. 이드루스 무리아와 정야가 비밀에 부치려 했지만 그 이야기는 라야의 귀에도 들려왔다. 처음에는 일꾼들이 수군거리는 소리를 들었고 나중에는 정야의 동생 루카야에게도 들었다.

"진짜야?"

"맞아요, 오빠. 야 언니한테 청혼이 들어왔어요."

"언니가 뭐라고 답하시든?"

"그건 몰라요."

수라야는 자신이 어떻게 처신해야 할지 잘 알고 있었다. 청혼이 받아들여진다면, 그는 곧바로 그곳의 직원 감독이라는 직책을 떠나야 할 것이다.

크레텍 부킷 클라파의 주인이 아들 슨톳과 다시 찾아와 답변을 요구하자 정야는 이미 마음에 둔 사람이 있다며 정중히 청혼을 거절했다. 수라야와 루카야는 함께 그 대화를 몰래 엿듣다가 다시야의 답변을 듣고 서로에게 미소를 지었다. 그런 후 슨톳은 신사답게 작별 인사를 했다. "정야의 사랑을 받는 남자는 정말 행운아로군요."

하지만 그 일로 수라야는 자신이 운 좋은 고아에 불과하다는 자괴감에 더욱 젖어들었다. 그런데도 정야는 자기 아버지 사업을 크게 키워줄지도 모를 엄청난 부를 지닌 좋은 집안 남자의 청혼을 거절했다. 한편 수라야 자신은 이드루스 무리아의 크레텍 사업을 위해 있는 힘껏 일했지만, 여전히 보잘것없는 존재일 뿐이었다. 그래서 어느 평범한 오후, 정야가 직접 만 팅웨 몇 대와 차 한 잔을 곁들인 자리에서 수라야는 정야에게 자신이 원하는 바를 말했다.

“난 내 크레텍 공장을 가지고 싶어요, 정.”

정야의 얼굴이 놀라움과 우려로 흐려졌다. “왜 그래요? 지금 당신 자리로는 부족하다고 생각하세요?”

“그런 게 아니에요, 정.” 라야는 사랑하는 여인의 손가락을 잡고 설득하려 노력했다. 주저하면서도, 결국 그는 속마음을 털어놓았다. “나는 부끄러워요.”

“뭐가 부끄러워요?” 정야는 이해하지 못했다.

“나 자신을 견딜 수가 없어요. 난 스스로에게 거짓말을 해 왔어요. 이곳에서 내가 높은 지위와 권한을 가졌대도, 사실 난 아무것도 아니에요.”

“무슨 뜻이에요?”

“정, 이 모든 건 당신 거예요. 당신 아버지 거라고요. 난 여기 감독일 뿐이에요. 보잘것없는 사람이라고요.”

“하지만 우린 곧 혼인할 테니 이 모든 건 당신 것이기도 해요.”

“그럼 누구 돈으로 결혼식을 해요? 잔치도 벌이지 않고 혼인 서약만 하려고요?” 정야는 가만히 있었다. “그동안 많이 생각해봤어요. 당신처럼 부유한 집안에서 도둑 결혼을 할 리 없잖아요. 사람들이 뭐라 하겠어요?”

“아빠가 우리 혼인 비용을 내주실 수 있어요.”

“난 남자예요. 내가 어떻게 당신에게 짐이 되겠어요. 남자

로서의 내 자존심은 뭐가 돼요? 난 지금 장인이 되실 분 밑에서
일하고 장인이 되실 분 집에 얹혀살아요. 밥도 여기서 먹고요."

"그건 당연해요, 당신에게 여긴 직장이기도 해요. 아빠의
직원으로서 그건 당신의 권리예요.'

"아, 그건…, 다른 말로 하면 난 아무것도 가진 게 없다는
뜻이에요. 난 빈털터리예요. 내세울 게 전혀 없다고요!"

정야는 그런 말을 자신이 사랑하는 남자에게서 듣는 것이
슬펐다. 라야가 그런 생각을 하고 있을 줄은 꿈에도 몰랐다.
"난 내 크레텍 공장을 가지고 싶어요, 정." 정야는 혼란한 마음
으로 정인을 바라보았다. 갑자기 수천 개의 단어가 정야에 입
에서 나오려다 멈췄다. 하고 싶은 그 많은 이야기를 다 하기에
그녀의 입이 너무나 작았다.

오후 늦은 시간에 세 사람이 정치 전단을 뿌리고 정당의
구호를 외치며 정야의 집 앞을 지나갔다. 정야와 라야는 그들
이 길 끝으로 사라질 때까지 바라보았다. 정야의 입안에 맴돌
던 이야기들을 정리하기에 충분한 시간이었다.

"당신은 크레텍 가디스를 떠나고 싶은 거예요?"

"아니에요. 난 내가 앞으로 만들 크레텍 사업과 합치는 방
식으로 오히려 이 회사를 더 키우고 싶어요."

그녀는 잠시 침묵하더니 곧 말을 이었다. "그렇다면…, 내
가 아빠한테 말해 당신에게 사업을 시작할 자본금을 달라고

할게요….”

“안 돼요!” 라야가 정야의 말을 잘랐다. 처음부터 그는 정야가 그에게 자본금을 제안하리란 것을 알고 있었다. “난 자본금을 지원받고 싶지 않아요. 내가 스스로 알아서 만들어볼 거예요.”

“진심이에요?”

“네. 증명해 보이고 싶어요. 사장님 도움을 받지 않고도 성공할 수 있다는 것을요.”

“당신, 정말로 갑자기 왜 이러는 거예요, 네?” 정야는 여전히 이해할 수 없었다.

“난 온전한 한 사람의 남자로 인정받고 싶을 뿐이에요. 얹혀살면서 미래의 장인어른에게 받은 권력을 휘두르는 기생충이 아니고요.”

그것이 그날 수라야와 정야가 나눈 대화의 끝이었다. 두 사람은 더 이상 말이 없었다.

라야는 저 넓은 세상으로 나가기만 하면 미래의 장인과 아내로부터 배운 크레텍에 대한 지식으로 밝은 미래를 일궈나갈 수 있을 것이라 확신했다. 그러나 정야는 조금 전까지만 해도 그토록 명료하게 보였던 행복한 미래의 이미지가, 자기 곁에 있어야 할 라야의 부재로 흐릿해질 것임을 알았다.

정야의 두려움이 현실이 되었다. 그 일은 라야가 미래의 장인 이드루스 무리아에게 자신이 날개를 펼칠 수 있게 해달라고 허락을 구하면서 시작되었다. 정야와 달리 이드루스 무리아는 기꺼이 라야가 꿈을 이루도록 허락해주었다. 청년은 그 후에도 여전히 그 집에서 먹고 잤지만 매일 밖에 나가 자본을 댈 사람들을 찾아다녔다. 하지만 거의 한 달이 다 되어가는데도 라야는 전주를 찾지 못했다. 닥쳐보니 생각처럼 녹록지 않았다.

라야는 자신의 크레텍 회사를 갖겠다는 꿈이 사실은 구름 위에 아른거리는 허황된 것이었다는 생각이 들기 시작했다. 그는 여전히 정인의 집에 눌러앉아 먹고 자며 아침에 나갔다가 저녁이면 아무 소득 없이 돌아오는 상황이 부끄러워졌다. 어느 날 아침 그는 외출하지 않았다. 그러자 정야가 다가왔다.

"제가 여기서 좀 더 일을 도와도 될까요?" 정야는 활짝 웃었다. 아무 말도 할 필요 없었다. 그렇다고 그는 그날 당장 예전처럼 감독 업무를 재개할 수 없었다. 일꾼들 앞에 다시 얼굴을 내미는 것이 부끄럽기 짝이 없었다.

"당신, 그럼 나랑 같이 연초와 정향에 소스 섞는 일을 도와줄래요?"

라야는 그러겠다고 고개를 끄덕였다. 그는 정야를 따라 사무실 뒤로 들어갔다. 그곳은 정식으로 실험실이라 할 정도는 아니었지만, 소스 혼합물을 담은 병들과 뚜껑 달린 유리 용기들이 즐비했다. 벽에는 정야와 그녀의 아버지만 이해하는 혼합 공식이 분필로 적혔고 각각 다른 향을 담은 병들이 줄줄이 놓여 있었다. 여인은 다시 소박한 행복을 만끽했다. 자신이 좋아하는 일을 사랑하는 남자와 함께하게 되었기 때문이다. 그 후 라야는 정야를 도와 소스 혼합물을 분무기에 넣고 그것을 잘게 자른 연초와 정향 혼합물에 분사했다. 두 가지 소스 혼합물이 크레텍 머르데카!와 크레텍 가디스 상품에 각각 따로 쓰였다. 그날 정야는 자신의 남자를 되찾았다.

"크레텍 가디스 상표 재고가 얼마 남지 않았어요. 기껏해야 이틀이면 다 떨어질 거예요." 정야는 크레텍 가디스 상표가 가지런히 쌓인 곳을 가리켰다.

"내가 인쇄소에 다녀올게요, 정."

"같이 갈까요?"

"그럴 필요 없어요. 나 혼자 할 수 있으니 당신은 일꾼들을 감독해줘요. 나는…," 그는 하려던 말을 가다듬었다. "…난 길링 작업자들을 감독하기엔 아직 면목이 없어요. 한 달 동안 손 놓고 안 보이더니 갑자기 나타나 나댄다는 얘기들을 할 거예요." 정야는 상냥한 미소를 지었다. 그녀는 정인의 어색한 마음을 충분히 이해했다.

그녀는 남자가 자신감을 되찾을 충분한 시간을 갖도록 배려했다. 정야는 수라야가 마치 담배 마는 일꾼의 손안에서 막 태어난 향기로운 한 개비의 크레텍처럼 따뜻한 마음으로 돌아다닐 수 있도록 자유롭게 풀어주었다.

≈≈≈

수라야는 이드루스 무리아의 단골 인쇄소에 새 크레텍 상표를 만들 때마다 몇 차례나 다녀갔었다. 그는 인쇄소 주인이자 제도사이기도 한 플로요 씨를 만났다. 당연한 일이지만 그는 해상도 높은 크레텍 가디스 상토의 네거티브 필름을 가지고 있었다. 수라야는 인쇄공 몇몇이 밴드프레스 인쇄기를 돌리는 번잡한 인쇄소를 들여다보았다. 기계 소리가 너무 시끄러워 인쇄공들은 솜으로 귀를 막고 있었다. 플로요 씨는 원래 귀가 잘 들리지 않았다. 라야가 플로요 씨와 이야기하려면 거의 악을 써야 했다. 그래서 좀 피곤하긴 했지만 플로요 씨는 오랜 경험을 가진 제도사여서 뛰어난 결과물을 기대할 수 있었다. 그는 자신의 도안에 따로 가격을 매기지 않았지만 자기 인쇄소와 거래하는 조건으로 도안을 그려주었다.

수라야는 종이와 중국산 먹, 자, 콤파스, 제도용 트렉펜,

연필, 그리고 온갖 필기구가 어지럽게 널린 믈로요 씨의 책상 맞은편 의자에 앉았다. 도저히 단정하다고는 말할 수 없는 책상이었다. 믈로요 씨는 친근한 자바어로 수라야를 응대했다. 그는 고함을 지르듯 말했다. **"몇 장 주문할 거요?"**

"500장이요, 선생님."

"삐로?"[90] 믈로요 씨가 라야에게 귀를 갖다 대며 상표 몇 장을 주문하냐고 다시 물어봤다. **"500장이라고요!"** 라야도 반쯤 소리 지르며 손가락 다섯 개를 펴 보였다.

"오오, 알았어, 알았어요….." 믈로요 씨가 그렇게 말하더니 주문서 종이에 숫자를 끄적거렸다. 이때 한 인쇄공이 정치 전단지 한 장을 들고 와 믈로요 씨에게 보여주었다. 인쇄 표본인 것 같았다.

"이렇게요, 사장님?" 인쇄공도 소리를 질렀다. 인쇄 결과물을 확인한 믈로요 씨가 엄지를 치켜들었다. **"이렇게 해!"**

인쇄공이 이번에는 지시를 기다리던 동료들을 돌아보며 소리를 질렀다. **"됐어! 이게 맞대! 이렇게 해!"**

라야는 그 전단지를 스치듯 읽어보았다. 인도네시아 공산당의 전단이었다. 라야가 아까 그 인쇄공에게 말을 걸었다.

"이 정당이 여기서 자주 전단을 찍는 모양이죠?"

---

90   자바어 방언. "몇 장이라고?"라는 뜻이다.

"굉장히 자주요, 손님. 돈이 엄청 많은 모양이에요! 그게…, 배너와 정당 깃발 주문이 끊기지 않고 들어와요. 투표하라면 난 이 정당을 찍을 거라고요. 당연하지…, 우릴 부자로 만들어주는데!" 믈로요 씨가 대신 답하며 이것저것 설명했다.

수라야는 말을 끊고 잠시 생각했다. 어쩌면 여기 기회가 있을지도 모른다는 생각이 들었다. 그는 전단지 아래 한 줄로 적힌 주소를 보았다.

"선생님, 이 주소지에 간 적 있으신가요?" 수라야가 그 주소를 믈로요 씨에게 보여주었다.

"아, 당연히 가봤지. 조금 있다가도 주문한 걸 배달하러 갈 거요. 그 사람들 주문량이 어마어마하거든…. 그래서 가끔은 누굴 시키지 않고 내가 직접 배달한다오. 같이 가보겠소?" 수라야는 마음을 굳힌 듯 고개를 세게 끄덕였다.

그 정당의 당사는 일단의 열정적인 사람들로 가득 차 있었다. 그들은 무리를 지어 뭔가 중요한 일들을 논의하며 국가 지도자들의 이름도 언급했는데 어떤 사람들은 왔다 갔다, 나갔다 들어왔다 하며 물건들을 날랐다. 어떤 이들을 전단 뭉치를, 또 다른 이들은 한 무더기의 당 깃발이나 배너를 들어 옮겼다. 라야는 믈로요 씨와 함께 빨간색 천에 인쇄한 당 깃발 납품을 도왔다. 인도네시아 공산당이 단골이 된 이후 믈로요 씨는 종이 인쇄물뿐만 아니라 천어 찍는 전사나 실크스크린 인쇄 주문도 받았다.

　한 중년 남자가 책상에 앉아 막 도착한 일단의 사람들을 맞이하고 있었다. 그는 고무줄로 묶은 돈뭉치를 꺼내 청구하는 이들에게 척척 지급했다. 라야는 바로 그가 자신이 로비해야 할 상대임을 알았다. 믈로요 씨도 주문받은 당 깃발을 잔뜩 들고 줄을 섰다. 라야는 그의 곁에 서서 시끄럽고 번잡한 주변을 살폈다.

　얼마간 시간이 지나자 어떤 사람이 앞으로 나와 당원들 모두에게 모이라고 명령했다.

　"우리도 잠깐 들어볼까요. 기껏해야 잠깐일 테니." 믈로요 씨가 말했다. 수라야와 믈로요 씨는 애당초 연설을 들으러 그곳에 온 것으로 보이는 사람들 틈에 끼어들었다. 라야보다 훨씬 어린 한 청년이 라야의 얼굴을 자세히 들여다보았다.

　"처음 오셨죠?" 라야가 고개를 끄덕였다.

　"누구나 오셔도 되는 곳이에요."

　그 말은 그곳이 뭘 하는 곳인지 몰라 어찌할 바를 모르던 그의 어색함을 십분 달래주었다.

　"괜찮으니 편하게 있어요…." 믈로요 씨도 라야의 얼굴에서 어색함을 읽은 모양이었다.

　"네, 선생님."

　"나중에 당신한테 이 당 사람들을 소개해주겠소. 다 이해

해요, 당신도 사업을 키우려는 거잖소?” 라야가 고개를 끄덕였다. “한 가지만은 꼭 약속해야 해요….”

“그게 뭔가요?”

“나랑 겹치는 사업은 하지 마시오. 나중에 나랑 경쟁해야 할 테니!” 플로요 씨가 너털웃음을 터트리며 말했다. 그는 장난처럼 이야기했지만 수라야는 플로요 씨의 그 말이 진심이라는 것을 알았다.

“걱정하지 마세요. 내 제안이 통과돼도 난 계속 선생님 인쇄소의 고객으로 남을 거니까요!” 수라야의 대답에 플로요 씨가 더 크게 웃었다.

라야는 밤이 깊어서야 집에 돌아왔다. 정야가 벌써 집 앞에서 이드루스 무리아와 함께 그를 기다리고 있었다.

“저기, 라야가 오는군.”

혼인을 약속한 정인을 걱정하던 정야가 달려와 그를 맞았다. 라야가 이드루스 무리아의 옆자리에 앉자 정야가 금세 음료수를 내왔다. 하지만 라야는 목마르지 않다고 말했다. “여기 앉아요, 정. 할 말이 있어요.” 정야도 어둠이 내린 그 시간에 거기 함께 앉았다.

“아까 나한테 자본을 대줄 수 있을 것 같은 사람을 한 명 만났어요.”

이드루스 무리아가 고무된 듯 반응했다. “아, 그래? 와, 잘

됐군."

"당신, 상표 주문하러 간다더니 아직도 자본 댈 사람을 찾고 있었어요?" 정야가 쏘아붙이듯 말했다. 그녀는 라야의 행동이 마음에 들지 않았다.

"아, 상표 문제는 먼저 처리했어요. 일주일이면 다 될 거래요."

정야는 대답하는 라야를 편치 않은 마음으로 바라보았다.

"자본을 대준다는 사람은 누군가?"

"아직은 확실하지 않아요, 사장님. 우선은 그 사람과 가까운 관계를 만들어야 해요. 서두른다고 되는 일이 아니잖아요. 아살라무알라이쿰[91]도 하지 않고서 무작정 자본부터 대달라고 할 수는 없으니까요."

"그래, 맞는 말이지!" 이드루스 무리아가 맞장구쳤다.

"그래서 몇 주 안에 거길 다시 가보려 해요. 어쩌면 그 사람들 신용을 얻게 될 거예요." 라야의 목소리는 희망으로 가득 찼다. 하지만 정야는 자신의 정인이 또다시 자기에게서 멀어지고 있음을 느꼈다.

이드루스 무리아는 연신 고개를 끄덕였다. 그는 이 청년의 마음을 누구보다 깊이 이해했다. 그는 과거 자신이 루마이

---

91   이슬람식 인사. "안녕하세요"라는 뜻이다.

사를 얻기 위해 크레텍 사업을 처음 시작하던 때를 기억했다. 그는 얼마간 수라야에게 투영된 젊은 시절 자신의 모습을 보았다.

이제 수라야의 하루는 새로운 일과로 빡빡하게 채워졌다. 아침에는 정야를 도와 잘게 자른 연초에 소스를 섞는 일을 했고, 그런 다음엔 당사로 향했다. 바로 며칠 전만 해도 그는 크레텍 가디스 일꾼들의 감독으로 복귀하려 했으나 또다시 생각이 바뀐 것이다. 그날도 아침에 일어나 정야가 잘게 썬 연초와 정향에 소스를 섞는 작업을 도왔다 그날 아침 정야의 표정은 잔뜩 찌푸린 하늘처럼 어두웠다. 평소 그는 믈로요 씨의 인쇄소에 먼저 들러 당사로 배달할 물건을 함께 옮겨주겠다고 제안하곤 했다. 그 결과 그는 마침내 당원들과 돈독한 관계를 구축했다.

"…정, 이번엔 확실히 자본금을 확보할 수 있을 것 같아요. 그 당 사람들은 정말 돈이 넘쳐나요. 그들이 주문한 배너와 휘장들만 해도 산더미처럼 쌓여 있다고요." 수라야가 한껏 상기되어 말할 때 정야는 다른 곳으로 시선을 돌렸다. 그녀는 세심한 손길로 소스 혼합물을 분무기 통 안에 직접 부었다. "여기요, 정, 내가 부을게요…."

"그럴 필요 없어요!" 정야의 목소리가 마치 고함치듯 터져 나왔다. 정야 스스로도 거칠고 성난 자신의 목소리에 놀라고 말았다.

"어, 무슨 일이에요? 나한테 화난 거예요?"

"당신은 생각해보긴 했어요? 난 당신이 떠나는 걸 원치 않아요. 난 라야, 당신이 크레텍 가디스를 보살피며 여기 머물러주면 좋겠어요!" 결국 정야는 눈물을 터트렸다. "당신이 떠나면 난 당신이 과거와 같은 삶으로 돌아갈까 봐 두려워요. 자유롭고, 독자적이고, 어디로든 갈 수 있고, 어느 도시에서나 머물고, 돌볼 일도 돌봐줄 사람도 없는 그런 삶으로요. 당신은 날 보살필 필요도 없고 크레텍 가디스를 돌아볼 필요는 더더욱 없겠죠. 당신 원하는 대로 다 할 수 있을 거예요. 그러다가 결국 날 잊고 말 거고요." 다시야가 흐느끼기 시작했다. 얼마 멀지 않은 곳에 선 일꾼들이 거기서 벌어지는 드라마를 훔쳐보고 있었다.

"정…?" 라야는 자신의 연인이 그런 생각을 할 거라곤 생각하지도 못했다. 그는 정야에게 다가가려 했지만 그녀는 오히려 수라야를 밀어냈다. 결국 라야는 소스가 든 분무기를 들고 그 방에서 나와 잘게 자른 연초와 정향이 감미료 분사를 기다리는 곳으로 발걸음을 옮겼다.

라야는 아무 말 없이 소스를 분사했고 그를 돕는 일꾼도 함께 침묵을 지키며 한편으로는 상관이 방금 연인과 말다툼하고 나왔다고 다른 동료에게 눈치를 주었다. 라야는 일부러 정야가 마음껏 울도록 내버려두었다. 그는 크레텍 머르데카!와 크레텍 가디스에 쓰이는 각각 다른 두 통의 분무통을 모두 뿌렸다.

그가 다시 뒤편으로 돌아갔을 대 연인은 거기 없었다. 라야는 정야를 찾아다녔다. 그녀는 공장이나 집에 있는 것 같지 않았다. 어쩌면 기분 전환하려고 밖에 나갔을지도 몰랐다. 라야는 그녀에게도 혼자 있을 시간을 줘야 한다는 생각이 들었다. 그날 그는 당사에 가지 않았다. 그는 이드루스 무리아와 함께 테라스에 앉아 정야를 기다렸다.

"됐네. 어쨌든 여자로서는… 이해하기 쉽지 않겠지." 이드루스 무리아는 되도록 수라야 기분을 풀어주려 했다. 정야가 대충 어디에 있을지도 생각해보았다.

"저는 좀 가볼게요, 사장님. 정야를 찾아보겠어요." "그래, 조심하게." 이드루스 무리아는 아이들의 사랑놀이를 보는 것이 간지러운 듯 고개를 절레절레 저었다.

수라야는 자르지 않고, 줄기째로 구매해 막 들여놓은 연초 창고에서 사랑하는 여인을 찾아냈다. 그녀는 담배를 피우며 거기 숨어 있었다. 지붕이 높은 창고는 연초의 향이 공기 중에 퍼져 지붕을 타고 자유롭게 흘러 나가도록 지어진 것 같았다. 수라야는 크레텍에 대한 정야의 애정을 잘 알았다. 이유를 설명하긴 어렵지만 정야라면 반드시 그곳에 숨어 있을 것 같았다.

“정, 당신이 나한테 화난 거 잘 알아요. 내가 여기 있기를
바라는 것도요. 하지만 내가 여기 계속 머물면, 난 뭐가 될까
요?”

“당신은 내 곁에 있기 싫어요?”

“아…, 그런 게 아니잖아요. 오히려 당신 곁에 걸맞은 사
람이 되기 위해서, 당신을 즐겁게 하고 당신 앞에서 자랑스러
운 사람이 되기 위해 나가려는 거예요.”

정야가 수라야를 응시했다.

“알잖아요, 크레텍 부킷 클라파 사장 아들이 청혼한 일을
당신이 말해주지 않았지만 내가 이미 알고 있다는 것을요.”

정야가 놀라며 시선이 흔들렸다. “누가 얘기했어요? 루카
야인가요? 네?”

“루카야가 얘기하지 않았어도 공장 일꾼들이라면 누구나
다 알아요. 나도 귀가 있고요.”

“그렇다면 내가 청혼을 거절한 것도 알겠군요.”

“알아요. 그래서 난 더욱 부끄러웠어요. 당신이 나를 선택
했고 그토록 소중하게 존중해주는데, 사실 난 너무 보잘것없
는 사람이잖아요. 반드시 독립해서 나도 가치 있는 인간이라
는 것을 당신에게 증명해야만 해요. 난 반드시 돌아올 거예요,
정. 이 도시, 저 도시로 전전하는 모험은 이미 지쳤어요. 내 집

은 바로 당신이에요."

여인이 그를 껴안았다. "약속해줄 수 있죠? 반드시 내게 돌아올 거라고요?"

"약속해요."

～～～

두 달 동안 수라야는 거의 매일 당사를 드나들었다. 그의 얼굴도 당사에 친숙하게 알려져 더 이상 믈로요 씨를 대동할 필요가 없었다. 그러던 어느 날 그가 더할 수 없는 기쁜 소식을 가지고 집에 돌아왔다. 새 상표의 크레텍을 출시할 자본금을 마침내 확보한 것이다. 한껏 고양된 그는 자신이 어떻게 그들을 설득해 당이 크레텍에 투자하도록 했는지 열정적으로 설명했다.

"지금은 누구나 다 크레텍을 피우잖아요. 모든 사람이 이 정당이 만든 크레텍을 피우는 것을 상상해보세요. 이 크레텍을 사는 사람들은 누구나 자연스럽게 이 정당을 알게 되는 거예요. 그뿐만이 아닙니다. 한 가지 크레텍을 한번 좋아하면 계속 찾게 되죠. 그러니 이건 배너나 휘장을 사람들에게 나누어 주는 것처럼 돈을 써버리고 끝이 아니라 투자한 자금을 회수할 수 있는 홍보 수단이에요." 정야는 남자가 신나게 이야기하는 것을 기쁜 마음으로 바라보았다. "그 사람들이 담배를 말고 포장할 장소도 제공하기로 했어요. 정말, 그 정당에는 돈이 넘쳐나요!"

"크레틱 이름은 정했어요?"

"이름은 벌써 정했어요. 그들 요구대로 짓기로 했어요. 크레틱 참 아릿 메라[92]라고요."

92　붉은 낫표 크레틱. 붉은 낫은 공산주의를 상징한다.

13. 로콕 크레텍 아릿 메라

그날은 수라야에게 역사적인 날이었다. 청년이 처음 생산한 크레텍 아릿 메라가 출시되었다. 공산당을 상대로 최선을 다해 벌인 로비가 마침내 성공했을 때의 기쁨은 말로 다 할 수 없었다. 크레텍이 정당의 프로파간다를 효과적으로 전파하는 도구가 될 거라는 확신을 주는 데 성공하자 엄청난 자금이 그에게 배정되었다. 당연했다. 크레텍이란 원래 사람들에게 의존성을 유발하니까. 어떤 사람이 특정 상표를 좋아하기 시작하면 그 상표를 계속 찾기 마련이다. 상표에 그려진 표식도 기억에 각인될 것이다. 이제부터 해야 할 일은 사람들이 좋아할 만한 크레텍을 만드는 것뿐이었다. 크레텍은 배너나 정당 전단지 같은 단순한 선전물에 불과하지 않았다. 그저 나누어주는 선전물은 들어간 자본을 회수할 수 없지만, 사람들이 사게 될 크레텍은 아니었다. 계획대로 순조롭게 진행된다면 크레텍에 들어간 초기 자본은 금방 회수될 터였다. 중요한 것은 신속한 배포와 홍보였다. 수라야는 상품을 홍보할 아이디어도 벌써 가지고 있었다. 정치 전단에 크레텍 아릿 메라의 그림을 넣는 것이다. 공산당에 열광하는 사람들이라면 반드시 사서 피울 것이다. 운이 좋다면, 그리고 제대로 적중한다면 그들은 이 크레텍을 반복적으로 재구매할 것이다.

수라야는 이제 진정 크레텍 머르데카!와 크레텍 가디스로부터 완전히 독립했다. 공산당이 그에게 지원한 자본은 심지어 크레텍을 생산할 집까지 한 채 임대하기에 충분했다. 크레텍 아릿 메라를 말고 포장할 일꾼들이 거기 모여들었다. 최근 몇 개월간 수라야는 더 이상 이드루스 무리아의 집에 얹혀살지 않았다. 그래도 그는 가끔, 정확히는 주말마다 시간을 내 정야를 방문했다. 그는 장인이 될 사람의 도움을 받지 않고도 마침내 자립을 이뤄낸 자신이 얼마나 자랑스러운지 몰랐다.

여섯 달이 지나 제대로 자리를 잡았다고 확신한 수라야는 비로소 정야에게 청혼할 용기를 냈다. 주말에 그는 평소보다 더 말끔한 모습으로 그녀를 찾아갔다. 그리고 온 마음을 다해 정야에게 자신의 아내가 되어달라고 구혼했다. 이드루스 무리아와 그의 아내 루마이사가 기쁜 마음으로 그 청혼을 받아들인 것은 당연했다.

"아버님…, 내친김에 날짜도 정하시죠." 라야가 말했다. 정야는 두 뺨을 붉힌 채 연신 미소 지었다. 그런 정야를 툭 치는 동생 루카야 역시 수라야의 청혼을 함께 기뻐했다.

"그래, 그래, 그래야지…." 루마이사가 달력을 가져왔다.

"너무 멀리 잡지 마세요." 라야가 급히 덧붙였다. 정야의 얼굴이 더욱 붉어졌다.

"물론이지, 하지만 너무 서둘러도 안 돼. 결혼식 피로연을 하려면 준비할 시간이 필요하거든.' 루마이사는 이드루스 무리아가 집은 달력에 얼굴을 가까이하고 들여다보면서 말했다.

"식을 올해 올리려는 거지?"

"네, 아버님, 꼭 그러고 싶습니다. 내년까지 기다릴 수 없어요." 라야는 정말 참을 수 없었다.

"10월쯤 날을 잡으면 어떤가?" 이드루스 무리아가 1965년 달력에서 10월의 어느 날을 가리켰다. "여보, 6개월 준비하면 충분하지 않겠어요?" 이드루스 무리아가 아내에게 물었다.

루마이사는 미소로 화답했다. "네…, 충분해요, 충분하고 말고요."

"네, 그날로 하죠, 아버님, 어머님." 수라야가 힘주어 말했다. 그런 후 그는 정야에게 금팔찌를 선물했다. "10월이 오면, 그땐 당신을 반지로 구속할 거예요." 그는 그렇게 속삭였다.

～～～

정야는 결혼식 피로연을 준비하는 것이 무척이나 즐거웠다. 그녀는 검은색 벨벳 재질 자바식 크바야를 입고 정성껏 빗은 올림머리에 큐빅이 박힌 가죽 샌들을 신고 싶었다. 그녀는 남편이 된 수라야의 곁에 서서 손님을 한 명 한 명 만나며 참석해줘서 고맙다고 말하는 장면을 벌써 떠올렸다. 피로연에 내놓을 몇몇 음식을 직접 조리해보기도 했다. 튀긴 삼발 소스[93]로 맛을 낸 간 요리, 리졸레,[94] 수프, 잭프루트 맛 아이스크림 등 모든 음식을 먼저 맛보았다. 조리법대로 요리해보면서 선택한 메뉴에 실수가 없도록 빈틈없이 준비했다. 그녀는 흠 없는 가족력을 가진 나이 지긋한 신부 화장 전문가에게도 미리 연락해두었다. 그녀는 모든 일이 순조롭게 진행되고 신부의 아우라가 은은히 흘러나오도록 신부 화장 전문가에게 결혼식 전 7일 동안 금식해달라고 간곡히 부탁했다. 모든 것이 정야의 손끝에서 완벽하게 준비되어갔다.

하지만 아무리 계획을 잘 세워도 그게 이루어지지 않는다면 의미가 없다. 만약 애당초 사악한 증오가 개입되지 않았다면 아흐맛 야니 대장, M. T. 하리요노 중장, S. 파르만 중장, 수프랍토 중장, D. I. 판자이탄 소장, 수토요 시스워미하르조 소장, 카렐 사추잇 투반 경위, 피에르 텐데안 CZI 대위, 수기오노 보병 대령, 카탐소 다르모쿠수모 준장 같은 이들이 피살되는 일도 벌어지지 않았을 것이다.[95] 공들여 세워놓은 모든 계

---

93   다양한 고추와 후추를 다진 뒤 새우젓, 소금, 민트 등을 섞어 만든 소스.

94   크레이프처럼 얇게 부친 반죽에 속 재료를 넣고 말아 튀긴 음식.

획이 무산되는 이유가 되지도 않았을 것이다. 정야의 남편이 될 수라야가 자신의 목숨을 구하기 위해 도주할 필요도 없었을 것이다. 그는 이미 공산당과 떼려야 뗄 수 없는 긴밀한 관계가 되어 있었다. 그는 아릿 메라란 상표의 크레텍을 생산했다. 크레텍 아릿 메라는 공산당이 돈을 댄 것이다. 그 결과 크레텍 여인의 결혼식은 철저히 무산되고 말았다.

수라야의 지인 몇 명이 페페강에 시신이 되어 떠오른 날 밤, 수라야는 자신의 목숨도 경각에 달렸다는 것을 깨달았다. 그는 일꾼이 아무도 나오지 않은 크레텍 아릿 메라 공장에 몰래 숨어들었다. 다들 살기 위해 뿔뿔이 도주한 것이 분명했다. 수라야는 사무실에 잔뜩 쌓인 아직 사용하지 않은 상표를 모두 불태웠다. 하지만 크레텍 아릿 메라는 유통된 지 오래되었고 자신의 이름 역시 그 상품 생산자로 알려져 있었으므로 지금 와서 하는 이런 행동이 아무 의미 없다는 것쯤은 자신도 잘 알았다.

수라야는 미칠 것만 같았다. 한편 밖에서는 모여든 군중의 분노가 더욱 격화되어 하늘을 찔렀다. 그들은 더 이상 밤에 공산당 연루자들을 몰래 습격하고 살해한 뒤 그 시신을 새벽

---

95 9.30 쿠데타로 첫날 살해당한 인도네시아 육군 장교 아홉 명과 경찰 한 명의 명단.

에 페페강에 버리는 것으로 그치지 않았다. 이젠 아예 공산당과 연루된 사람들의 집으로 몰려가 대놓고 문을 두드려댔다. 수라야가 크레텍 아릿 메라 공장에 아직 남은 연초 재고를 태우려고 할 때 성난 군중이 횃불을 들고 그의 공장으로 몰려오는 모습이 보였다.

수라야는 목숨을 건지기 위해 공장을 빠져나가 대나무밭에 숨어들었다. 그는 정야를 만나러 갈 길을 모색했다. 그러나 천신만고 끝에 정야의 집 앞 논에 다다랐을 때 횃불을 들고 온 일단의 군중이 그 집 문을 두드리고 있었다. 미래의 장인 이드루스 무리아가 문을 열자 횃불을 든 사람들이 그를 거칠게 밀치고 집 안으로 들이닥쳤다. 수라야는 즉시 생각을 바꿨다. 그는 논의 얕은 진흙 속으로 몸을 가라앉혀 숨기고 그곳을 기어서 빠져나가는 쪽을 선택했다.

즉시 달아나라는 마음의 소리를 따른 것이 그에게는 행운이 되었다. 그러지 않았다면 그 역시 페페강에 떠오른 시신 중 하나가 되었을 것이다. 도주하는 내내 그의 머릿속에는 정야의 모습과 그날 밤 보았던, 문을 박차고 들어가는 사람들에게 떠밀린 장인이 머리부터 곤두박질치는 장면이 떠나지 않았다. 그것은 분명 그가 과거 그 집에 살았고 그곳 '크레텍의 여인'과 각별한 관계임을 모두 알기 때문이었다. 그는 상황을 알리는 편지 한 장이라도 남기고 싶은 마음이 간절했다. 정야는 지금 근심에 싸여 있을 게 분명했다. 하지만 그것은 지혜로운 방법이 아니었다. 그렇게 하면 단지 추적당할 단서를 남겨 종국에는 페페강에 버려지는 운명으로 귀결될 뿐이었다. 그는 인사도 하지 못한 채 땅이 삼켜버린 듯 종적을 감췄다. 정야는 졸지에 짝을 잃고 어찌할 바를 모르는 비둘기 같은 신세가 되었다. 그 일은 그들이 결혼식을 올리기 불과 3주 전에 일어났다. M시의 분위기는 무겁게 가라앉았다. 페페강에서는 최근까지도 시신이 자주 발견되어 그 강은 더 이상 물고기와 새우의 서식처가 아니라 사람들의 시체가 사는 곳이란 표현까지 흉흉하게 떠돌았다.

정야의 이름이 나오게 된 것은 어처구니없는 우연 때문이었다. 군인들은 공산당 거점들을 급습하면서 공산당에 연루된 사람들을 잡아들였다. 그중에는 공산당이 선전 문구로 가득한 전단지 인쇄를 주문하고 크레틱 아릿 메라의 상표도 인쇄했으며 수라야와 다시야의 청첩장까지 찍은 인쇄소도 포함되었다. 바로 믈로요 씨의 인쇄소였다. 수라야가 믈로요 씨와 오랫동안 알고 지내서 특별 할인을 받을 수 있다는 것이 그곳에 청첩장 인쇄 주문을 넣은 이유였다. 수라야는 믈로요 씨의 운명이 어떻게 되었을지 잠시 생각해보았다. 그가 살아남았다면 기적이나 다름없었다. 어쩌면 그의 시신은 페페강에 아무렇게나 버려졌을지도 모른다. 얼마 전 수라야는 페페강에서 시신 더미를 봤지만 누가 누군지 알아볼 수 없었다. 어쩌면 플로요 씨의 유해도 그 수많은 시신 밑에 깔려 있었을지 모른다.

그날 오후 군인들이 공산당 척결을 외치는 일단의 사람들과 함께 이드루스 무리아의 집에 쳐들어왔다. 수라야가 논의 진흙 속에 몸을 숨겨 목숨을 건졌던 날, 그들은 정야와 이드루스 무리아를 잡아갔다.

정야의 죄목은 수라야의 정인이라는 것이었다. 이드루스 무리아는 딸이 공산당원과 결혼하는 것을 허락한 부모라는 이유로 체포되었다. 그들을 정야의 청첩장 한 부대를 눈앞에 펼쳐놓고 그것이 그녀가 공산당과 연루된 결정적 증거라고 주장했다. 정야는 M시의 공산당사에 한 번도 가본 적 없었으면서도 혐의를 벗지 못했다. 이드루스 무리아의 경우는 그가 크레텍 머르데카!에 빨간색 파피에 종이를 사용했다는 사실을 군이 알게 되면서 더욱 심각해졌다. 그것은 공산당의 상징색이었고 9.30 쿠데타[96] 당시 희생된 장군들이 흘린 피와 같은 색이었다. 이드루스 무리아는 일본군 강점기 당시 겪었던, 그래서 상자 속 깊숙이 묻어두었던 악몽이 말년에 이르러 다시 재

---

96 1965년 9월 30일 발생한 공산당 쿠데타. 이 쿠데타는 불과 며칠 사이 진압되었지만 곧 전국적인 공산당 사냥이 시작되어 1965~1966년 기간 중 최소 50만 명 이상이 학살당했다.

현되리라고는 꿈에도 생각하지 못했다. 그에게 가해진 고문은 깊이 봉인해두었던 20년 전 일본군 강점기의 악몽을 다시 일깨우는 열쇠였다. 이드루스 무리아와 정야 부녀의 운명은 수용소에 있는 동안 또 한 번 전환점을 맞았다. 정야가 크레텍 가디스 속의 크레텍 여인이란 사실이 알려졌기 때문이다. 라라 먼둣처럼 달콤한 침샘을 가진 여인.

정야와 이드루스 무리아를 체포할 때 제복을 입은 한 무리 중 건장한 남자 한 명이 있었다. 그는 원래 그곳에 상주하는 사람이 아니었다. 그날 그가 거기 있었던 것은 순전히 우연이었다. 사람들이 '상사님'이라 부르던 그는 수용자들의 면면을 자세히 살폈다. 그 젊은 상사의 시선이 정야의 얼굴에 꽂혔다. 그는 그녀를 취조실로 데려오라 명했다.

벌써 죽을 각오를 한 정야는 자신에게 무슨 일이 벌어지든 마음의 준비가 되어 있었다. 그녀는 이미 이 세상의 모든 것과 함께 두려움도 떨쳐낸 상태였다. 그런데 젊은 상사는 그녀에게 자기 얼굴을 잘 보라고 말했다.

"내가 누군지 기억나요?" 그가 물었다.

정야는 아무 말도 하지 않았다. 그녀는 그 청년을 기억했다. "슨톳?"

그 청년은 크레텍 부킷 클라파 주인의 아들로 그녀에게 청혼했다가 거절당한 적이 있었다. 그가 지금은 군인이 되어 있었다.

"당신은 공산당원입니까?"

정야는 고개를 저었다. "아니요…." 그녀는 나지막이 답했다. 눈물이 쏟아져 나왔다. 슨톳이 봉투를 하나 꺼냈다. "담배 태우겠소?" 그가 권했다. 정야가 봉투를 열자 그 안에는 파피에 종이와 잘게 썬 정향, 그리고 연초가 들어 있었다. 그 향기에 그녀는 잠시 자신의 집에 감돌던 공기를 느꼈다.

"당신은…, 크레텍 부킷 클라파를 피우지 않나요?" 다시야가 물었다.

"내가 더 이상 아버지가 만든 담배를 피우지 못하게 되었다면 믿겠어요?"

"무슨 일이 있었나요?"

슨톳은 정야의 질문에 어이없다는 듯 허탈하게 웃음을 흘렸다.

"내가 당신에게 청혼했던 날은 당신 아버님이 내게 당신이 만 팅웨를 권한 날이기도 했어요."

"맞아요. 난 그때 며칠 동안 담배를 말았고 내 손에 묻은 연초의 진을 모아 잘게 썬 정향과 스린틸을 섞었어요. 직접 팅웨를 말았죠. 그리고 파피에 종이에 침을 발라 마감했어요."

"그래요…, 그 이후 난 다른 담배를 피울 수 없었어요."

정야는 그가 하는 말을 믿을 수 없었다. "무슨 뜻이죠?"

"당신이 말아 준 그 팅웨는 다른 곳 어디서도 얻을 수 없었어요. 오직 당신만이 만들 수 있다는 걸 알았죠. 하지만 난 내 혀를 속여보려고 애썼어요. 내가 필 크레텍을 스스로 말면서 이번만은 당시 맛보았던 담배와 같은 맛이 나길 기대했죠."

정야는 슨톳의 대답을 듣고 미소 지었다. 그녀는 봉투를 열고 크레틱 팅웨를 한 개비 말았다. 그리고 파피에 종이에 침을 발라 마감했다. "당신 추억에 약이 되길 바라요." 정야가 그 팅웨를 슨톳에게 건넸다. 슨톳이 그것을 받으며 웃었다. 성냥에 댕긴 불이 팅웨의 끝을 태웠다. "맛은 분명히 다를 거예요. 내가 만드는 팅웨는 복잡하고 긴 과정을 거쳐야 하거든요. 하루 종일 담배를 말아 손에 크레텍 진을 묻혀야 해요. 그것도 크레텍 가디스로요. 거기 들어간 소스 혼합물이 맛을 더해주거든요."

"네, 다르죠…, 하지만 그 크레텍에 대한 그리움은 충분히 달랬습니다." 정야는 슨톳이 그 크레텍을 다 피우도록 방해하지 않았다. 그리하여 크레텍 팅웨를 꺼야 하는 시점에 슨톳이 말했다. "가정이지만 그때 당신이 내 청혼을 받아들였다면 지금 당신은 여기 있지 않았을 겁니다."

"알고 있어요."

"후회합니까?"

"아뇨, 전 사랑하는 사람이 있으니까요." 정야가 답했다.

“아, 그렇군요…, 그 사랑하는 사람은 지금 도주하는 중이 죠? 크레텍 아릿 메라를 만든 사람이죠? 당신이 사랑하는 사람이?”

정야의 눈에 금세 눈물이 차올랐다.

“난 믿습니다.” 갑자기 슨톳이 말했다.

“뭘 믿는다고요?” 정야는 혼란스러웠다.

“당신이 공산당원이 아니란 것을 믿습니다. 당신은 그저 사랑에 빠져 불행해진 여자일 뿐이에요. 당신이 여기서 나갈 수 있게 도와줄게요. 내가 하는 말을 그대로 따라야 해요, 할 수 있죠?”

정야는 잠시 믿을 수 없다는 눈초리로 그를 바라보았다. 하지만 곧 수긍하며 고개를 끄덕였다. 그때부터 슨톳 상사는 동료들에게 정야가 가디스 크레텍, 즉 크레텍의 여인이라 알렸다. 그녀는 군인들에게도 몇 대의 팅웨를 말아주었다. 그는 크레텍 머르데카!가 공산당과 관계없다는 사실을 설명하는 것도 빠트리지 않았다. 그것은 오래전 독립을 선언한 수카르노를 기념하기 위해 만들어진 크레텍이었다고. 그리고 붉은색을 사용한 이유는 국기인 홍백기에 쓰인 두 색상 중 하나를 선택한 것뿐이라고. 크레텍 머르데카!의 취지는 국민의 용기와 압제로부터의 해방된 기쁨을 고취하려는 것이었다고.

정야와 수라야의 결혼식이 열려야 했던 날을 하루 앞두고 그녀와 이드루스 무리아가 풀려났다. 기적…이었다. 그사이 정야의 동생 루카야는 사람들 시신의 코금자리가 되었다는 흉흉한 소문이 떠도는 페페강에 몰래 찾아가 아버지와 언니 시신이 떠오르진 않았는지 찾아보곤 했다. 이드루스 무리아의 석방 조건은 크레텍 머르데카!를 더 이상 생산하지 않는다는 것이었다. 크레텍 가디스의 생산은 허용되었다. 한편 정야에게는 수라야의 이름을 영영 묻어버려야 한다는 조건이 달렸다. 그를 전혀 알지도 못했고, 사랑은커녕 그 어떤 관계도 없었던 것으로 해야 했다. 그들은 정야를 풀어주면서 라라 먼듯의 화신인 그녀에게 주어진 축복의 재능을 낭비하지 말라고 당부했다.

정야는 이로써 공산주의자들과 연루되었다는 모든 혐의로부터 벗어났다. 그녀는 이제 비로소 온전한 자유를 되찾았다. 하지만 그녀가 수용소에서 풀려나 바깥세상에 첫발을 딛는 순간 아까까지만 해도 불타오르던 마음이 차갑게 식어버린 것을 깨달았다. 협박에 무릎 꿇어 사랑을 묻어버리고 말았다. 결혼 계획은 당연히 물거품이 되었다. 이젠 그녀와 수라야가 결코 합쳐질 수 없음을 정야도 인정할 수밖에 없었다. 하지만 그것조차 그녀가 감내해야 하는 고통의 아주 작은 일부에 지나지 않았다. 정말 괴로운 것은 그녀의 인생에서 추방되어버린 그 남자의 생사조차 알 수 없다는 사실이었다.

이드루스 무리아는 일생 중 두 번이나 억류되었다가 자유를 되찾았지만 해방되었을 때만큼 기쁘진 않았다. 그는 더 이상 젊지 않았다. 일본군 수용소에서 살아 돌아왔던 20여 년 전과는 달랐다. 아직 젊었던 그때는 일본군이 파괴한 것들을 재건해야 할 이유를 천 개도 더 댈 수 있었다. 하지만 이번에는 그러지 못했다. 기쁨을 만끽하기에 그는 너무 지쳐버렸다. 그가 아직 숨 쉴 수 있다는 것만으로도 감사해야 할 행운이었다. 그는 이제 뭔가 새로운 것을 일궈나갈 기력이 하나도 남지 않았다. 크레텍 머르데카!는 지난 수십 년간 그의 인생 자체였다. 그리고 지금 그 크레텍은 정말 우스꽝스러운 이유로 생산을 중단해야만 했다. 그의 건강도 조금씩 나빠졌다. 담뱃갑에 부착되어 세상으로 나가야 했을 크레텍 머르데카!의 상표들이 집에 쌓여 있는 것을 볼 때마다 그는 눈물을 흘렸다. 아내 루마이사가 그 상표들을 어쩔 수 없이 간직하기로 한 이유는 그래야만 남편이 온전한 정신을 유지할 수 있어서였다. 그리고 크레텍 가디스의 생산과 판매가 허용되었다고는 하나 그 후로도 몇 개월 동안 제대로 생산이 이루어지지 않았다. 첫째는 실종된 사람들이 페페강에 시신으로 떠오르던 엄혹한 정치적 상황 때문이었다. 둘째는 크레텍보다 각자 살아남는 게 더 우선이었다는 점이다. 실제로 전혀 연루되지 않은 이들조차 사건에 휘말릴지 몰라 전전긍긍했다. 셋째로는 이드루스 무리아의 가족 전체가 동면 상태에 들어갔기 때문이다. 그들은 아무것

도 하지 않고 그간 모아놓았던 것을 헐어 생계를 유지하는 길
을 선택했다.

〜〜

그 남자, 수라야는 턱수염을 짙게 기르고 허름한 옷을 입
고서 극도의 두려움에 떨고 있었다. 그는 M시의 공산당사에서
늘 만나던 친구가 페페강에 토막 난 시체로 떠오른 것을 보았
다. 그는 가능한 한 먼 곳으로 도망치기로 마음먹고 단 한 장
의 편지도 남기지 않은 채 정야로부터 멀어졌다. 그가 기어이
떠나려 한 것은 자신이 가장 사랑하는 여인 정야가 휘말리지
않고 끝까지 살아남기를 바라서였다.

도망 다니다 지쳐 정야가 못 견디게 그리워지던 끝에 그
가 어떤 냄새에 이끌려 도달한 곳은 연인을 떠올리게 하는, 연
초가 가득 쌓인 창고였다. 그는 높이 쌓인 무더기에서 연초 한
웅큼을 쥐었다. 그는 과거 정야가 좋은 연초와 나쁜 연초를 어
떻게 구별하는지 가르쳤던 것을 기억했다.

"눈이 보이지 않아도 좋아요. 하지만 후각과 촉각은 함께
사용해야 해요." 그때 정야가 그렇게 말했었다. 수라야는 정야
가 눈을 감은 채 섬세한 손길로 연초를 한 웅큼 집어 코끝 가
까이 가져가던 동작을 기억했다. 그녀는 연초의 향기를 음미

했다. 지금 수라야도 같은 동작을 따라 했다. 콧구멍으로 스며드는 연초 향기가 마치 크레텍의 여인을 그의 앞으로 데려올 것만 같았다. 창고 문이 열렸다. 그는 당장이라도 그녀가 거기서 나타나 손을 뻗으면 만질 수 있을 것 같았다. 유연한 그녀의 육체가 마치 말을 걸듯 움직이며 매혹적으로 아른거렸다. 수라야가 눈을 가늘게 뜨고 열린 창고 문 쪽을 바라보자 사람의 실루엣 뒤로 비치는 밝은 배경에 눈이 부셨다. 그 실루엣이 정야의 것이라 확신한 라야가 숨은 곳에서 나왔다. 그의 연인 정야가 그를 만나러 찾아온 것이다. 그러나 눈부심이 사라지자 다른 사람이 거기 있었다. 정야가 아니었다.

"당신, 누구예요?" 겁먹은 목소리로 물은 여인은 크레텍의 여인이 아니었다. 수라야는 정신이 나간 듯 그녀를 바라보았다. 조금 서운한 마음이 들었다. 왜 정야가 아니란 말인가.

"푸르, 누가 있니?" 갑자기 다른 사람, 한 남자의 목소리가 푸르라고 불린 여인에게 물었다.

"아빠, 여기 누가 있어요!" 푸르라는 이름의 소녀가 아버지에게 일렀다. 아버지라 불린 사람이 수라야 앞에 나타났다. 남자 역시 실루엣만 보였다. 수라야는 눈의 초점을 맞추려 애썼다. 그러나 그의 실루엣은 선명해지긴커녕 오히려 눈부심만 더해졌다. 수라야는 정신을 잃었다.

정신을 차렸을 때 수라야는 어느 방 안에 있었다. 아까 푸르라 불린 소녀와 푸르가 아버지라 부른 남자가 분명히 보였다. 기억을 되살려보니 몇 개월 전 M시에서 이 소녀를 만났다. 그때 정야가 크레텍 머르데카!와 크레텍 가디스의 경쟁사 집 딸이라고 소개했었다. 그녀는 크레텍 프로클라마시와 크레텍 자가드의 주인, 자가드 씨의 딸 푸르완티였다. 한편 아까부터 아버지라 불린 남자는 의심의 여지 없이 자가드 씨였다.

자가드 씨는 수라야를 불쌍히 여겨 도와주었다. 그는 페페강에 떠오른 시신들을 보고 억장이 무너져 결국 쿠두스로 완전히 이사해 살고 있었다. 그는 청년이 공장에서 계속 지내는 것을 허락했다. 처음에 단지 경비원 역할이었다. 다음에는 길링 작업자가 되어 크레텍 자가드를 말았다. 그다음에는 감독이 되었고 이후 그는 어렵지 않게 신뢰받는 보직에 올랐다. 자가드 씨는 수라야가 금방 마음에 들었는데, 그가 크레텍에 대해 많은 것을 알아서였다. 푸르완티는 정야보다 나이가 어렸지만 얼마간 정야를 떠올리게 했다. 물론 그녀는 크레텍에 대해 연인만큼의 열정을 가지고 있진 않았다. 하지만 그녀 역시 유력한 크레텍 사장의 딸이란 사실이 수라야로 하여금 정야에 대한 그리움을 자극했다. 사실 수라야는 푸르완티의 마음을 훔치려는 어떤 의도도 없었다. 하지만 그 소녀는 부지불식 중에 수라야를 마음에 품었다. 그녀는 열심히 일하는 그 청년을 좋아했다.

푸르완티는 다섯 남매 중 첫째였다. 네 명의 동생 중 둘은 여자였고 나머지 둘은 남자였다. 두 남동생은 아직 너무 어려 크레틱 일을 전혀 도울 수 없었다. 그래서 수라야가 온 후 푸르완티는 크레틱 일에 대한 이것저것을 믿고 시킬 만한 사람이 하늘에서 뚝 떨어진 것을 다행스럽게 여겼다. 그녀 자신도 평생 크레틱으로 컸고 크레틱에 대한 여러 지식이 있었지만 크레틱을 깊이 파고들 역량은 되지 않았다.

수라야는 푸르완티의 눈에 너무 자주 띄었고 푸르완티는 이제 그 청년으로부터 눈을 뗄 수 없게 되었다. 시간이 지나면서 그녀는 M시에서 처음 소개받았던 정야의 어떤 것에 라야 오빠—푸르는 그를 그렇게 불렀다—가 매료되었는지도 알게 되었다. 처음에 푸르완티는 라야가 정야를 얼마나 그리워하는지, 정야의 상황에 대해 얼마나 걱정하는지를 말해줄 때 그저 귀 기울여 듣기만 했다. 그러던 어느 날 그녀가 정색하며 이렇게 대꾸했다. "난 당신 얘기를 다 외울 정도예요. 이젠 싫증 났으니 더 이상 말하지 마세요. 다시는 듣고 싶지 않아요. 나라면 내가 사랑하는 남자에 대해 말하고 싶어도 당신에게 절대 얘기해주지 않을 테니까요."

"푸르, 그렇게 느꼈다면 미안해. 하지만 넌 뭐든 나한테 말해도 돼."

"안 돼요!"

"왜 안 돼? 말해도 돼!" 수라야는 미소 지으며 푸르완티의 얼굴을 들여다보았다. 그녀는 입을 꼭 다물고 아무 말도 하지 않았다. 하지만 그녀의 눈이 모든 것을 이야기하고 있었다. 푸르는 눈물을 참으며 수라야의 얼굴을 바라보다가 잠시 후 획 돌아서 자리를 떴다. 수라야는 그녀가 자신을 사랑한다는 것을 그제야 깨달았다.

⌒⌒

수라야는 자신이 어떻게 처신해야 하는지 잘 아는 영리한 청년이었다. 상사의 딸인 푸르의 마음을 다치지 않게 하는 방법도 알았다. 수라야는 다시는 정야의 이름을 입에 담지 않았다. 정야에 대한 그리움은 차라리 혼자 간직하는 편이 더 좋았다. 그는 단지 푸르완티와의 관계를 개선하려 노력했다. 그러나 시간이 지날수록 푸르는 그것을 수라야의 마음을 훔쳐도 된다는 신호로 여겼다. 천방지축 푸르완티가 수라야를 마음에 품고 매일 관심을 표시하는데 녹지 않을 남자가 없었다. 그는 멀리 떨어진 곳의 연인과 자신에게 완전히 푹 빠진 눈앞의 귀여운 소녀를 비교하며 저울질하기 시작했다. 상황이 완전히 안정되었다고 느낄 즈음 수라야는 비로소 용기를 내, 그러나 가명으로 정야에게 편지를 보냈다. 처음에는 자신의 근황을 전하며 정야의 상황을 묻는 정도였다. 정야가 자신이 붙잡혔던 시절 이야기를 충분히 했다고 여겼을 때 수라야는 이야기의 주제를 바꿨다. 사랑하는 사람이 새로 생겼다고 말한 것이다. 푸르완티는 그 편지들에 대해 알지 못했다. 그러던 어느 날 수라야가 그녀에게 입을 맞췄다. 수라야는 자신이 아직 정야와 편지를 주고받는다고 털어놓았다. 푸르완티는 불같이 화를 냈다. 그런 반응은 충분히 예상했던 것이었다. 그녀는 성격이 불안정해 문제가 벌어지면 화부터 냈다. 푸르완티는 결국 수라야에게 자기와 정야 중 한 사람을 고르라는 최후통첩을 했다.

푸르완티가 수라야에게 양자택일을 요구하며 화를 내던 날, 자가드 씨도 그를 자신의 부하 직원이 아닌 남자 대 남자로서 불러들였다. 수라야는 기시감을 느꼈다. 딸을 가진 한 명의 아버지로서 그에게 던진 모든 질문은 딸에 대해 얼마나 진지하냐고 묻는 것이었다. 이드루스 무리아가 몇 년 전 했던 말과 거의 같은 이야기를 자가드 씨로부터 들으며 그는 마치 자신이 구름 속에서 헤매는 듯한 느낌을 받았다. 그 역시 그때와 같은 열정, 즉 자신의 크레텍 브랜드를 장인의 도움에 온전히 매달리지 않고 스스로 만들어내겠다는 의욕을 품고 있었다. 그게 아니더라도 최소한 장인에게 얹혀사는 인간은 되고 싶지 않았다. 그는 미래의 장인이 가진 재력의 그늘 속에 머물고 싶지 않았다.

　수라야는 자신이 높은 몸값을 부르기에 충분한 크레틱에 대한 역량과 지식을 갖추었다는 사실을 자각하지 못했다. 그는 그 모든 것을 가르쳐준 정야와 이드루스 무리아에게 백번 감사해야만 했다. 그 결과 수라야는 자신을 자가드 씨와 동등한 동업자의 위치에 놓고 크레틱 자가드의 브랜드마저 크레틱 자가드 라야로 바꾸는 파격적인 합의까지 성공적으로 얻어냈다. 또 하나 간과할 수 없는 중요한 사실은, 명성이 높아지기 시작한 크레틱 회사의 사장으로서 영향력이 큰 자가드 씨가 수라야의 신분증에서 금지 단체의 활동 이력, 즉 OT 표시 정도는 얼마든지 지울 수 있는 충분한 재력을 가졌다는 점이었다. 그 두 글자는 신분증 소지자의 주홍 글씨와도 같았다. 이 일은 자가드 씨로서도 매우 중요했다. 그 청년은 이제 곧 자신의 딸 푸르완티와 결혼할 터였다. 만약 수라야의 신분증에 OT라는 글자가 붙는다면 자신의 가족들은 물론 크레틱 자가드까지 함께 휩쓸릴지도 몰랐다. 그 영향은 절대 적지 않을 테고 어쩌면 파산까지 각오해야 할 위협이었다. 그래서 수라야의 정체가 드러나려 하자 자가드 씨는 미래의 사위를 끌어내리려는 사람들의 입을 재빨리 틀어막았다. 돈을 사람들이 '락반'[97]

97　'박스테이프'라는 뜻.

이란 은어로 부르는 이유는 입을 틀어막을 때 놀라운 접착력을 과시하기 때문이다. 그로 인해 수라야는 다른 사람들과 같은 정상적인 삶을 살 수 있었다. 그는 정말 운이 좋은 남자였다. 그리고 나쁜 놈이었다.

14. 시가렛 걸

M시는 내가 머릿속에서 기억하던 모습 그대로였다. 낮은 건물들, 흰 페인트로 칠해진 집들과 오래된 목재 대문들. 단 하나뿐인 중앙통 대로는 도시가 시작하는 한쪽 끝에서 중심가를 거쳐 모든 사람이 모여들어 만나는 장소, 버스 터미널까지 쭉 이어졌다. '타페 크탄 코타 M'[98]이라고 쓰인 커다란 간판이, 다른 도시라면 그곳에 걸려 있을 '환영합니다' 광고판을 대신하는 듯했다. 시장통 가게들은 자카르타의 상점들처럼 롤링 도어를 내리지 않고 아직도 문 닫을 때 나무판을 하나씩 끼워 맞추는 옛날 방식을 유지했는데, 눈길을 끄는 것은 소금에 절여 숙성한 달걀처럼 모두 우윳빛 색상이고 설치할 때 순서가 틀리지 않도록 나무판마다 일련번호가 쓰였다는 점이었다. 특별한 냄새도 났다. 가랑비를 맞은 촉촉한 진흙 냄새. 내게 이 도시의 진흙 냄새는 시장통 길가에 세워둔 베착[99] 기사들 피우는 크레텍 담배 향과 언제나 섞여 있었다. 대로 왼편의 와직

98　'M시의 타페 크탄 찹쌀떡'이라는 뜻

99　페디캡. 자전거 앞에 좌석을 설치한 근세기의 유료 운송 수단.

뇨냐 팡 가게[100]는 과거 네덜란드 식민지 시대부터 수도사처럼 그 자리를 지킨 이정표로 M시의 역사를 지켜봐온 곳이다. 대로 오른편의 와직 뇨냐 웨엑은 새로 등장한 뇨냐 팡의 경쟁자인데 선물용 음식으로 요즘 주가가 치솟는 중이다. 그 옆에 붙어 있는 와직 유 웨엑은 와직 뇨냐 웨엑의 부부 공동 재산을 나누어 독립한 가게로 알려졌다. 똑같이 M시 특산의 타페 크탄을 파는 가게로, 건물 페인트 색도 같고 유리 진열장 위치도 같고 거기 진열된 녹색과 보라색 타페 크탄마저 모두 똑같다. 마치 내가 어렸을 때부터 어른이 된 지금까지 그곳 사람들의 시간은 거기 멈춰 있는 것 같았다. 그때나 지금이나 똑같은 사람들을 보고 있다는 느낌마저 들었다. 심지어 이 도시에 돌아올 때마다 고택에서 바 자가드를 만날 수 있을 거란 생각마저 들었다. KH. A. 달하르라는 이름의 대로에서 왼쪽으로 꺾어 들어가면 그 길 왼편으로 모래가 깔린 넓은 마당이 있는 집이 나온다. 망고나무 밑에 일부러 상자 모양으로 땅을 파놓았는데 거긴 쓰레기를 모으는 곳으로 주말이면 난 시간을 내 그 안에 모인 것들을 불태웠다. 넓은 테라스에서는 바쁜 손길로 담배를 말고 담배 끝을 잘라 다듬는 길링 작업자들과 바틸 작업자들의 그림자가 보였다. 바 자가드가 M시에 고용한 직원은

---

100 '팡 부인의 와직'이라는 뜻. 와직은 약과와 비슷한 음식이다.

쿠두스처럼 많지 않았다. 그들은 크레텍 프로클라마시를 만들었다. 이 크레텍 브랜드가 언제 마침내 생산을 중단할지는 알 수 없는 일이다. 어느 르바란[101] 연휴에 바 자가드를 방문했을 때는 집이 한산했다. 난 그때 비로소 그 집이 얼마나 큰지를 실감했다. 마음껏 뛰어다니며 있는 힘껏 소리를 질러댔는데 목소리가 메아리쳐 내 귓전을 가득 채웠다.

우리가 탄 차가 바 자가드 저택 앞에 섰다. KH. A. 달하르 거리는 전과 다름없이 경사지고 지면이 고르지 않았다. 중국계 아주머니가 운영하는 작은 가게도 여전했다. 그녀는 성냥이 유독 더 많이 든 유리 진열장 뒤에 앉아 있었다. 왜 그런지 모르지만 그녀는 남들보다 성냥을 더 많이 쌓아놓고 팔았다. 그중에는 규격이 작은 것도 있고 코통 음식 파는 집에서 즐겨 쓰는 큰 것도 있었다. 그렇게 파는 성냥들은 모두 두 개의 지구본이 그려진 같은 브랜드였다. 바 자가드 저택 마당에 멈출 때까지 우리가 탄 차에는 가게를 지키는 여인의 눈꼬리가 줄곧 따라붙었다. 그녀는 담배를 피우고 있었다. 그사이 나이가 더 들어 보이진 않았지만 참견하기 좋아할 나이인 두 살쯤 된 아이가 함께 있었다. 아마 손주인 모양이었다.

---

101 라마단 금식월이 끝나면 시작되는 이슬람 최대 명절. 일반적으로 1~3주 휴가를 보낸다.

바 자가드의 집도 변한 게 없었다. 고요함, 흰색 페인트칠, 망고나무까지도 전과 같았다. 열매는 없었고 낙엽 쓰레기만 잔뜩 떨궈놓았다. 독특한 형태의 문 앞에서 우리를 환영하던 바 자가드의 모습이 눈에 선했다. 문은 두 개로 갈라졌는데 대부분의 다른 집처럼 오른쪽 왼쪽으로 활짝 열리는 방식이 아니라 위아래로 분리된 형태였다. 바 자가드는 우리가 오면 문 위쪽을 열고 맞았는데 아래쪽 문은 여전히 자물쇠가 잠긴 채였다. 그가 밝은 표정으로 손을 흔들어 우리를 맞을 때 희미한 연기가 보였던 건 담배를 피우고 있어서였다.

우리는 차에서 내렸다. 내가 느릿느릿 기지개를 켜는 동안 트가르 형은 곧바로 그 두 개로 나뉜 문을 향해 걸어갔다. 문은 굳게 닫혀 있었다. 집은 썰렁했고 세라믹 타일 위에 쌓인 먼지만이 우리를 기다릴 뿐이다. 트가르 형이 문을 두드렸다.

"아무도 없나? 조용하네."

"관리인은 어디 간 거야?" 내가 물었다.

"관리인한테 미리 전화해놓지 않았어, 바스?" 트가르 형이 내게 물었다.

"내가 관리인 전화번호를 알 리 없잖아, 형."

"아… 널 믿어서는 안 되는 거였어! 그 중요한 전화번호를 네가 챙겼어야지."

"난 비서가 아니야!" 내가 퉁명스럽게 대꾸했다.

"쯧…! 됐어! 됐다고!" 카림 형이 끼어들었다. "내가 파이디한테 전화해볼게." 파이디는 바 자가드 저택의 관리 책임을 맡은 사람이다. 실제로 우리 셋 중 카림 형만 파이디 전화번호를 저장해놓았다. 그가 우리 중 가장 체계적으로 생각하는 사람이란 걸 고려하면 이상하지 않았다. 그렇지 않았다면 우린 밖에서 발이 묶인 채 무작정 기다려야 했을 테니 다행스러운 일이었다.

잠시 후 한 청년이 공손한 태도로 나타났다. 그는 순진무구한 미소를 지으며 우리에게 인사했다. 그는 아내를 시장에 데려다주느라 잠깐 집을 비웠다면서 우릴 기다리게 해 미안하다고 몇 번이나 사과했다. 알고 보니 파이디는 신혼이었다. 카림 형은 예의를 차리며 왜 자카르타에 있는 자신에게 연락하지 않았느냐 물었다. 그는 부끄러워하며 이곳 결혼식이라는 게 호화로움과는 거리가 먼 조촐한 것이어서 수라야 가족을 초대하기에 눈치가 보였다고 답했다. 그것 말고도 사실 초청장을 보낸다 한들 누가 초청하는 건지 우리가 제대로 기억이나 할까 싶었다고 말했다. 파이디의 해명에 난 조그맣게 킥킥웃었다.

"우리가 널 기억하지 못할 리 없잖아, 디." 카림 형의 말에 파이디가 환한 웃음을 지었다.

하지만 난 마음속으로 나라면 정말 초청장을 받았을 때

나를 초청한 파이디가 누구인지 기억하지 못했을 것 같다고 생각했다. 물론 카림 형이라면 이곳에서 허드렛일하는 사람들까지 다 기억할 게 틀림없지만.

나도 잠시 파이디에게 인사를 했다. 위아래로 열리는 문의 자물쇠에 녹이 슬어 어려움을 겪었지만 곧 문도 열렸다. 거기서는 아직도 바 자가드의 체취를 맡을 수 있었다. 마치 바 자가드 저택에 두껍게 쌓인 먼지 냄새와 뒤섞여 어쩌면 그곳에 아직 남아 있을지 모를 그의 영혼이 함께 떠도는 것 같았다. 파이디는 녹색을 띤, 즉 군복 색깔에 덮개까지 갖춘 구시대의 양철 잔에 차를 담아 우리에게 내왔다.

"파이디 씨." 내가 그를 불렀다. "네, 도련님?"

"어디 가면 크레텍 가디스를 찾을 수 있는지 아세요?" 파이디가 머리를 긁적였는데 가려워서 긁은 것은 아니리라 믿었다. "크레텍 가디스 말씀이죠, 도련님?"

"네."

"크레텍 브랜드인 거죠?" 파이디가 재차 물었다.

"맞아요!"

파이디가 웃음을 터트렸다. "이름이 웃기네요, 도련님."

"어디 가면 찾을 수 있는지 알아요?" 내가 같은 질문을 반복하자 파이디는 잠깐 생각하더니 고개를 저었다.

"모르겠어요."

우린 일단 나가서 시장의 작은 가게들을 둘러보기로 했다. 거기라면 있을지도 모른다. 몇 군데 가게를 다녔지만 크레텍 가디스를 알거나 들어본 사람은 아무도 없었다. 어쩌면 그 크레텍은 벌써 오래전에 생산을 중단했을 수도 있다. 그토록 많은 크레텍 브랜드가 뜨고 졌는데 크레텍 가디스 역시 크레텍 자가드 라야 가문의 역사 속에 우연히 잠깐 나타났다가 스쳐 지나간 것 중 하나일지도. 어쩌던. 어쩌면 말이다.

〰〰

어느새 밤이 내리고 귀뚜라미와 야행성 곤충 우는 소리가 바 자가드 저택을 가득 채웠다. 난 또다시 바 자가드가 이 집에 아직 사는 듯한 느낌을 받았다. 당시 그는 가끔 솔랏 기도[102]를 인도하거나 방문을 열고 짧고 느린 걸음걸이로 나오거나 뒤편 테라스에 앉아 지금은 방치된 분재들이 나란히 늘어선 것을 즐겨 보곤 했다.

"형, 성냥 있어?" 내가 카림 형에게 물었다.

"내 셔츠 주머니에 있어. 방에 들어가서 찾아봐."

---

102 이슬람 신자가 하루에 다섯 번 정해진 시간에 메카를 향해 드리는 기도를 가리킨다.

283

난 잠시 들어갔다가 도로 나왔다. "없어."

"떨어뜨린 모양이군." 담배의 절친인 성냥은 자주 행방이 묘연해지곤 한다. 성냥은 늘 여기저기로 모험을 떠나는 모양이다. 마치 누구든 내 불로 혼내주겠다고 큰소리치는 용맹스러운 깡패처럼. "나가서 사 와! 앞에 가게에서 팔더라."

"귀찮아. 파이디를 시키자."

"르바스, 너 이 자식…, 성냥 하나 사는 것도 귀찮아서 다른 사람을 시키라니." 트가르 형이 으르렁거렸다.

"도대체 왜 그래, 형. 이것도 안 된다, 저것도 문제다. 그냥 부엌에 가서 가스레인지로 불붙일래." 나는 투덜거리며 자리를 떴다. 트가르 형도 내게 '난 널 싫어해' 표정을 지어 보였다. 우리 두 사람은 늘 개와 고양이처럼 아웅다웅했다.

얼마 지나지 않아 난 다시 돌아 나왔다. "이제 보니 여긴 아직도 심지 곤로를 쓰네."

"그렇다면 오히려 성냥이 있는 게 정상이잖아?"

"이거 봐…." 난 다 썩어버린 성냥갑 하나를 들어 보였다. 이 집에서는 정말 일상생활을 할 수 없을 것 같았다.

"됐다, 그만하고 나가서 사 와!" 트가르 형이 명령했다.

내가 뭐라 받아치기도 전 카림 형이 순서를 가로챘다.

"자, 나랑 같이 앞에 나가서 성냥 사 오자."

나는 카림 형과 같이 밖으로 걸어 나갔다. 난 너무 쌀쌀할

까 봐 겉옷을 걸치고 걸으면서 고개를 들어 하늘을 올려다보
았다.

"와, 여긴 별들이 선명히 보이네." 저렇게 많은 별을 본 게
오래전이었으므로 매우 인상적이었다.

"자카르타엔 램프가 많잖아. 거기다 높은 건물들이 밤이
되면 모두 불을 밝히지. 그래서 밤하늘에 비치는 별빛이 밑에
서는 잘 보이지 않아. 여긴 확실히 다르네." 카림 형이 마치 자
연 과학을 가르치는 교사처럼 설명해주었다.

우린 가게에 도착해 즐비한 성냥들을 보았다. 가까이 가
서야 그 중국인 아주머니가 일상에 필요한 다양한 상품을 가
게 안에 늘어놓고 판다는 것을 알았다. 한편 앞쪽 유리 선반에
진열된 내용물들은 대부분 성냥이었고 몇몇 크레텍 담배가 보
였는데 그중에는 크레텍 자가드 라야도 있었다.

"성냥 한 갑 주세요, 아줌마." 아직 젊은 중국인 아주머니
는 상냥하게 응대하며 작은 성냥을 꺼내주었다. "큰 거로 주
세요." 그러자 중국인 아주머니가 큰 성냥을 꺼냈다. 내가 2천
루피아를 건네자 아주머니가 잔돈을 준비했다. "내 기억에 자
카르타에서는 이렇게 큰 성냥을 파는 곳이 없어, 그렇지?" 나
는 성냥갑을 들여다보며 그 안에서 성냥 한 개비를 꺼냈다. 가
게 아주머니가 크레텍 한 대에 불을 붙이는 것이 보였다.

"아줌마는 담배 뭐 피워요? 자가드 라야 맞아요?" 내가 녁

살 좋은 척하며 물었다.

가게 아주머니가 이미 뜯은 크레텍 담뱃갑을 들어 보였다. 그 크레텍은 낯설었다.

"브랜드가 뭐예요, 아줌마?" 카림 형이 물었다.

가게 주인아주머니가 앉은 자리에서 움직여 자신이 피는 크레텍 담뱃갑을 가지고 우리에게 다가왔다.

"이건 옛날 담배예요."

나와 카림 형은 그 옛날 담뱃갑에 그려진 여인을 보고 함께 브랜드를 읽었다. "크레텍 가디스." 나와 카림 형이 서로를 바라보았다. 가슴이 환희로 차올랐다.

"아줌마, 이건 공장이 어디예요?"

"공장?"

"네, 이 크레텍을 만드는 곳이요."

"그건 모르지."

"나 줄 수 있어요, 아줌마? 그 크레텍 말이에요." 가게 아주머니가 내 질문에 깔깔 웃음을 터트렸다. "그거 내가 사도 돼요? 네?"

"직접 사러 가세요." 주인아주머니는 마치 소중한 것을 지키려는 듯 자기 크레텍 가디스를 도로 가져갔다.

"어디로요?" 카림 형이 물었다.

"시장에 가봐요. 똑바로 가면 시장 끝에 오래된 가게가 있어요. 스자흐트라 쌀집 옆이에요.”

“곧장 가보자!” 내가 기염을 토했다.

“진작 문을 닫았을 시간이에요, 손님.” 아주머니가 막 불타오르는 내 열정에 찬물을 뿌렸다. 우리가 지금 자카르타가 아니라 M시에 있다는 걸 새삼 상기했다.

“그럼 내일 아침에 가면 되지.” 카림 형이 일정을 확정했다. 가게 아주머니는 자기 의자로 돌아가 앉아 크레텍 담배 연기를 뿜으며 우리를 향해 작게 미소 지었다. 우린 곧바로 바자가드 저택으로 돌아와 트가르 형에게 크레텍 가디스가 아직 있는 걸 확인했고 M시의 나이 든 사람들만 그걸 즐긴다며 잔뜩 흥분해 설명했다.

우린 아침 7시에 일어났다. 정확히 말하자면 트가르 형과 카림 형은 이미 일어나 있었다. 내 눈꺼풀은 자꾸만 감겼다. 당연했다. 사실은 밖에서 사람들 소리가 계속 들려 아주 눈을 뜨지 못할 정도는 아니었다. 파이디가 소 껍질로 만든 구득 크레첵[103]을 곁들인 부부르 러무[104]를 준비했다. 우리가 어린 시절 아침으로 먹던 죽이었다. 트가르 형이 파이디에게 날 깨우

---

103 크레첵은 소 껍질을 칠리 소스로 튀겨 쫄깃하고 고소한 맛을 내며, 어린 잭푸르트 과육을 주재료로 한 구득과 곁들여 먹는 중부 자바의 대표적인 음식이다.

104 소고기로 맛을 낸 죽.

라고 말하는 소리를 듣고 난 재빨리 움직여 샤워를 마쳤다.

우린 어제 가게 아주머니가 가르쳐준 대로 시장 끝의 작은 가게를 찾아갔다. 이정표인 스자흐트라 쌀집부터 찾아보았다. 문제는 우리가 찾은 그 가게가 전혀 가게처럼 보이지 않는다는 것이었다. 오래된 물건들을 잔뜩 쌓아놓은 곳이었는데 특유의 향이 풍겨 나왔다. 베틸넛[105]과 시리 잎이 쌓여 있어 난 시리 잎을 주로 파는 가게라고 생각했다. 가게 안에는 나이 든 중국인 남자 한 명이 있었다. 아니, '나이 들었다'라는 묘사는 적절하지 않았다. '오래되었다'라는 말이 훨씬 정확한 표현일 것 같았다. 물건으로 치면 고대의 도자기 유물. 바다 밑바닥에 장구한 세월 동안 잠겨 있던 중국 도자기처럼. 난 그의 얼굴에서 그가 살아온 일생을 다 읽을 수 있을 것만 같았다. 그의 눈을 보았지만… 눈을 떴는지 감았는지조차 분간이 되지 않았다. 설령 눈을 뜬 것이라면 정말 앞이 보이는지, 아니면 백내장에 먹혀 완전히 장님이 되었는지도 알 수 없었다. 그 중국인 남자는 미동 없이 앉아 있었지만 아무래도 가게를 지키는 듯했다.

그 남자의 대머리에는 반점이 가득했다. 머리털이 한 올

---

105 '빈랑자'라고도 불리는 빈랑나무의 열매. 성질은 따뜻하나 맛은 맵고 쓰다.

만 남아 언젠가 필연적으로 빠질 날을 기다리고 있었다. 인간 유물임을 증명이라도 하듯 정말로 딱 한 가닥 뿐이었다. 그는 민소매 셔츠만 입은 채였고 앉은 곳 가까이에 지팡이가 놓여 있었다. 파리 한 마리가 그의 기름기 번들거리는 눈과 축 처진 눈 밑 자루 가까이에서 앵앵거렸지만, 굳이 쫓지 않았다.

"물건 좀 살게요." 내가 그를 툴렀다. 하지만 그 중국인 남자가 전혀 반응하지 않았으므로 우린 서로 바라보며 혹시 그가 앉은 채로 죽은 게 아닐까 걱정하기 시작했다.

"툼바스." 이번에는 트가르 형이 잘 들리도록 일부러 굵은 목소리로 말했다. 물건 좀 사겠다는 자바어였다.

그러자 갑자기 중국계 청년이 나타났다. 그는 아마도 저 골동품 노인의 아들인 것 같았다. 아, 아니…, 손자나 증손자인 것 같았다.

"툼파스 노포?" 그는 뭘 사겠냐고 공손하게 물었다. "수루?"[106] 그는 우리가 시리를 사러 왔다고 생각했다. "사네스, 툼파스 크레텍 가디스." 우린 시리를 사러 온 게 아니라 크레텍 가디스를 사고 싶다고 말했다.

"크레텍 가디스?"

"네, 그거요." 트가르 형이 고개를 세게 끄덕였다. "크레텍

---

106 수루는 시리를 가리키는 자바 방언이다.

가디스, 팔죠?"

중국인 청년이 골동품 노인에게 다가갔다. "바 우웃, 크레텍 가디스요?" 그가 골동품 노인에게 '바 우웃'이라 부르는 것을 보니 증조할아버지가 맞았다.

그러자 깜짝 놀랄 일이 벌어졌다. 그 골동품 노인이 움직이기 시작했다! 그런데 어어엄처어엉나게 느렸다! 그가 일어난 등나무 의자는 이미 좌석 가운데 부분이 내려앉았다. 그가 일어날 때 의자에서 뭔가 부러지는 듯한 소리가 났는데, 그것은 의자도 거기 앉았던 사람 못지않게 망가진 상태임을 증명했다. 나와 트가르 형, 그리고 카림 형은 계속 놀라는 중이었다. 노인의 머리에 편안히 앉아 있던 파리가 달아나버렸다. 파리도 우리만큼이나 놀란 모양이다. 노인은 몸을 돌려 상품들이 널린 한쪽 구석으로 천천히 움직였다. 청년이 노인을 도와 그가 가리킨 구석을 뒤지더니 마침내 크레텍 가디스를 발견했다. 청년은 거기서 크레텍 가디스 한 갑을 꺼내 트가르 형에게 내밀었다.

"상자째 다 살 수 있을까요?" 내가 물었다. 하지만 트가르 형이 급히 내 말을 잘랐다.

"한 상자를 어디다 쓰려고?"

"뭐, 어때. 기념품으로 사는 거지."

"우리가 놀러 온 줄 알아?!" 트가르 형이 눈썹을 치켜세웠다. “이거 한 갑만 주세요.” 중국인 청년은 여전히 친절했다.

“얼마예요?” 트가르 형이 물었다.

“할아버지, 가격은요?” 골동품 노인은 작은 백묵을 집어 들더니 파킨슨병 때문에 덜덜 떨리는 손으로 나무 책상 위에 숫자를 한 줄 적었다. “4,500.” 청년이 골동품 노인이 쓴 숫자를 읽었다.

크레텍 가디스의 소비세 인지에는 열 개비에 3,500루피 아라고 적혀 있었다. 그들이 상당한 이윤을 붙인 것이지만 그걸로 큰 부자가 될 정도는 아니었다. 나는 크레텍 가디스를 손에 들고 제조사 이름을 읽었다. ‘기드루스 무리아, M시-인도네시아 제조.’

“이 크레텍은 여기에서 만든 건가요? 공장이 어딘지 아세요?”

중국인 청년은 어깨를 으쓱해 보였다. “혹시 할아버지가 아실까요?” 청년이 증조할아버지에게 다가가 귀를 갖다 댔다. 그의 목소리가 한 무리의 길 잃은 벌떼처럼 앵앵 흘러나왔다. “말씀하시길 크레텍 가디스 공장은 더 이상 M시에 없대요.” 청년은 그렇게 말한 뒤 골동품 노인에게 다시 귀를 갖다 댔다. “…지금은 마글랑에 있대요.”

“마글랑이라고요?”

“마글랑, 정말이죠?”

"증조할아버지께서 그렇게 말씀하셨어요."

우리가 탄 차가 이번에는 마글랑을 향해 달렸다.

⮑⮑

한 시간도 안 돼 우린 그 도시에 도착했다. "그런데 크레텍 가디스 공장을 도대체 어디서 찾을 수 있다는 거지?" "여기 사람들에게 물어보자. 아는 사람이 있을지 몰라." 내가 길가의 한 가게를 가리키자 카림 형이 가게 옆에 차를 세웠다. 나는 차에서 내려 물을 한 병 사면서 말을 걸었다. 크레텍 담배들이 작은 진열장 안에 늘어서 있었다. 크레텍 가디스도 진열되어 있었는데 공교롭게도 크레텍 자가드 라야 바로 옆자리였다. 이 도시에서는 크레텍 가디스를 더 쉽게 구할 수 있는 모양이었다. 아마 이곳이 이 크레텍의 산지이기 때문이리라. 나는 크레텍 가디스를 가리켰다. "크레텍 가디스도 같이 주세요. 아주머니."

"우리 동생은 여기 사람이 아닌 모양이네?"

"네, 자카르타에서 왔어요."

"와, 멀리서 왔네."

"어떻게 알았어요?"

"이곳 사람이라면 반드시 자바어를 썼겠지. 크레텍 가디스를 살 리도 없고." 아주머니가 웃으며 말했다.

"그래요?"

"그래, 그 크레텍은 옛날 사람들이나 피우는 거야."

"오…, 아주머니, 혹시 공장이 어디인지 아세요?"

"여기 멀리까지 크레텍 가디스 공장을 보러 온 거야?"

"네." 난 씩 웃었다.

"저 길로 쭉 가면…, 논에 삼거리가 나와. 동생은 오른쪽으로 가면 돼. 쭉 가다 보면 오른쪽에 모스크가 세워진 집을 만날 거야. 바로 거기야."

난 순식간에 정색했다. "정말이죠, 아주머니? 거기가 크레텍 가디스 공장이라고요?"

"맞다니까."

우린 신나서 바로 차에 올랐다. 차 안에서 우리 모두 참 공교롭지 않을 수 없다고 생각했다. 마침 가게 아주머니가 크레텍 가디스 공장이 어디인지 알았고 거리도 멀지 않았으니 말이다. 우리는 가게 주인이 가르쳐준 길을 따라 달렸다. 꽤 넓은 마당을 가진 고즈넉한 집 한 채가 나타났다. 그 옆의 모스크도 보였다. 그 집 앞에는 'PR 이드루스 무리아'라는 글씨와 그 위에 크레텍 가디스 로고가 새겨진 간판이 붙어 있었다. 우리는 차에서 내렸다. 모스크에서 한 아름다운 소녀가 밖을 내다보더니 계단을 타고 내려왔다. 그녀의 손에는 아직 단정히

개지 못한 무크나[107]가 들려 있었다.

“아살라무알라이쿰.” 카림 형이 인사를 건넸다.

“와알라이쿰살람.[108] 누구세요?”

“나는 카림이라고 해. 이쪽은 내 형인 트가르 씨, 그리고 내 동생 르바스야.”

“뭘 도와드릴까요?” 소녀가 공손하게 물었다.

“우린 정야를 만나려고 여기까지 왔어.”

“오, 정야요. 잠깐만요. 들어오세요.”

우리 셋은 거실로 들어섰다. 죽어가는 아버지가 애타게 불렀던 여인, 정야를 실제로 만날 수 있다는 게 믿어지지 않아 우리의 감정은 들끓었다. 벽에는 색이 바랜 중년의 남자 얼굴 사진이 한 장 붙어 있었다. 아마 그가 이드루스 무리아일 것이다. 책상에도 두 어린 소녀 사진이 놓였는데 적갈색으로 바래 있었다. 사연이 담긴 오래된 사진들. 아까의 소녀가 들어오고 뒤이어 중년의 여성이 나타났다. 정야였다.

“네? 나를 찾으셨다고요?”

우리는 서로를 돌아보았다. 무척 평범한 아줌마의 얼굴을 한 그 여인은 대략 그들의 어머니와 비슷한 나이로 보였다.

107　무슬림 여성이 기도할 때 입는 머리까지 덮는 긴 옷.

108　이슬람식 인사인 아살라무알라이쿰에 대답하는 인사.

"정야이신가요?"

"맞아요, 내가 정야예요."

"우리 아버지가 정야를 만나고 싶어 해서 당신을 찾아왔어요."

"당신들의 아버지? 누구시죠?'

"라야 씨예요."

정야는 잠시 기억을 더듬었다. "라야 씨? 수라야?"

"맞아요!" 흥분한 우리 셋이 동시에 대답했다.

"크레텍 자가드 라야를 운영하시는 그 수라야 말이죠?"

"네!" 우린 더욱 흥분하며 또다시 동시에 답했다.

정야가 미소를 지으며 앉았다. "여러분이 찾는 사람은 내가 아니에요. 내 언니예요. 언니도 정야라고 불렸죠. 본래 다시야라는 이름이었어요. 나는 루카야라고 합니다. 우린 둘 다 정야라 불렸죠." 그 대답에 우린 다리에 힘이 풀렸다. "라야 씨는 지금 어디 계신가요?"

"자카르타요. 많이 아프세요. 정야를 만나고 싶다 하셨어요. 정야, 그러니까 언니이신 정야가 어디 계신지 알려주실 수 있나요?" 트가르 형이 빠른 말투로 물었다.

"잠깐만요, 당신 이름이 뭔가요?"

"트가르입니다. 라야 씨의 장남입니다."

"아룸(Arum)." 정야가 소녀를 불렀다.

“네, 엄마?”

“차를 석 잔 내오거라.” 아룸이라 불린 소녀가 차를 타러 뒤편으로 들어갔다. 그러자 정야가 이야기를 시작했다. “난 아직도 라야 씨를 처음 만났던 날을 기억해요⋯.”

“⋯수라야는 자유로운 영혼을 가진 청년이었어요. 그는 자신의 모험 이야기로 내 언니의 마음을 사로잡았어요. 난 언니가 라야 씨에 대해 이야기할 때마다 눈을 반짝이던 것을 기억해요. 모든 것이 순조로웠고 우리 아빠, 이드루스 무리아도 그들을 축복해주었어요. 그러던 어느 날 라야 씨가 공산당에 연루되었죠.

공산당이 끊임없이 사람들을 모으고 그들의 선전물이 전국 구석구석까지 전파되던 당시 라야 씨가 공산당으로부터 돈을 받아 그들의 크레텍 브랜드를 만들었다고 해요. 그는 그 크레텍을 참 아릿 메라라고 이름 지었어요. 9.30 쿠데타 사건 이후 전국에서 공산당 사냥이 시작되었을 때 라야 씨도 휩쓸렸어요. 누가 크레텍 아릿 메라를 만들었는지 모두 알았었거든요. 크레텍 담뱃갑에 ‘M시, 수라야 제품’이라고 적혀 있었기 때문이죠.

라야 씨는 당시 자신이 공산당의 정치 활동과 아무런 관련이 없다고 강력히 주장했지만 결국 손쉬운 사냥감이 되어버렸어요. 그의 이름은 척결 대상 명단 맨 앞에 올랐죠. 라야 씨는 살아남기 위해 M시를 떠날 수밖에 없었어요. 그러자 내 언니 다시야도 사냥감이 되고 말았어요. 내 아빠, 이드루스 무리아도 잡혀갔고요. 크레텍 가디스보다 먼저 나온 크레텍 머르데카!까지 공산당 담배라는 혐의를 받았어요. 거기 사용된 파피에 종이가 피 색깔, 공산당의 모든 상징물에 압도적으로 쓰이던 빨간색이라는 이유였어요. 하지만 크레텍 머르데카!는 누가 뭐래도 아빠가 해방 당시에 만든 거예요. 정당들 그 어디와도 아무 관계가 없었어요.

아버지는 크레텍 머르데카! 생산을 중단하겠다고 약속한 뒤에야 간신히 풀려났어요. 한편 언니는 크레텍 가디스 속 '크레텍의 여인'이라고 널리 알려져 목숨을 건졌어요. 언니가 말아 침을 발라 마감한 크레텍 팅웨의 맛이 유명했거든요. 그들이 돌아온 건 정말 운이 좋아서였어요. 그 후 한동안 우리는 크레텍 담배를 단 한 대도 말지 못했어요. 생산해도 좋다고 허락받은 크레텍 가디스조차 만들지 못했어요. 우리 가족은 아빠와 언니가 잡혀간 후 살아남기 위해 정말 조심에 조심을 다했어요. 우린 아버지가 모은 돈을 쓰면서 하루하루 살아갔죠.

다시야 언니는… 난 언니를 볼 때마다 너무 슬펐어요. 먹는 것도 마실 것도 내키지 않아 몸이 말라만 갔어요. 라야 씨 생각에 어찌할 바를 몰랐어요. 그가 어디 있는지 묻고 싶었지만 감히 그 이름을 입에 올릴 용기가 나지 않았어요. 그를 찾아 나섰다가 언니도 공산당 연루 혐의를 받을까 봐 두려웠어요. 그러다가 9.30 쿠데타가 벌어진 지 거의 1년이 지나서야 쿠두스로부터 편지가 한 통 왔어요. 알고 보니 라야 씨가 거기 살고 있었어요. 그 편지가 언니에게 희망을 주었어요. 최소한 이제 자신의 정인이 무사하다는 걸 알게 되었으니까요.

언니와 라야 씨는 편지를 주고받았어요. 거기서 라야 씨를 숨겨준 사람이 여러분 할아버지인 자가드 씨라는 사실을 알았죠. 자가드 씨는 M시에서 크레텍 프로클라마시를 생산하기 시작했어요. 하지만 이후 쿠두스로 옮겨 사업을 키웠죠. 라야 씨는 의도적으로 자가드 씨에게 접근해 도움을 청한 것 같아요. 이상한 일이 아니죠. M시에 있을 때부터 서로 알고 지낸 것이 분명해요. 라야 씨가 우리 아빠의 오른팔이었다는 걸 기억하세요. 아빠나 언니가 자가드 씨와의 사업적 경쟁 관계에 대해 어느 정도 이야기해주었을 거예요. 얼마 지나지 않아 라야 씨는 자가드 씨가 동업을 제안해 새로운 브랜드를 생산하기로 했다는 소식을 전해왔어요. 그걸 들은 언니는 기뻐했죠. 하지만 라야 씨는 감히 쿠두스에서 나올 엄두를 내지 못했어요. 자가드 씨에게서 멀어지면 아무런 보호도 받지 못할 테니 두려웠던 거예요. 그 당시 정부에서는 여전히 공산당과 연루된 사람들을 철저히 찾아다녔어요. 그들의 아내와 아이들조차 한번 휩쓸리면 무사하지 못했어요. 언니는 라야 씨의 안전을 위해 모든 것을 긍정적으로 받아들이기로 했죠.

얼마 후 크레텍 자가드 라야가 M시에서도 판매되기 시작했어요. 우린 그걸 어디에서나 볼 수 있었어요. 나도 언니를 위해 한 갑 샀죠. 하지만 얼마 지나지 않아 언니가 눈물을 흘렸어요. 왜 그러냐고 묻자 언니는 기뻐서 우는 거라 말했어요. 라야 씨가 정말로 크레텍 사업가가 되어 자기 브랜드를 만들었기 때문이라고요. 하지만 난 그보다 더한 이유가 있을 거라 생각했어요. 아니나 다를까, 언니가 편지를 한 장 꺼냈어요. 라야 씨가 언니와의 관계를 정리하겠다며 사과를 구하는 내용이었어요. 그는 안전을 위해 언제가 될지 기약도 없이 계속 쿠두스에 머물러야 한다고 했어요. 그리고 자기 잘못을 인정했어요. 그곳에 있는 동안 자신의 공허함을 채워주고 자신의 모든 문제에 귀 기울여주는 여인을 만났다고요. 그는 자가드 씨의 장녀, 푸르완티와 결혼할 거라고 했어요. 편지는 장황한 사과의 말로 끝났어요. 사실은 언니를 여전히 사랑하지만 상황이 허락하지 않는다는 변명과 함께요. 라야 씨는 푸르완티와의 결혼식 날짜를 적었는데 그게 이틀 후였어요. 언니는 내가 그 편지를 다 읽은 후에도 오랫동안 목 놓아 울었어요.

난 언니에게 그 결혼에 대해 어떻게 할 거냐고 물었어요. 언니는 아무것도 하지 않겠다고 답했죠. 언니는 라야 씨가 안전하길 바랐고, 그에 더해 라야 씨가 행복하길 바랐어요. 언니는 눈물을 흘리면서도 미소를 지어 보이려 애썼어요. 난 크레텍 자가드 라야 담뱃갑을 열어 언니에게 한 대 권했어요. 담배를 피우면 마음이 조금 진정된다는 걸 잘 알았거든요. 언니가 한 개비를 꺼내자 내가 성냥을 그어 크레텍에 불붙이면서 말했어요. 화를 내고 싶으면 내라고요. 그런데 한 모금을 다 빨기도 전 갑자기 언니가 정색하며 눈물을 닦았어요. 그런 다음 일어나더니…, 피우던 크레텍을 바닥에 내동댕이치더군요. 담배가 언니에게 용기를 북돋아준 것 같았어요. 그러고는 라야 씨를 찾아가 뺨을 갈기고 싶다고 단호히 말하더군요.

그날 오후 언니는 바로 짐을 챙겨 쿠두스로 가기 위해 M시의 터미널로 향했어요. 나와 아빠, 엄마 모두 말렸지만 언니 고집을 꺾지 못했어요. 이틀 밤을 자고 돌아오는 짧은 일정이었어요. 언니는 정말 쉬지도 않고 시간을 아껴 움직이려는 것 같았죠. 언니는 곧바로 라야 씨를 만난 후 믿을 수 없는 이야기를 가지고 돌아와 머리끝까지 흥분하면서 그 이야기를 우리에게 들려줬어요. '그들 결혼식 날에 내가 수라야의 이마를 등유 램프로 찍어버렸어.' 그렇게 말한 언니는 숨이 넘어갈 듯 웃음을 멈추지 못하면서도 하염없이 눈물을 흘렸어요. 승리감에 도취되었지만 동시에 슬펐던 거죠. '결혼식이 정말 볼 만했을 거야. 이마를 꿰매고 붕대를 감아야 했을 테니.'

그다음 날부터 언니는 다시 크레텍 가디스를 활기차게 만들었어요. 모든 길링 작업자와 바킬 작업자를 다시 불러들여 일을 시작했죠."

우리는 그 이야기를 들으며 할 말을 잊었다.

"그래서, 정야는 지금 어디 계서요?" 카림 형이 물었다.

"정야, 그러니까 당신들이 찾는 내 언니 다시야는…, 아기를 낳다 죽었어요."

"죽었다고요?"

"죽었다니요!"

우여곡절 끝에 먼 길을 찾아왔지만 결국 얻은 것은 우리가 찾던 정야가 이미 오래전에 죽었다는 소식뿐이었다.

나는 카림 형한테 속삭였다. "정야가 알고 보니 두 명인 거잖아. 그렇다면, 형?" 카림 형은 우리 눈앞의 정야 눈치를 보며 침묵을 지켰다.

"그럼 1번 정야는 누구랑 결혼한 거예요?" 내가 물었다. 그녀의 언니를 '1번 정야'라고 부르는 것을 듣고 정야가 웃었다. 그럼 자신은 '2번 정야'라는 의미였다.

"수경이라는 좋은 남자와 결혼했죠. 그때 언니는 30대, 정확히는 서른두 살이었어요. 난 언니보다 9년 먼저 결혼했고요. 언니의 결혼 생활은 불과 1년뿐이었어요. 1년 후 언니가 출산하면서 죽고 말았으니까요." 정야, 즉 루카야가 설명했다.

"제가 정야의 딸이에요. 다시야의 딸…." 아까부터 조용히 있던 아룸이 갑자기 입을 열었다. "이 아이의 이름은 아룸 층케랍니다." 정야가 말했다.

아룸 층케…, 정향의 향기라는 뜻이다. "좋은 이름이구나." 내가 그렇게 말하자 칭찬을 들은 아룸이 날 향해 미소를 지었다. 트가르 형이 남몰래 눈동자를 위로 굴렸는데 이런 상황에서도 내가 소녀에게 추파를 던진다고 생각하는 게 틀림없었다.

"난 이 아이의 이모예요. 하지만 이 아이를 내 딸로 키웠어요. 내 자식들은 모두 남자아이거든요." 정야가 말을 받았다. 아룸은 우리 셋 모두에게 미소를 보였다. 아름다운 소녀였다. 난 1번 정야도 이 소녀 못지않게 아름다웠을 거라고 생각했다.

우린 인사를 하고 그곳을 물러 나왔다. 하지만 난 아룸과 짧게 이야기를 나누며 휴대폰 번호를 교환했다.

"젠장, 르바스, 저 자식!" 트가르 형이 짜증을 내며 낮게 중얼거렸지만 다 들렸다. 하지만 난 못 들은 척하며 아름과 이야기를 계속했다.

카림 형의 휴대폰이 울렸다. "엄마 전화야." 그가 전화를 받았다. "네, 엄마?"

"카림, 너희들 당장 돌아오거라. 아버지가 위독해." 어머니의 목소리가 휴대폰 밖으로도 들렸다. 어머니는 어쩔 줄 몰라 거의 소리를 지르고 있었다. 그리고 머지않아 전화 통화가 끝났다.

서로를 바라보는 우리 얼굴에 근심이 가득했다. 우리는 최대한 빨리 족자로 가, 거기서 우리를 자카르타로 데려다줄 가장 빠른 비행기를 탔다.

15. 아룸 층케

아버지가 죽어가고 있었다. 인생의 마지막에 다다라서도 아버지는 여전히 정야의 이름을 중얼거렸다. 나흘 전과 달리 우리, 아들들은 이제 정야가 진작 세상을 떠났다는 것을 알게 되었다.

어쩌면 과거에 사랑하던 여인을 일방적으로 버렸다는 죄책감에 이끌린 그녀의 유령이 그 당시의 얼굴을 하고서 지난 며칠 동안 이곳에 와 머물고 있는지도 몰랐다. 엄마는 여전히 강렬한 질투심에 사로잡혔으면서도 위독한 남편이 얼마 후면 세상을 떠날 것이란 사실에 슬퍼했다. 나는 엄마가 우는 것을 보았다.

"엄마…." 카림 형이 엄마에게 말을 걸었다. 난 엄마와 카림 형에게 가까이 다가가 그들의 대화를 들었다. 엄마는 애써 감정을 추스르는 것 같았다.

"어떻게, 만나봤니?"

카림 형은 고개를 저었다.

"정야는 이미 세상을 떠났어요, 엄마."

엄마는 놀란 기색이 역력했다. 엄마는 카림 형의 얼굴을 들여다보면서 다시 물었다. "죽었다고?"

"네." 형이 찬찬히 설명했다. '…우리는 마글랑까지 찾아갔어요. 하지만 오래전 세상을 떠난 후였어요."

엄마는 다시 눈물을 흘렸다. 이번만큼은 나도 그 눈물의 의미를 해석할 수 없었다. 어쩌면 정야가 이미 죽어 실망했는지, 아니면 안도했는지, 그것도 아니라던 아버지가 잠시 후 먼 길을 떠나 그곳에서 정야를 만나리란 생각에 화가 치밀었는지도 몰랐다.

"엄마…, 정야는 아버지의 옛 연인이었죠, 그렇죠?" 카림 형의 질문에 엄마가 고개를 끄덕였다. "정야가 엄마 결혼식에 찾아와 아버지를 등유 램프로 때렸다는 게 사실이에요?" 엄마는 또다시 고개를 끄덕였다.

"그 여자는 질투심에 정신이 나가 있었어." 엄마가 흐느끼면서 말했다. "…왜냐하면 너희 아빠가 그 여자가 아닌 날 선택했으니까." 엄마는 정야를 '그 사람' 혹은 '그 여자'라 부르며 결코 정야라는 호칭을 입에 올리지 않았다.

간호사가 갑자기 우리를 불렀다. 우린 서둘러 방 안으로 들어갔다. 트가르 형이 아버지에게 위대한 알라의 이름을 속삭이며 마지막 기도를 인도하고 있었다. 그리고 얼마 지나지 않아 아버지의 목에서 코골이 소리 같은 게 들렸다.

그것이 아버지의 마지막 호흡이었다. 아버지는 그렇게 세상을 떠났다.

⌒⌒⌒

아버지의 죽음은 큰 뉴스가 되었다. 수라야, 크레텍 자가드 라야 왕국의 주인이 세상을 떠나다. 고인의 목욕, 장례 기도, 매장 등 모든 것이 순식간에 진행되었다. 트가르 형은 가문의 대변인이자 크레텍 자가드 라야 기업의 차기 총수로서 끝없이 이어지는 언론의 인터뷰 요청에 응해야 했다. 크레텍 자가드 라야는 하나의 왕국이었고 그 왕좌가 황태자인 트가르 형에게 물려졌다는 것을 이제 모르는 사람이 없었다.

나 역시 아직 상중인 가문의 셋째 아들에게 따라붙는 언론의 끈질긴 인터뷰 요청을 피해 잠시 숨을 돌렸다. 물론 내 이름은 귀신들 이름을 제목으로 차용한 B급, C급 영화를 취미로 찍는 스크린 뒤편의 인물로 더 알려졌다. 난 카메라와 친숙한 사람이었지만 그 앞에 서는 것은 좋아하지 않았다. 난 막후가 어울린다. 난 끊이지 않는 조문객의 북적거림을 피해 잠시 어딘가 고즈넉한 곳을 찾기로 했다.

벌써 이틀 동안 씻지도 못했고 옷도 갈아입지 못했다. 지난 이틀은 마치 꿈이라도 꾸는 듯 빠르게 지나갔다. 2번 정야를 만났고 시간의 커튼을 걷어 아버지의 과거를 들여다보았고 아버지가 결국 돌아가셨다. 주머니에 손을 찔러 넣으니 익숙한 물건이 손에 잡혔다. 크레텍 담뱃갑이었다. 난 내가 늘 피우는 자가드 라야 브랜드일 거라 생각했는데 아니었다. 크레텍 가디스가 나왔다. 아, 그렇지…, 크레텍 가디스 만드는 곳이 어딘지 물으면서 샀던 것이 생각났다. 난 이 담배가 노인들이나 찾는 크레텍이라고 한 가게 주인의 말을 기억하며 미소 지었다. 나처럼 젊은 사람들은 피우지 않는 담배. 난 크레텍 가디스를 뜯어 담배를 한 대 꺼낸 후 M시에서 산 큰 성냥으로 불을 붙였다. 그러고는 한 모금을 깊이 빨아들였다. 그리고…, 눈이 번쩍 뜨였다. 난 다시 한 모금을 더 빨아 재확인했다. 맞아! 절대 틀릴 리 없어.

난 은신처에서 뛰어나와 아직도 기자들에게 둘러싸인 트가르 형을 찾았다. 애써 기자들 사이를 파고들었다. "형…, 할 말이 있어."

"잠깐만." 트가르 형이 속삭였다.

"지금, 형!"

"잠깐만!" 속삭이는 소리가 단호하기 그지없었다. 난 어쩔 수 없이 기다려야 했다. 난 기다리다 못해 또 한 개비의 크레텍 가디스에 불을 붙였다. 마침내 기자들 응대를 마친 트가르 형이 인상을 쓰며 내게 왔다.

"도대체 무슨 일이야? 내가 바빠 죽는 거 안 보여? 제발 앞뒤 좀 가리라고! 언제까지 그렇게 제멋대로 굴 거야?"

"알았어, 형…, 알았어. 일단, 이거 좀 피워봐!" 난 이미 불이 붙은 크레텍 가디스 한 대를 트가르 형의 입에 물렸다.

"도대체 뭐 하는 짓이야?" 트가르 형이 분통을 터트렸다.

"일단 피워봐, 형! 피워보라고!" 나도 물러서지 않았다. 트가르 형이 이마를 찡그리는 것을 보니 내가 하는 짓이 한심하다고 생각하는 게 분명했다. 하지만 그러면서도 내가 하라는 건 다 하는 형이다. 그가 그 크레텍을 쭉 빨았다.

"그래서 뭐? 평소랑 똑같네, 크레텍 자가드에 뭐 이상한 점이라도…."

"그건 크레텍 자가드 라야가 아니야, 형." 내가 말허리를 끊었다. 트가르 형은 잠시 말을 멈추더니 손에 든 크레텍의 파피에 종이를 들여다보았다. 그건 크레텍 가디스였다.

"크레텍 가디스?" 나는 고개를 끄덕였다. 트가르 형이 한 모금을 더 빨았다. "이게 정말 크레텍 가디스라고?"

"그렇다니까, 형!"

카림 형이 우리에게 다가왔다. "왜, 무슨 일이야?"

"림, 이거 좀 피워봐." 트가르 형이 크레텍 가디스를 카림 형에게 건넸다. 카림 형이 그걸 받아 피웠다.

“우리 담배네. 뭐가 이상해? 왜들 그래?”

“틀렸어!” 내가 열을 올렸다 “…그건 크레텍 가디스야!” 카림 형이 당황하며 손에 든 크레텍의 파피에 종이를 보았다. 정말로 크레텍 가디스의 로고가 거기 박혀 있었다. “그런데 왜 맛이? 이거 모조품이네! 크레텍 자가드 라야를 베낀 거야.”

“형…, 그 2번 정야가 그날 한 말 기억 안 나? 크레텍 가디스가 M시에서 출시된 게 먼저였어. 아버지의 크레텍 자가드 라야는 66년에야 나왔잖아?” 트가르 형과 카림 형이 내 말을 듣는 동안 그들 머릿속에 흩어져 있던 퍼즐 조각들이 착착 맞춰져갔다. “우리 아버지는 한때 이드루스 무리아 씨의 신뢰를 한 몸에 받던 사람이야. 아버지는 크레텍 가디스를 만드는 일을 했고 1번 정야와는 한때 사랑하는 사이였지. 크레텍 가디스가 M시와 중부 자바, 족자 등지에서 크게 인기를 얻어 제일 잘 팔리는 크레텍 담배였을 당시 아버지는 아마 그 담배의 소스 제조법을 알게 되었을 거야. 그래서 바 자가드와 혼맥으로 이어지자 아버지가 크레텍 가디스의 비법을 할아버지에게 바친 거지. 그래서 자본금을 전혀 대지 않고도 아버지 이름이 크레텍 담뱃갑에 찍히게 된 거야.” 너 설명이 한도 끝도 없이 이어졌다.

트가르 형과 카림 형은 내 분석에 충격을 받아 아무 말도 하지 못했다. 하지만 아직 남은 이야기가 있었다. “그리고 아마도….” 난 거기서 말을 멈췄다.

“뭐?” 트가르 형이 내가 한 ‘그리고 아마도’의 다음 말을 독촉했다.

“아마도 그때 정야가 램프로 아버지 머리를 때린 건 질투 때문이 아니었을 거야. 1번 정야가 크레텍 자가드 라야를 피운 후 곧장 쿠두스에 가기로 했다고 2번 정야가 말한 거, 기억하지? 내가 보기에 1번 정야는 아버지가 다른 여자와 결혼해서 질투심에 휩싸여 복수하던 게 아니야. 내 생각엔…, 그 사람은 우리가 이 크레텍 가디스를 피웠을 때와 똑같이 반응한 거야. 우리가 그랬던 것처럼, 두 개의 크레텍 맛이 똑같다는 사실에 놀란 거지. 그러니 이 모든 것에 대한 설명은 하나뿐이야. 1번 정야는 아버지가 비밀 소스의 제조법을 바 자가드에게 유출했다는 것을 알게 된 거야.”

“야, 맙소사…, 그럼 결국 지금껏 우리 회사가…!” 카림 형의 얼굴이 갑자기 창백해졌다. 그는 주저앉아 감정을 추스르려 했다. “우린 부정한 것을 먹고 마시며 살아온 거네. 남에게 훔친 것으로 말이지.”

“그 정도로 그친 게 아니라, 형…, 우린 훔친 것으로 대대로 풍족히 먹고살 만큼 부자가 되어버렸어, 마치 남이 가졌던 부자가 되는 부적을 훔친 셈이지.” 난 간단히 덧붙였다. 우리 셋은 어찌할 바를 몰라 더 이상 말을 잇지 못했다. 난 아까 작

은 무덤으로 들어간 아버지를 마음속에 떠올렸다. 내가 크레
텍 가디스를 피우지 않았다면 모든 비밀은 묻힐 뻔했다. 아버
지는 비밀 소스의 제조법을 유출한 일을 사죄하려고 그토록
정야를 만나고 싶어 했던 것 같다.

〰〰

아버지가 돌아가신 지 40일이 지난 후 트가르 형이 나를
불렀다. 나는 형의 업무용 책상 앞에 앉았다. 그가 나를 진지
하게 바라보았다. 마치 채용 면접을 보는 느낌이어서 난 이 상
황이 편치 않았다.

"너 아직도 영화를 만들고 싶니?"

난 트가르 형이 한 말이 믿기지 않아 열린 입을 다물지 못
했다. "물론이지!" 청신호가 켜졌음을 느꼈다. 난 신이 나서 곧
바로 랩톱을 꺼내 프레젠테이션용 파워포인트 파일을 열려고
서둘렀다.

"그건 됐다. 됐다고… 그 프레젠테이션은 나한테 보내줘.
지금은 보고 싶지 않아." 나는 랩톱을 켜다 말았다. "너랑 얘기
를 좀 하고 싶어. 크레텍 자가드 라야 문제에 대해서…."

허걱…! 난 벌써부터 지겨워졌다. "또 왜?"

"크레텍 자가드 라야 광고를 하나 만들어줘." 난 또다시

311

트가르 형의 말이 믿기지 않았다. "콘셉트를 잡아서 나한테 보내. 괜찮으면 진행하는 조건으로."

"형, 진심이야?"

"너, 내가 장난하는 걸로 보여?" 난 재빨리 고개를 가로저었다. "진지한 영화 제작자가 될 기회를 달라고 했겠다? 귀신 영화나 만드는 인간은 되기 싫다며?"

"맞습니다."

"그러니까…, 네가 좋은 광고를 만들 수 있다는 걸 증명해봐. 난 가장 인도네시아적인 크레텍 자가드 라야의 발전상을 열정적으로 보여줄 광고를 원해."

"여부가 있겠어요, 형님. 곧바로 준비해볼게."

"하지만 그 전에…," 트가르 형이 봉투를 한 장 꺼냈다. "너한테 맡길 임무가 있어."

"임무라니, 어떤 임무?"

"이걸 전달해줘야겠어." 트가르 형이 건넨 봉투를 열어보니…, 거기에는 내가 아닌 다른 사람의 이름이 적혀 있었다. "광고 콘셉트를 생각하면서 내일 아침에 그걸 전달하러 다녀와, 알았어?"

"물론이지, 형."

나는 그렇게 말한 뒤 방을 나서려 했다.

"르바스!" 트가르 형이 나를 불러세웠다. 나는 걸음을 멈추고 몸을 되돌렸다. "광고에 포충이나 쿤틸아낙[109]이 나와선 안 돼, 절대로!"

난 웃음을 터트렸다. "알았어." 방에서 나오는 내 등 뒤로 트가르 형의 웃음소리가 들려왔다.

≈≈≈

다음 날 아침 난 트가르 형의 지시에 따라 일부러 일찍 일어났다. 우선 아침 비행기를 타고 족자로 날아갔다. 그런 다음 렌터카를 타고 마글랑으로 갔다. 난 트가르 형의 특사로 2번 정야를 찾아가는 중이다.

아름다운 소녀 아룸이 이번에도 나를 맞아주었다. 우린 그동안 몇 차례 서로 문자 메시지를 주고받았고 전화로 아버지의 임종도 알렸다. 전날 밤에도 그녀에게 전화해 내가 가니 그녀와 2번 정야가 집에 있으면 좋겠다고 전했다.

"들어오세요, 오빠. 어, 그런데…." 아룸은 보이지 않는 다른 얼굴들을 찾아 두리번거렸다. "…혼자 왔어요? 트가르 오빠랑 카림 오빠는 어디 있어요?"

"안 따라왔어."

109　임신, 출산 중 사망해 발생한 여성흔 원귀.

아룸은 내게 앉으라고 권한 뒤 잠깐 안에 들어갔다가 찻주전자와 귀여운 찻잔들이 담긴 작은 쟁반을 들고 나왔다. "지난번에 오빠들이 왔을 때 차를 내올 경황이 없었잖아요. 자…, 이번엔 차부터 드세요." 그녀는 내가 하루 종일 걸린 여정에 목이 마른 것을 알고서 차를 권했다.

"정야는 계시지?" 내가 물었다. "잠깐만요, 엄마를 불러올게요." 아룸이 다시 안으로 들어갔다.

나는 아룸이 내준 차를 마시며 기다렸다. 작은 찻잔을 들어 올려 보니 거기 그려진 그림이 흥미를 끌었다. 난 바로 차를 마시지 않고 잠깐 멈춰 그림을 들여다보았다. 거기에는 크레텍 발 티가라고 쓰여 있었다. 우와! 내가 알기로 그 크레텍 브랜드는 이미 1950년대에 문을 닫은 건데. 이 가족은 크레텍 발 티가의 기념품으로 나왔던 찻주전자 세트를 아직도 가지고 있구나. 더욱 놀라운 것은 골동품 진열장에 보관해야 할 물건을 지금도 일상에서 사용한다는 점이었다. 난 그게 이 집안의 가보일 거라고 마음대로 결론을 내렸다. 난 찻주전자와 작은 잔들을 실컷 들여다보며 연구했다. 몇 년 전 쿠두스의 크레텍 박물관에서 이런 물건들을 본 적이 있었다.

얼마 지나지 않아 2번 정야가 나타났으므로 난 그 작은 찻잔을 재빨리 내려놓았다. 그녀는 한 달 조금 더 전, 처음 만났을 때처럼 여전히 차분한 눈빛을 하고 있었다.

"삼가 고인의 명복을 빌어요. 텔레비전에서 라야 씨가 돌아가셨다는 소식을 봤어요." 나는 고개 숙여 감사를 표했다. 그런 후 난 방문 목적을 밝히며 봉투를 건넸다.

"이건 트가르 형이 전해달라고 한 거예요. 이번엔 저 혼자 와서 죄송해요. 트가르 형과 카림 형도 바쁜 일들이 정리되면 다시 찾아뵙겠다고 했어요."

정야가 봉투를 열어 편지를 읽었다. 그 편지는 크레텍 자가드 라야가 크레텍 가디스의 소스 제조법을 훔친 것에 대한 공식적인 사과로 시작했다. 후손으로서 그런 사실을 지금 알게 되어 얼마나 황망한지 모른다는 말과 함께 모든 선의를 담아 크레텍 가디스의 소스 제조법을 정식으로 구매하고 크레텍 가디스 회사의 모든 자산을 매입해 자가르 라야의 공식 상표로 발전시키겠다는 내용이 담겨 있었다. 정야는 놀라움을 금치 못했다.

"당신들이 사겠다고요?"

"네, 아주머니." 내가 답했다.

"부디 고려해주시기 바랍니다." 그런 후 난 또 다른 봉투 한 개를 건넸다. 정야가 연 봉투 안에는 10억 루피아[110]짜리 수표가 들어 있었다. "이건 크레텍 가디스 소스 제조법의 구입

---

110 10억 루피아는 약 8,400만 원이다.

대금으로 우리가 제시하는 가격이에요."

정야는 넋이 나간 듯, 할 말을 찾지 못했다. 그녀는 아룸을 한참 바라보더니 다시 미소를 지었다. "넌 어떻게 생각하니, 룸? 이 크레텍은 돌아가신 너의 어머니 소유거든." 아룸은 마치 저울질하듯 나와 2번 정야를 번갈아 바라보았다.

"상관없어요, 엄마…, 팔아요. 사실 우리도 크레텍 가디스를 관리하기에 지쳤잖아요." 아룸의 말에 2번 정야는 나를 바라보며 고개를 끄덕였다.

사실 난 이 순간을 즐기고 있었다. 우리 가문이 과거 분탕질해놓은 것을 내가 나서 해결하는 수완을 발휘하는 이 순간을 말이다. 집에서 내놓은 자식 취급을 받던 내가 이토록 쓸모 있는 존재가 되리라고는 나 스스로도 상상하지 못했다.

난 주머니에서 크레텍 가디스를 꺼내 2번 정야에게 건넸다. 그녀가 웃었다.

"오랫동안 응한 적이 없었는데 지금이야말로 담배를 피우기 딱 좋을 때인 것 같네요." 2번 정야가 크레텍 가디스 한 개비를 들어 립스틱도 바르지 않은 입술 사이에 끼우자 내가 불을 붙여주었다. 불이 붙은 담배 끝이 크레텍 크레텍 하며 타는 소리가 우리의 마음속에 고요히 울려 퍼졌다.

- rk

Gadis Kretek

인도네시아 신문들을 열심히 들여다보기 시작하던 코로나19 팬데믹 때부터다. 나는 《가디스 크레텍(Gadis Kretek)》이라는 책과 라티 쿠말라(Ratih Kumala) 작가의 이름을 지면에서 종종 만났다. 마침 한국출판산업문화진흥원에 매달 인도네시아 출판 산업 동향 보고서를 쓰고 있었으므로 현지에서 잘나가는 책들을 주목하는 건 자연스러운 일이었다. 이 책은 2012년에 출판되었는데 여러 해가 지났음에도 여전히 신문 지상에서 종종 거론되고 서점의 스테디셀러 코너에서 쉽게 눈에 띄었다.

2023년 9월경부터 인도네시아 모든 매체에서 《가디스 크레텍》과 쿠말라에 대한 기사가 폭발적으로 쏟아졌다. 넷플릭스에 〈시가렛 걸(Cigarette Girl)〉이란 영문 제목을 단 5부작 드라마가 나온다는 소식이 들려왔기 때문이다. 인도네시아 영화계의 거장으로 통하는 가린 누그로호(Garin Nugroho) 감독의 고명딸이며 여성 문제를 진지하게 다룬 전작들로 명성을 얻은 카밀라 안디니(Kamila Andini)와 또 다른 유명 영화인인 남편 이파 이스판샤(Ifa Isfansyah)가 공동 감독을 맡은 이 드라마는 그해 11월 2일 공개되었다. 카밀라 감독 특유의 잔잔한 울림과 고급스러운 영상, 그리고 섬세한 감정선이 돋보이는 작품이었다.

이 드라마가 원작의 절반 이후부터의 이야기를 담았다는 것, 상당 부분 원작의 설정을 벗어나거나 원래는 없던 내용이 감독 임의로 추가되었다는 것은 그로부터 시간이 많이 지나 원작을 읽어본 후에야 알았다.

2차 창작물을 온전히 즐기려던 그 원작을 읽지 않아야 한다고 깨달은 것도 그때였다. 당시 나는 그 넷플릭스 드라마에 무척 감명을 받았다. 그런데 만약 원작을 읽은 후에 봤다면 원작을 무시했네, 원작자의 의도를 왜곡했네 하며 온갖 비판을 서슴지 않았을 것이다. 실제로 드라마 속의 많은 디테일이 소설과 차이 났고, 심지어 주요 등장인물들의 프로필이나 인간관계가 전혀 다르게 표현된 부분도 있었다. 하지만 난 그 드라마를 정말 재미있게 즐겼다.

정작 처음부터 거슬렸던 것은 〈시가렛 걸〉이란 영어 제목이다. 물론 그 제목을 단 것은 넷플릭스가 아니라 이 책의 영문판을 처음 펴낸 영국 몬순북스(Monsoon Books)였으니 인제 와서 어쩔 수 없는 일이다. 넷플릭스 드라마 마지막 편의 부제 '레이디 시가렛'이 조금 더 원제의 의미에 가깝지만, 여전히 충분치 못하다.

이 작품 속의 정야는 17세기 마타람 왕국 시대에 살았던 라라 먼둣이란 여성의 환생처럼 묘사된다. 이 책에서 라라 먼둣을 그리 자세히 소개하지는 않는다. 하지만 라라 먼둣의 고사를 아는 사람이면 누구나 정야에게 투영되는 라라 먼둣의 모습을 찾아 낼 수 있다.

라라 먼둣은 정인이 있었음에도 불구하고 소문난 미모로 남자들을 애끓게 하다가 그 지역 영주 아디파티 프라골로 2세에게 납치당해 첩실이 된다. 전설이나 민화에 단골로 등장하는, 너무 아름답게 태어나 고통받는 여인의 전형이다. 그 영주가 마타람의 군주 술탄 아궁에게 반란을 일으켰다가 죽자 이번엔 진압군 측 영주 투먼궁 위라구나의 수청을 들라고 강요받는다. 라라 먼둣이 이를 거부하자 격분한 위라구나는 죽은 영주 프라골로 2세가 왕실에 내지 않은 세금을 대신 내라는 무거운 짐을 씌운다. 평범한 여성이라면 엄두도 못 내고 평생을 허덕였을 테지만 라라 먼둣은 이 대목에서 놀라운 능력을 발휘한다.

그녀는 시장에 자리 잡고 담배를 말아 팔았는데 자신의 침을 발라 마감한 담배가 특별히 달고 맛있다고 소문이 나 그 담배를 사려는 사람들로 문전성시를 이루었다. 달콤한 미녀의 침이 마력을 발휘한 것이다. 심지어 그녀가 피우다 만 꽁초조차 비싼 값에 팔렸다. 얼마 지나지 않아 라라 먼둣은 엄청난 미납 세금을 모두 갚아버리고 만다.

그 정도로 맛있는 담배를 말아주었던 라라 먼듯과 그녀의 화신 정야가 바로 '담배 마는 숙녀' 또는 '크레텍 담배의 여왕'이라 할 만한 '가디스 크레텍'에 해당하는데 이를 고작 섹시한 유니폼을 입고서 담배를 파는 '시가렛 걸'로 번역한 부분이 마음에 찰 리 없었다. 영국과 넷플릭스의 전례를 받아들여 별수 없이 이 제목을 수용하기로 스스로 타협하면서 라라 먼듯과 정야에게 살짝 미안한 마음이 들었다.

≈≈≈

《시가렛 걸》을 읽어보면 인도네시아의 역사와 무속 등 다양한 문화는 물론 크레텍 담배 산업에 대한 매우 깊은 이해가 기저에 깔려 있음을 실감하게 된다. 아무리 작가가 중부 자바 문틸란의 꽤 유명한 크레텍 담배 공장 가문에서 태어났다 해도 별도로 광범위한 조사와 취재를 하지 않았다면 그 모든 이야기를 이처럼 잘 녹여내지 못했을 것이다. 그 덕에 독자는 '정향 담배'라고도 불리는 인도네시아의 크레텍 담배에 대한 기본 상식을 어렵지 않게 얻을 수 있다.

크레텍 담배란 연초와 향료인 정향을 2대 1 비율로 섞고 거기에 '소스'라고 하는 조향제 혼합물을 첨가해 만든 궐련을 말한다. 정향은 천식 치료제로 쓰였으므로 초창기의 크레텍 담배는 약국에서 많이 팔렸다. 돌이켜보면 내가 인도네시아에 처음 왔던 지난 세기에 심한 기침을 하자 현지인 동료가 크레텍 담배를 피워보라고 권했던 것이 기억난다. 크레텍이라는 이름 자체는 정향이 타들어가면서 내는 '타닥타닥' 하는 소리가 인도네시아인 귀에 '크레텍 크레텍'으로 들려 그 의성어를 붙여 만든 것이다.

초창기부터 종이로 마는 담배가 있었지만 소득이 적은 플랜테이션 농장 일꾼들은 말린 옥수수 속대 잎으로 만 값싼 클로봇 담배를 피웠다. 흡연자가 취향에 따라 용량과 구성비를 조정해 직접 말아 피울 수 있도록 반제품 상태로 제공되는 담배는 팅웨라고 한다. 이 책을 읽지 않았다면 몰랐을 정보다.

주로 중부 자바와 동부 자바에서 소규모 업체들이 만드는 크레텍 담배는 대부분 가내 수공업으로 제작된다. 그래서 실제로 지방에 내려가면 자카르타에서 볼 수 없는 다양한 현지 브랜드를 지금도 만날 수 있다. 그중엔 소비세 인지를 붙이지 않고 불법으로 유통되는 '무허가 담배'도 적지 않다. 이에 법 집행 기관이 압수된 불법 담배들을 정기적으로 소각하여 없앴다는 기사를 신문 지면을 통해 심심찮게 읽곤 한다. 그런 뉴스들이 이 책 속에 등장하는 수많은 로컬 브랜드의 크레텍 담배와 겹치며 현지 담배 산업의 현실을 가늠해보게 한다.

　인도네시아에서도 담배나 흡연에 대한 규제가 빡빡해지고 있다. 그럼에도 여전히 흡연 인구 비율은 한국에 비해 획기적으로 높다. 지금은 담배 광고가 텔레비전이나 옥외 광고판에서 밀려났으나 불과 얼마 전까지만 해도 담배를 직접 노출하지 않는 조건으로 그 이미지만 강조하는 말보로나 캐멀 등의 담배 광고를 볼 수 있었다.

　이제 담배에 흡연자의 경각심을 요구하는 문구나 사진도 붙고 금연과 건강의 중요성이 점점 강조되어, 남성 흡연자의 입지가 점점 줄어들고 있지만 다른 한편에서는 아동과 여성의 흡연 인구가 오히려 늘어나는 사회적 문제가 대두되는 추세다. 삼푸르나(Sampoerna), 자룸(Djarum), 구당가람(Gudang Garam)처럼 담배 판매로 시작한 기업이 현지 굴지의 재벌이 되어 재계 순위를 다툰다. 소설 속 크레텍 자가드 라야는 그런 담배 재벌을 떠올리게 한다.

≈≈≈

　이 소설은 1940년대에서 1970년대까지 정야와 수라야의 로맨스가 한 축을 이루며, 또 다른 한 축에서는 2000년대 초반을 배경으로 담배 재벌의 세 아들이 임종을 앞둔 아버지의 마지막 소원을 이루기 위해 여행길에 오르는 이야기가 진행된다. 자칫 감상적이고 비극적으로 흐르거나 재벌 후계자들 사이의 흔한 권력 투쟁기가 될 수도 있었을 텐데 작가는 호흡의 완급을 조절하며 정겹고 신중한 발걸음으로 마음 따뜻한 이야기를 풀어간다.

그 과정에서 배경에 깔리는 역사와 무속의 이야기는 앞서 언급한 라라 먼듯의 고사처럼 인도네시아인에게는 당연한 상식이라 딱히 별도의 설명을 달지 않았다.

지금도 일본은 표면적으로 인도네시아인에게는 친근한 이미지가 강하다. 특히 1942년에는 수마트라 팔렘방의 유전을 찾아 남하하면서 연합군 해군을 분쇄하고 인도네시아를 오랫동안 식민 통치로 옭아맸던 네덜란드를 단번에 굴복시킨 일본에 수카르노, 하타를 포함한 당대의 민족주의 지도자들과 거의 모든 인도네시아인이 함께 환호했다. 태평양 전쟁 내내 일본에 철저히 부역했고 나중엔 일본인 처까지 들인 수카르노 초대 대통령의 치세가 20년 넘게 계속되며 강제 징용, 전쟁 물자와 위안부 징발 등으로 인도네시아의 민초를 기아와 죽음으로 내몰았던 당시 일본군의 만행은 대체로 희석되고 미화되었다. 오히려 독립 전쟁 당시 인도네시아 공화국군 측에 가담해 네덜란드와 맞서 싸운 고마운 사람들로 부각되기도 했다.

하지만 《시가렛 걸》 속에서는 다르게 묘사된다. 담배 산업을 키우던 이드루스 무리아 자신과 그의 아내, 장인 등 가족

전부가 강제 징용 캠프에 끌려가거나, 위안부 징발을 피해 골방에 숨거나, 네덜란드 식민 정부를 위해 일했다는 전력 때문에 목숨이 위태로워진다. 태평양 전쟁 당시의 일본군 이야기는 수카르노를 중심으로 한 주류 역사와 달리 민간에서는 대체로 잔혹하게 그려진다.

쿠말라와 2006년 결혼한 남편 에카 쿠르니아완도 인도네시아의 걸출한 당대 소설가로 꼽히는데 그의 출세작 《아름다움 그것은 상처(Cantik Itu Luka)》(2002)에도 비슷한 이야기가 나온다. 이 작품에는 자바섬에 진주한 일본군에게 붙잡혀 수용소에 갇혔다가 일본군 장교를 위한 위안부로 전락하는 네덜란드-인도네시아 혼혈 여성들의 이야기가 적나라하게 그려진다. 그로부터 10년 후 쿠말라가 《시가렛 걸》을 썼다. 집필 당시 남편의 영향을 받은 것은 아닌지 알 길 없으나 그들 부부가 최소한 인도네시아 현대사에 대해 대체로 같은 인식과 역사관을 가졌다는 것만은 분명하다.

주술과 무속이 책의 배경 일부를 이루는 것도 쿠말라와 쿠르니아완 부부가 공유하는 특징이다. 물론 그것은 무속적 전통이 풍부한 인도네시아에서 성장한 작가에게 나타나는 자연스러운 모습일지도 모른다.

이드루스 무리아는 첫딸을 낳았을 때 신기가 있는 산파가 시킨 대로 딸의 태반을 묻고 일주일간 그곳을 지키지만 결국 태반을 도난당한다. 그것은 그의 가문의 미래에 불길한 그림자를 드리운다.

사람이 죽어 이슬람식 염을 하고 머리에서 발끝까지 광목 천으로 길게 덮어 몇 군데를 묶어 고정한 후 매장할 준비를 마친 상태의 시신을 포총이라 한다. 무덤에 내린 후 묶었던 끈을 풀어 시신과 함께 묻는데 이를 탈리 포총이라 하며 죽은 자의 기운이 거기 서린다고 믿는다. 특히 미혼 여성에게 사용된 탈리 포총은 주술적 가치가 커 밤새 그 무덤을 파헤쳐 훔치는 사건이 지금도 심심찮게 벌어진다.

죽은 자의 탈리 포총도 위력이 그럴진대 이제 막 태어난 여아 태반이 갖는 주술적 가치는 충분히 미루어 짐작할 수 있다. 한편 세상의 재물 총량은 유한하다는 것을 전제로 하는 인도네시아의 재물 주술은 기본적으로 내가 뭔가를 얻기 위해 남의 것을 뺏는 것이다. 그러므로 아기의 태반을 뺏긴 것은 그 가문의 운을 뺏긴 것과 다름없다. 액땜을 위해 또 다른 주술을 정교하고 철저하게 시전하는 것은 당연한 수순이다.

이 책 속에 등장하는 또 다른 대표적인 주술 장면은 무리아가 새 사업의 성공을 담보하기 위해 카위산에 묻힌 디포네고로 왕자의 조력자 바 주고의 무덤을 찾는 대목이다. 디포네고로는 1825~1830년 네덜란드 식민 정부와 본국을 곤경 속에 몰아넣었던 이른바 '자바 전쟁'의 주역이다. 그는 1830년 네덜란드군에게 붙잡힌 후 남술라웨시의 주도 마카사르의 로테르담 요새에 유폐되어 생을 마감한 인물이다. 1973년 수하르토 전 대통령이 그 디포네고로 왕자를 역사 속에서 불러내 '인도네시아 국가 영웅' 칭호를 주었다.

그의 조력자였던 바 주고처럼 영력이 높은 인물의 무덤에는 생전 그의 능력과 기상이 아직도 서려 있다고 믿어 명절은 물론 평소에도 카위산은 순례를 오는 사람들로 붐빈다. 사람들은 그곳에서 좋은 기운을 받거나 다양한 방식으로 모종의 계시를 받는다.

인도네시아인에게는 상식과 다름없는 이런 배경지식이 한국 독자에게 높은 진입 장벽이 되지 않기를 바란다.

≈≈

동남아시아문학총서 프로젝트의 인도네시아 두 번째 번역 작품으로 《시가렛 걸》이 결정된 것은 2024년 초의 일로 실제로 번역을 시작한 것은 1년도 더 지난 후였다. 오랜 시간 번역 삼매경에 빠졌다가 원고에 마침표를 찍은 후 일상으로 돌아오는 과정이 간단하지만은 않다. 그건 마치 몇 개월간 배역에 빠져 메소드 연기를 펼친 배우가 크랭크업 후 일상으로 돌아가는 과정과 비슷할 것이다.

　원작자는 아니어도 번역가 또한 해당 작품을 깊이 들여다보고 각 문장을 여러 방식으로 번역하고, 그것이 내포한 복선 등을 생각해보면서 본질에 가장 가까이 다가간다. 그렇기에 역자가 번역한 작품과 그 안에 등장하는 주인공, 인간 군상에게 깊은 애정을 품게 되는 것은 당연하다.

　번역 자체는 완성한 원고를 메일에 첨부해 보내는 것으로 끝나지만 번역가는 그 작품에서 서서히 벗어나면서 일정 기간의 후유증을 거쳐야 한다.

1980년   6월 4일 자카르타에서 출생.

1999년   수라카르타의 스블라스마렛대학교 영문학과 졸업. 이후 미국 아동용 TV 프로그램 〈세서미 스트리트〉를 인도네시아식으로 각색한 〈잘란 세서마〉 작가 팀에 참여했고 민영 방송국의 드라마 대본 편집자로 근무.

2003년   장편 소설 《타뷸라 라사(Tabula Rasa)》 발표, 자카르타 예술위원회 소설 공모전 입상.

2005년   장편 소설 《창세기(Genesis)》 발표.

2006년   소설가 에카 쿠르니아완과 결혼. 단편 소설집 《황혼의 몰약(Larutan Senja)》 발표.

2008년   공중파 방송국인 트랜스TV에 입사해 7년간 스크립트 편집 코디네이터로 근무. 8~12월 〈리퍼블리카(Republika)〉 신문에 일일 연재를 기고.

2009년   〈리퍼블리카〉 신문의 연재물을 편집하여 장편 소설 《브타위 연대기(Kronik Betawi)》 발표.

2012년   장편 소설 《가디스 크레텍(Gadis Kretek)》 발표.

2014년   《타뷸라 라사》가 영화화됨.

2015년   장편 소설 《바스티안과 마법의 버섯(Bastian dan Jamur Ajaib)》 발표. TV 시리즈 〈싱글 앤드 호프풀 해피(Single and Hopeful Happy)〉로 KPI상 수상.

2016년	인도네시아 영화 제작사인 라임라이트픽처스에 입사하여 7년 11개월간 근무.
2018년	장편 소설 《송금환(Wesel Pos)》 발표.
2019년	런던국제도서전(LBF)에 인도네시아 여성 작가로서 최초 참가. 이때 출품된 작품은 2018년 9월 런던대학교 소아스(SOAS)에서 영문 번역본을 출판한 《황혼의 물약(Potion of Twilight)》이었다.
2023년	넷플릭스 오리지널 드라마 〈시가렛 걸〉이 방송되었고, 2023년 부산국제영화제(BIFF)에 출품. 장편 소설 《해양 무용담(Saga dari Samudra)》 발표.
2024년	드라마 〈시가렛 걸〉이 서울국제드라마어워즈에서 최우수 미니시리즈상 수상.
2025년	장편 소설 《콜로니(Koloni)》 발표.

배동선

인도네시아 자카르타에 거주 중인 전문 번역가. 한국외국어대학교 영어과를 졸업했으며, 제18회 재외동포문학상 소설 부문을 수상했다. 한세예스24문화재단이 펴낸 동남아시아문학총서의 제2권 《판데르베익호의 침몰》을 번역했으며, 《수카르노와 인도네시아 현대사》를 집필했다. 또한 1860년 네덜란드에서 출간된 식민지의 사정을 폭로한 고발 소설 《막스 하벨라르》 완역본을 한국외국어대학교 양승윤 명예교수와 공역했다. 이외에도 청비스튜디오와 협업하여 '인도네시아 호러 만화(Komik Horer Nusantara)' 시리즈를 인도네시아에 소개했다.

시가렛 걸

1판 1쇄 인쇄   2026년 2월 2일
1판 1쇄 발행   2026년 2월 23일

지은이 · 라티 쿠말라
옮긴이 · 배동선

펴낸이 · 백수미
펴낸곳 · 한세예스24문화재단

편집 및 디자인 · 눈씨
표지일러스트 · 맬맬

출판등록 · 2018년 4월 3일 제2018-000044호
주소 · (07237) 서울시 영등포구 은행로 3 익스콘벤처타워 610호
대표전화 · 02-3779-0900 | 팩스 · 02-3779-5560
이메일 · foundation@hansae.com
홈페이지 · www.hansaeyes24foundation.com

• 책값과 ISBN은 뒤표지에 있습니다.
• 이 책 내용의 일부 또는 전부를 재사용하려면 반드시 한세예스24문화재단의 동의를 얻어야 합니다.
• 잘못 만들어진 책은 구입하신 서점에서 교환해드립니다.